O FABULOSO E TRISTE DESTINO
DE IVAN E IVANA

Maryse Condé

O FABULOSO E TRISTE DESTINO DE IVAN E IVANA

Tradução
Natalia Borges Polesso

Prefácio
Djamila Ribeiro

1ª edição

Rio de Janeiro
2024

Copyright © EDITIONS JEAN-CLAUDE LATTÈS, 2017

Título original: *Le fabuleux et triste destin d'Ivan et d'Ivana*

Texto revisado segundo o Acordo Ortográfico da Língua Portuguesa de 1990.

Todos os direitos reservados. É proibido reproduzir, armazenar ou transmitir partes deste livro, através de quaisquer meios, sem prévia autorização por escrito.

Direitos desta tradução adquiridos pela
EDITORA ROSA DOS TEMPOS
Um selo da
EDITORA RECORD LTDA.
Rua Argentina, 171 – 3º andar – São Cristóvão
20921-380 – Rio de Janeiro, RJ
Tel.: (21) 2585-2000.

Seja um leitor preferencial Record.
Cadastre-se no site www.record.com.br
e receba informações sobre nossos
lançamentos e nossas promoções.

Atendimento e venda direta ao leitor:
sac@record.com.br

Impresso no Brasil
2024

CIP-BRASIL. CATALOGAÇÃO NA PUBLICAÇÃO
SINDICATO NACIONAL DOS EDITORES DE LIVROS, RJ

C749f   Condé, Maryse
         O fabuloso e triste destino de Ivan e Ivana / Maryse Condé ; tradução Natalia Borges Polesso. - 1. ed. - Rio de Janeiro : Rosa dos Tempos, 2024.

         Tradução de: Le fabuleux et triste destin d'Ivan et d'Ivana
         ISBN 978-65-89828-26-6

         1. Romance guadalupense. I. Polesso, Natalia Borges. II. Título.

23-87349
                    CDD: 843.72976
                    CDU: 82-31(722.1)

Meri Gleice Rodrigues de Souza - Bibliotecária - CRB-7/6439

*Para Richard, para Régine,
sem os quais este livro não poderia ter sido escrito.
Para Maryse.*
*"Savana de horizonte puro, savana que se agita
com as carícias ferventes do vento do leste."
Como cantou Léopold Sedar Senghor.
Para Fadèle, que talvez conheça um mundo
completamente diferente.*

PREFÁCIO

MARYSE CONDÉ E O PODER DE SUAS NARRATIVAS FABULOSAS

Djamila Ribeiro

Maryse Condé é uma das grandes escritoras de nosso tempo. Autora consagrada de peças de teatro, contos e mais de vinte livros – alguns deles já traduzidos para o português brasileiro, como *O Evangelho do novo mundo* –, publicou este *O fabuloso e triste destino de Ivan e Ivana* em francês em 2017, quando completou 80 anos.

    Cidadã do mundo, nasceu na ilha de Guadalupe, território localizado no Caribe e ocupado pela França; viajou e conviveu com a diáspora africana em diversos países, vendo muito daquilo que está na sua escrita. É doutora em Literatura Comparada pela Universidade de Sorbonne, na França, e professora emérita na Universidade de Columbia, nos Estados Unidos. Maryse Condé publicou seu primeiro romance aos 40 anos de idade.

Por ser uma mulher negra caribenha, Condé trava uma grande batalha contra as políticas de tradução, ainda coloniais, para que suas obras sejam compartilhadas. São circunstâncias como essa que fazem da sua premiação no New Academy, uma das mais destacadas láureas literárias dos últimos anos,* um fato festejado tanto pelo reconhecimento da excelência de sua escrita quanto pelo memorável feito de o destaque literário internacional ser do sul global.

Como a autora disse em uma entrevista, "O mundo muda e o escritor muda com ele." Por isso, a Editora Rosa dos Tempos está preparando uma série de publicações de Condé no Brasil, livros que já são sucesso de público e crítica no exterior e que abordam contextos e dilemas muito diferentes entre si, mas sempre trazem o Caribe de fundo. Nos próximos anos, nós, aqui, vamos conhecer mais a imensidão dessa brilhante escritora.

Este livro sobre Ivan e Ivana foi originalmente publicado em uma época próxima ao massacre ocorrido na redação do jornal *Charlie Hebdo*, em janeiro de 2015, perpetrado por dois irmãos muçulmanos que justificaram o ataque em razão de uma charge do jornal retratando Maomé. Essa ação está dentro do que, genericamente, chamamos de "jihadismo", mas que pode assumir diversos significados a depender do contexto local – a complexidade do termo está presente nesta obra de Condé. Temos o costume, no Brasil, de associá-lo à compreensão, por certo grupo de muçulmanos, de que é necessária a imposição de violência para lutar uma "guerra santa" em nome daquilo que eles entendem ser os valores do Islã.

Neste livro, em que um dos cenários é a acusação de radicalismo jihadista de um dos personagens centrais, a escrita antiessencialista,

---

* Em 2018 foi criado o New Academy Prize in Literature, uma alternativa ao Prêmio Nobel de Literatura, que não ocorreu naquele ano em razão de escândalos em torno do prêmio tradicional.

avessa a heroísmos morais de quem quer que seja, é um deleite para a leitora e o leitor, e põe em xeque nossas crenças pessoais em muitos momentos.

Para o público brasileiro, que já teve contato com alguns de seus livros, *O fabuloso e triste destino de Ivan e Ivana* tem a inconfundível marca da autora, o seu jeito fluido de transitar pela história de seus personagens. Entre os inúmeros temas que Condé aborda, encanta-me sua sofisticação em tratar do "radicalismo" – essas aspas foram propositais – e da resistência. Talvez quem tenha lido *Eu, Tituba: bruxa negra de Salem*, publicado também pela Rosa dos Tempos, e que foi escrito mais de trinta anos antes deste livro, consiga se lembrar da descrição dos *maroons*, um grupo "radical" negro, que se autodeclarava purista, mas que vivia em inúmeras contradições.

Para aqueles que ainda não tiveram a oportunidade de ler suas outras obras e estreiam por esta, Condé tem o mérito de não poupar ninguém daquilo que nos faz humanos. A autora caribenha mistura caminhos irônicos, informações históricas, reflexões críticas e um humor agradável, a fim de contar uma história sobre o amor de dois irmãos afetado pela progressiva angústia que leva ao radicalismo destrutivo.

Este romance, situado no século XXI no Caribe, na África e na Europa, traz a relação umbilical e a trajetória dos gêmeos Ivan e Ivana – fruto da relação entre, Simone, de Guadalupe, e Lansana, do Mali. Aqui, seguimos os irmãos até o final, quando estão na França em situações muito distintas, mas que se encontram dramaticamente.

Os gêmeos são mais do que dois lados de uma mesma moeda, são o retrato de uma realidade contemporânea marcada por intolerâncias de raça e gênero, além de desigualdades sociais. A aparente dupla contradição do título "*fabuloso* e *triste* destino" é bem representativa da escrita de Condé, se analisarmos com minúcia.

Este livro nos catapulta dos lugares-comuns de maniqueísmos fáceis e promove um mergulho profundo na complexidade humana. Em um contexto de inúmeras dificuldades e opressões, de situações difíceis protagonizadas por pessoas que estão longe de serem santas, mas que também podem procurar o melhor de si, e em meio a outras, que caem em uma espiral de arruinamento, há o olhar dessa feiticeira das palavras, que desvela temas tão profundos com a sutileza de quem conta uma fabulosa história.

Lentamente a tua vida te levou ao nocaute.

Alain Souchon, "Le Bagad de Lann Bihoué"

IN UTERO
OU
BOUNDED IN A NUTSHELL

(*Hamlet* – William Shakespeare)

Como se obedecesse a um sinal, uma força invencível cerca os gêmeos. De onde ela vem? O que ela quer? Eles tinham a impressão de estar brutalmente virados de cabeça para baixo, obrigados a deixar a guarida tépida e plácida na qual tinham vivido por semanas. Um cheiro horrível tomava suas narinas pouco a pouco, enquanto faziam essa descida forçada, cheiro que era como uma mixórdia pútrida. O que tinha um botão entre as pernas precedendo outra, menor, menos formada e cujo sexo era cavado com uma grande cicatriz. Ele abriu passagem com cabeçadas pelo corredor apertado, cujas paredes se afastavam lentamente.

Naquele momento, um único acontecimento tinha embelezado o tempo. Estar um junto ao outro constituía em seu principal hábito. Não tinham experimentado nada a não ser estarem bem próximos e respirarem o cheiro ácido, mas agradável, que os envolvia por todos os lados. A guarida onde haviam passado longas semanas estava escura. Nenhuma luz. No entanto, era porosa para todos os barulhos. Em meio aos sons que recebiam, acabaram por reconhecer um e compreenderam que ele vinha daquela que os carregava. Doce, melodioso, sempre igual a si mesmo, derramava sobre eles sua plenitude harmônica. Por vezes, se alternava com outros, mais agudos, menos íntimos e agradáveis. De repente, surgia, em alguns momentos, uma verdadeira algazarra, um concerto de sonoridades confusas e metálicas.

Os fetos, continuando sua descida forçada, logo se encontram em uma passagem com paredes íngremes que a eles parecia interminável. Em seguida, desembarcaram em um espaço circular, estranhamente movediço e móvel. Depois de tê-lo atravessado, caíram bruscamente sobre uma superfície plana, cheia de luzes que lhes machucavam os olhos. Ali, foram agarrados pelos ombros, contato que os incomodou tanto quanto a claridade que os machucava. Por instinto, para se defender, eles colocaram os punhos sobre os olhos. Ao mesmo tempo, um vento desconhecido encheu seus pulmões, fazendo-os sufocar e, apesar disso, abriram sua boca, de onde saíram gritos emaranhados, que não podiam controlar. Sem cuidado, foram embebidos em um líquido morno que não tinha nem o cheiro nem o gosto daquele a que estavam acostumados. Seus corpos, dos quais passaram a ter consciência, foi envolvido. Foram postos sobre uma almofada de carne abundante cujo odor penetrante invadiu suas narinas como um perfume. Aquele bem-estar curou-os da horrível travessia que tinham acabado de fazer. Adivinharam que repousavam sobre o seio daquela que os tinha carregado e de quem conheciam apenas a voz. Com volúpia descobriram seu cheiro, descobriram seu toque. Se puseram a chupar gulosamente os odres repletos de um líquido saboroso que lhes enchia a boca. A vida deles começou naquele momento.

Palavras de Simone sussurradas aos ouvidos de seus gêmeos recém-nascidos:

— Bem-vindos! Meus dois pequenos, menino e menina, tão parecidos um com o outro que o olho desavisado pode facilmente confundir. Sejam bem-vindos, eu digo a vocês! A vida na qual vocês desembarcaram e de onde não sairão vivos não é uma tigela de *toloman*. Alguns até a chamam de infame, outros de megera indomável, outros ainda de cavalo coxo de três patas. Mas que pena! Eu vou recortar para vocês um travesseiro de nuvens que colocarei sob a cabeça de vocês e os encherá de sonhos. O sol que ilumina toda a desolação em que vivemos não será mais ardente do que o amor que terei por vocês. Bem-vindos, meus pequenos!

EX UTERO

Os primeiros meses dos gêmeos no mundo foram desagradáveis. Eles não conseguiam se acostumar a levar vidas separadas: dormir no moisés separados, se revezarem no banho, tomar a mamadeira um depois do outro. No começo, bastava que um deles fizesse um ruído, chorasse ou urrasse, para que o outro imediatamente o imitasse. Levaram algum tempo para se separar daquela infeliz sincronização. Pouco a pouco, o mundo ao redor deles foi tomando forma e cor. Seus primeiros maravilhamentos chegaram a eles com um raio de sol. Ele entrou pela janela bem aberta da casa e aterrissou sobre a esteira onde dormiam. No caminho, mudava suas formas maliciosas, o que os forçava a rir, e esse riso soava como sinos. Decoraram rapidamente seus nomes, aguçando os ouvidos, agitando seus pezinhos quando enunciadas as sílabas tão fáceis de se guardar na memória. Mas não sabiam que o vigário de Dos d'Âne, um gordo obtuso, tinha se recusado a batizá-los:

— Como! – ele declarou a Simone furioso. – Você deu a eles nomes iguais! Ivan, Ivana! A eles que já não têm um pai! Quer fazer deles verdadeiros descrentes!

A verdade é que, na família de Simone, era comum os nascimentos múltiplos e quase singulares. No século XIX, seu ancestral Zuléma, o primeiro de uma gravidez de quíntuplos a ver o dia, fora convidado à Exposição Universal de Saint-Germain-en-Laye para mostrar o que poderia acontecer com um descendente de escravizados quando este respira os aromas da civilização. Engravatado, vestido com um traje de três peças, ele era agrimensor de profissão. Aprendera sozinho as melodias da ópera pelo hábito de escutar um programa na Rádio Guadalupe, intitulado "Classique? Vous avez dit classique!". Foi ele que introduziu o gosto pela música que se espalhou por todas as gerações.

Depois, os gêmeos descobriram o mar e a areia. Que maravilha aquela quentura que escorria fluida entre seus dedos rechonchudos de unhas cor-de-rosa como as conchas. Todos os dias, Simone os colocava num carrinho de mão, que fazia às vezes de carrinho de bebê, e os levava até uma pequena baía de Dos d'Âne e o vento marinho acariciava-lhes o rosto enquanto ressoava uma grande voz maternal.

Quantos anos se escorreram nessa felicidade, quatro ou cinco? Sua mãe, cujo rosto descobriram bastante cedo, sempre inclinada sobre eles, lhes parecia bela com sua pele de veludo negro e seus olhos brilhantes que mudavam de cor de acordo com o espírito do tempo. Ela sussurrava cantigas que os alegravam. Quando ia trabalhar, com suor na testa, ela os colocava em um tipo de cesto que cobria com um véu e que deixava debaixo das árvores. E as mulheres que trabalhavam com ela vinham os ver contentes. Eles compreenderam rápido que ela se chamava Simone: três sílabas harmoniosas e fáceis de lembrar e de repetir.[*] Pouco a pouco, o cenário de suas vidas se desenhava. Eles não tinham irmãos ou irmãs e apenas partilhavam o amor de sua mãe com uma velha avó e aquilo

---

[*] Na tradução perdeu-se o jogo de palavras. Em francês o nome "Simone" pronuncia-se com duas sílabas "si-mon", como seu relativo masculino, "Simon". Na língua original, o jogo de pronúncia quase idêntica se repete com os nomes "Ivan" e "Ivana". [N. E.]

estava bom. O mais maravilhoso era a areia, que não se cansavam de fazer se derramar. Areia clara. Areia dotada de um odor que penetrava nas narinas. Areia que se afrouxava sob o corpo e que se podia jogar para cima.

Ao fim de alguns meses, eles se puseram em pé e caminharam sobre as pernas tortas em arco, que pouco a pouco se endireitaram e se tornaram duas belas colunas. Eles também falaram muito rápido e tentavam experimentar o mundo ao seu redor. Aprenderam a não fazer barulho quando era necessário. Então, Simone pôde levá-los ao coral à noite. Comportados como se fossem estátuas, chupando os polegares, ficavam sentados nos banquinhos e marcavam o compasso da música. Conhecido de uma ponta a outra de Guadalupe, o coral era especializado em antigas canções do país. Então, o canto *mougué* remontava aos velhos tempos da escravidão, quando pessoas negras viviam acorrentadas:

— *Mougué yé kok-la chanté kokiyoko.*

Como "Adieu foulard, adieu madras", datado do tempo em que a multidão cantava no cais quando os navios da Compagnie Générale Transatlantique iam de Guadalupe para o porto marítimo de Le Havre com os costados carregados de funcionários partindo em férias administrativas.

— Lencinhos de adeus, *madras* de adeus, colar de ouro de adeus, colar de contas de adeus.

Quanto a "Ban mwen na ti bo" fora composta bem no período *doudouiste*, em um momento em que o *créole* era considerado chilro de passarinho e não uma língua de protesto.

— *Ban mwen ti bo, dé ti bo, twa ti bi lanmou.*

Depois de cantar, Simone dançava descalça e sua silhueta arqueada se destacava da silhueta das outras mulheres, incapazes de rivalizar com tanta graça e beleza. Com frequência estava acompanhada de sua mãe, ela também de pele negra, mas de cabelos brancos, polvilhados como o sal. Sua mãe se chamava Maeva. Ela não tivera leite em seus seios e alimentou seus filhos a colheradas de mingau saboroso. Maeva e Simone se davam as mãos, se encurvavam, saltavam e batiam os pés. Foi o primeiro espetáculo oferecido às duas crianças.

Simone não deixava de lhes explicar por que se chamavam Ivan e Ivana, e por que ela havia batido de frente com o padre. Ivan! Se chamava o czar de toda a Rússia, um homem extravagante e atrabiliário, que vivera no século XVI. Ivana era uma versão feminizada do seu nome. Em sua juventude, Simone fora muito pobre para comprar uma entrada para o Cinéma Théâtre, no Champ d'Arbaud, em Basse-Terre. Ela apenas assistia às sessões que passavam no Ciné Bravo, uma associação cultural, que punha uma lona branca na praça central de Dos d'Âne. Foi assim que ela viu uma série de filmes, sem compreender nada, os olhos cheios de uma cavalgada de imagens que a música seguia passo a passo. As crianças se sentavam na primeira fila, em cadeiras de ferro numeradas. Os corpos-velhos, como besouros em tempo de chuva, saíam de todas as aberturas de suas casas. Todo mundo tagarelava muito alto até que um gongo pedia silêncio. Aí a magia começava. Um desses filmes impressionara-a particularmente, e se chamava *Ivan, o Terrível*. Ela não guardou o nome do diretor e pouco se importava com o dos atores. Ela guardava dentro de si apenas uma suntuosa efervescência de imagens.

Uma vez que Ivan nascera primeiro, mas Ivana se refugiava atrás de seu irmão como se ele fosse o mais velho, destinado a comandá-la sempre e em toda parte. Ele foi o primeiro a aprender a dançar, enchendo de admiração todos ao seu redor, com seu senso inato de ritmo.

Uma data se faz necessária. Quando eles tinham cinco anos, Simone lhes deu um longo banho, e os vestiu com suas melhores roupas, dois *collants* de algodão cru, bordados em ponto-cruz e os levou para serem fotografados no estúdio Catani. Era uma obrigação da qual qualquer habitante de Guadalupe, propriamente dita (como a gente dizia naquele tempo), não poderia se furtar. Louis Catani era filho de Sergio Catani, um italiano vindo de Turim nos anos 1930, porque ele não queria, como seus irmãos, se casar com uma Fiat. Nem o motor nem a carroceria dos carros o interessavam. Somente o rosto áspero e cheio de espinhas dos homens ou, ao contrário, liso e de pele bem firme. Olhos morrentes ou penetrantes como flechas. Confortavelmente apoiado no dote de sua mulher, uma rica herdeira descendente dos primeiros colonos, em outras palavras, uma *blanc pays*, Sergio Catani abriu um estúdio de fotografia, que batizou de Reflets dans un Œil, por onde logo toda a Basse-Terre desfilou. Nos finais de semana, ele instalava seus equipamentos no campo e captava tudo aquilo que passava diante de seus olhos. Publicou três livros, hoje esquecidos, mas que, na época, conheceram grande sucesso: *Gente da cidade*, *Gente do campo* e *Gente do mar*.

O retrato de Ivan e Ivana figura na página 15 do primeiro volume sob a rubrica de: "Les Petits Amoureux", os pequenos amantes. Vemos duas crianças de mãos dadas, sorrindo para a lente. O menino é mais escuro do que a menina, vá entender, mas mesmo assim adorável.

Em torno de Ivan e Ivana estão apenas mulheres: a mãe, a avó, tias e primas, tias-avós, primas emprestadas. São elas que se revezam no papel de dar banho, vestir e encher suas barrigas de comida.

Ivana era a mais sonhadora dos dois. Ela examinava as flores, as folhas, as levava até suas narinas para sentir seu perfume e procurava se cercar de todos os tipos de animais domésticos. O que a fascinava mais era o canto dos pássaros, as cores das borboletas que suas mãos rechonchudas e desajeitadas se esforçavam para pegar em pleno voo. Sua mãe a enchia de beijos e, para demonstrar seu amor, inventava canções que pertenciam somente a Ivana.

Ivan considerava a irmã como sua propriedade pessoal e tolerava de mau grado o amor dela pela mãe. Assim que teve idade suficiente, era ele quem a banhava, escolhia suas roupas, disciplinava suas madeixas crespas com óleo de semente de mamona. À noite, mais de uma vez, Simone os encontrou dormindo nos braços um do outro, o que lhe desagradou. No entanto, ela não se atreveu a intervir. A força daquele amor a intimidava.

Os primeiros anos se passaram então numa felicidade mais do que perfeita.

O lugar onde Ivan e Ivana nasceram se chamava Dos d'Âne, uma vila nem mais bonita nem mais feia do que essas cidades espalhadas ao longo da costa sota-vento. O único adorno dessas vilas é o mar desmesurado, o céu rosa ou azul sobre as cabeças, o verde esmeralda dos canaviais.

A escola. Ocupava o centro de Dos D'Âne. Tinha sido reformada de cima a baixo pela assembleia da cidade, depois de Hugo, um ciclone dos mais terríveis que Guadalupe jamais vira. Se localizava no topo de uma colina em cujas encostas ficavam as casas. Ivan e Ivana ficaram sabendo bem rápido que não tinham pai em Guadalupe. O pai deles, Lansana Diarra, veio se apresentar em Pointe-à-Pitre, com um conjunto tradicional Mandinka. Foi o tempo de fazer um filho em Simone e voltar para casa no Mali. Ele havia prometido enviar uma passagem de avião para ficarem juntos, mas não o fez. Simone raramente saía de seu país. Às vezes, o coral era convidado para ir à Martinica e à Guiana. Lansana Diarra aparecia regularmente, enviando cartões e cartas para seus filhos. É por isso que Ivan e Ivana cresceram com o sonho de um país mágico onde seus pais se reencontrassem. O pai mais a mãe.

Lansana Diarra vinha originalmente de Segu, no Mali, e fazia parte da família real que outrora tinha governado aquele reino. Hoje, arruinada pela colonização, a família fora para Kidal e vivia do tráfico de noz-de-cola. Em vez de ir à escola, Lansana e seu irmão, Mady, montavam no lombo de um camelo vociferante, de índole infernal, e carregavam enormes sacos de nozes. Às vezes iam até Taudeni, a grande cidade que produz sal. Sombras saíam de todas as paredes e de todos os bosques espinhosos. Quando não estavam viajando com o pai, Lansana e Mady ficavam ao lado da mãe, em um mercado imundo e barulhento. Um dia, quando passavam diante de uma casa, que nunca tinham notado até aquele momento, Lansana foi atingido por uma música que de repente encheu seus ouvidos. Dois instrumentos se respondiam, um magricela meio berrante, o inimitável *ngoni*, o outro amplo, majestoso e grave, que ele nunca tinha escutado antes. Os instrumentos pararam e uma voz humana se ergueu, a de um griô, com uma harmonia indescritível. Lansana estacou. No dia seguinte, como se fosse guiado por um ímã, ele voltou ao mesmo lugar. E depois no dia seguinte e nos outros. Isso já durava quase uma semana, quando a porta da casa se abriu bruscamente. De lá saiu um homem alto e magro, com o rosto macilento debaixo dos cabelos grisalhos tão longos e desgrenhados quanto os de uma criança mimada. Ele gritou para Lansana:

— O que tu quer?

Lansana só desejava fugir dali, mas o homem o deteve pelo punho e disse com mais calma, como se tivesse se dado conta da brutalidade:

— Por que está fugindo? Não fez nada de errado. A música é pão doce e açucarado que se partilha com todos.

Ele puxou Lansana para dentro da casa e Lansana viu outro homem, este branco, com a cabeça coberta de cabelos crespos segurando um enorme instrumento que tinha a forma de um violino. Aqueles homens eram o célebre griô Balla Fasseke e o não menos célebre violoncelista Victor Lacroix. Foi assim que Lansana se tornou aluno dos melhores músicos do seu tempo.

Quando tinha seus dezessete anos, ele também adquiriu um renome sem igual. Aos vinte, era convidado para todos os lugares. Foi a Tóquio, Jakarta, Pequim e Paris, onde se apresentou diante de uma multidão em êxtase.

Desde os primeiros anos, Ivana se revelou dada à escola. A professora lia em voz alta seus deveres de francês e lhe dava boas notas. Era mesmo uma pequena menina sábia e obediente, sempre tinha uma palavra agradável na boca, um sorriso parecido com uma flor desabrochada no canto de seus lábios. Todo o mundo a amava, principalmente as tias do coral. Elas afirmavam que Ivana iria longe e que ela tinha uma voz de ouro que saberia cativar seu público em Basse-Terre e além.

No entanto, ninguém suportava Ivan, que era desobediente, sempre com alguma injúria pronta para sair de sua boca, uma verdadeira pestinha. A camisa aberta no peito suado, ele desafiava homens e mulheres bem maiores que ele, os desrespeitava constantemente. Seu apelido era "malandrinho" e foi bem-merecido. Mas com o passar dos anos a afeição entre as duas crianças não arrefeceu.

A voz rouca e cortante de Ivan ficava doce quando se dirigia à irmã. Bastava ela aparecer para que ele parasse com suas bravatas e virasse um cordeirinho. Ivan se lembrava confusamente do prazer que o corpo de sua irmã havia lhe dado. Quando? Ele não sabia mais. Em uma outra vida? Qual? Então, Ivana lhe dava um pouco de medo, por conta desse desejo que ela continuava despertando nele. Sua pele marrom, seus seios em forma de conchas, os pelos espessos de seu púbis.

Segunda data que não se pode esquecer. Quando eles tinham dez anos, Simone os levou a Basse-Terre. Basse-Terre era uma cidade pequena sem grande originalidade. Somente os monumentos construídos por Ali Tur chamavam atenção. Esse arquiteto tunisiano foi contratado pelo governo para reparar danos causados pelo ciclone de 1928. Particularmente, as pessoas admiram a assembleia e a prefeitura. Simone ia regularmente a Basse-Terre para comprar folhas de pauta nas quais ela transcrevia suas composições musicais. Ela raramente levava os filhos consigo. Como ia pagar por três lugares de ida e volta no ônibus? Como ia achar o que comer, mesmo que fosse um sanduíche de bacalhau, comprado em um dos restaurantes baratos no entorno do mercado?

Contudo, daquela vez, enfiou na cabeça que queria lhes agradar. Subiram no ônibus "Fé em Deus", que levou uma boa hora para chegar. A estrada que ia de Dos d'Âne a Basse-Terre era suntuosa mesmo como diziam os folhetos turísticos, sem exagero. Era ladeada por flamboyants que durante a estação ficavam escarlates. Dava para o mar, e se viajava entre o azul do céu e o tapete azul fosforescente estendido à esquerda dos carros.

Quando chegaram ao mercado barulhento e multicolorido, como todos os mercados nos trópicos, eles quiseram comprar frutas de casca marrom que se chamavam sapotis e que davam seu nome a uma pele negra e aveludada. Como começou a querela com a vendedora? Ninguém sabe. O fato é que seu cabelo estava mal-ajeitado no *madras* xadrez amarelo e verde, suas bochechas brilhando de suor, amaldiçoou Simone e as crianças junto dela. Em um *créole* vulgar e agressivo, ela os repreendeu severamente:

— Olhem só esses maltrapilhos, pretos miseráveis, reclamando que as minhas frutas não são tão doces. Gente como vocês não deveria nem estar nesse mundo.

Desde aquele dia, Ivan e Ivana compreenderam que faziam parte da camada mais desfavorecida da sociedade, aquela que insultam como querem. Em Dos d'Âne não se davam conta das diferenças sociais. Com exceção da escola e da prefeitura, não havia prédios grandes, não havia casarões bonitos, não havia jardins floridos. Todos moravam em casebres mais ou menos miseráveis. Havia apenas quem tentasse ganhar a vida da melhor forma que podia, e que tinha a esperança de encontrar alguma alegria.

Eles perceberam de uma só vez que suas peles eram negras, seus cabelos crespos e que a mãe deles se exauria nos campos por uma miséria de salário. Aquilo causou uma grande dor no coração de Ivana. Ela promete a si mesma que um dia vai vingar a mãe e que vai ofertar a ela as doçuras que merece. Sim, um dia vai derramar doces açucarados em sua boca. Ivan, ao contrário, se encheu de raiva contra a vida, contra o destino que tinha feito dele um desfavorecido.

Simone não fazia a menor ideia do que se passava no coração de cada um de seus filhos. Para ela, a querela com a mulher do mercado fora banal e sem gravidade. Sua maior dor vinha talvez de Lansana, que a havia seduzido com a promessa de um país onde a cor não contava, onde não havia nem ricos nem pobres. Lansana era um falador, e isso é tudo o que se pode dizer.

Quando Simone, Ivan e Ivana saíram do mercado, pegaram o caminho de uma loja que se chamava Au Lac de Côme, perto da assembleia. Lá se vendiam acordeões, saxofones, instrumentos de corda e todo o tipo de tambor: os altos, sobre os quais o *tambouyé* podia se sentar, e os bem pequenos, que se podia levar sobre a cabeça. O destaque da loja era uma guitarra que tinha pertencido a Jimi Hendrix e uma cítara de John Lennon. O dono era um velho mulato[*] que tinha vivido seu tempo de glória acompanhando Gérard La Viny quando ele cantava no La Cigale, em Paris. Ele alerta severamente as crianças:

— Não toquem em nada, por favor.

Vindo depois da briga no mercado, esse comentário acabou por exasperar Ivan, e as pequenas coisas, que às vezes têm grandes efeitos, começaram a fazer dele um terreno fértil para a revolta.

Desde esse dia, as notas de Ivan na escola pioraram e ele se tornou verdadeiramente um "malandro", como tinha sido apelidado de brincadeira. Mesmo com sua pouca idade, começou a roubar e a furtar. Simone não sabia o que fazer. Nascia nela então uma ideia que tomava cada vez mais forma. Ela devia contar a Lansana que o filho com quem ele nunca tinha se preocupado poderia estar se tornando uma ameaça.

O pior não tardou a acontecer. A volta às aulas de outubro levou à escola de Dos d'Âne, o senhor Jérémie, um negro de pele clara, um *chaben*, de cabelos grisalhos bem curtos, rosto quadrado devorado por uma barba de aiatolá. Ele não era um homem comum. Não se podia confiar em sua camisa de um algodão ruim e em sua calça jeans grande comprada na promoção. Ele tinha rodado o mundo. Por quais países tinha viajado? Não se sabia exatamente. Cochichavam que ele tinha

---

[*] Em respeito às idiossincrasias culturais do Caribe e às decisões da autora Maryse Condé, optou-se por manter a tradução literal das palavras francesas *mulâtre* e *mulâtresse* para "mulato" e "mulata" em todas as ocorrências do livro. Não obstante, não se ignora o debate em curso no Brasil acerca do uso das expressões, no qual o leitor e a leitora são convidados a se aprofundar. [N. E.]

sido enviado a Dos d'Âne por conta de problemas disciplinares. Aí as opiniões variavam, alguns sustentavam que ele tinha feito filhos em tantas mulheres quanto há fios de cabelo em uma cabeça; outros, que ele estava namorando homens; e outros, ainda, que ele tinha ficado rico por causa de drogas. A verdade ninguém podia afirmar com certeza.

O senhor Jérémie foi nomeado encarregado da turma dos formandos. Turma que até agora era o orgulho de Dos d'Âne e da qual, todos os anos, os resultados satisfatórios eram incontáveis. Infelizmente, desde sua chegada, os alunos que eram brilhantes e aplicados foram deixados à própria sorte. Nada de perguntas, nada de explicações, quase nada de redações. O senhor Jérémie passava as horas proferindo monólogos intermináveis, nos quais queria reformar o mundo: era preciso, por exemplo, lutar contra as ideias ocidentais, ele expunha a superioridade de certas religiões e de certas formas de pensamento. Ele rapidamente fez amizade com Ivan que estava repetindo o último ano. Logo Ivan passou a ficar todo o seu tempo livre enfiado com o professor.

Por fanfarronice, sem pensar de verdade sobre as coisas, ele fazia eco às ideias do professor:

— A França é um país de raça branca – repetia depois do professor. – É sabido! Gente tão bem posicionada quanto o general de Gaulle disse isso. Nós, os pretos, não temos nada a ver com a França.

Simone aguentava aquelas blasfêmias com a indulgência que ela reservava aos filhos. Ivan era um boca-suja, todo mundo sabia, mas ninguém prestava atenção às ideias dele, pois, no fundo, ele não era tão mau.

Quando uma noite ela recebeu a visita do senhor Ducadosse, um assessor do prefeito, ela ficou perplexa. O senhor Ducadosse era um homem pequeno com a pele da cor da noite e o cabelo estranhamente ruivo. O cigarro, que ele consumia abusivamente, tinha deixado suas gengivas e dentes escurecidos.

— Preste atenção no teu filho – ele disse com gravidade. – O senhor Jérémie está colocando ideias estranhas na cabeça dele. Ele o fez um crítico, diria até um inimigo!, da França, essa que nos transformou de selvagens africanos em homens civilizados.

Na verdade, Simone não compreendia bem suas palavras. Passara sua existência no bagaço da cana e nunca tinha se perguntado sobre sua condição e sobre a condição de seu país. Passou a noite em claro e pela manhã decidiu agir. Como, ainda não sabia.

Na realidade, o senhor Jérémie não era nem homossexual, nem gay, nem *makoumé*, como se comentava à boca pequena. Ele também não gostava de mulheres. Ele só pensava em política. Uma carta de denúncia tinha informado o Ministério da Educação de que, durante os cinco anos que desaparecera da França, ele tinha passado no Afeganistão ou na Líbia. Isso parecia suspeito. O que ele andava maquinando naqueles países de má reputação? Conforme de praxe, o Ministério da Educação levou um tempo até abrir uma investigação. Quando se decidiu, as pistas estavam frias e não se pode provar nada contra o senhor Jérémie. Portanto, era impossível retirá-lo do cargo, como se desejava. Só se pôde mandá-lo de volta ao seu país de origem, Guadalupe, e reservá-lo à escola de Dos d'Âne, aquele buraco perdido. O senhor Jérémie, de nome Nicéphale – o nome de alguém que dorme ao relento, como teria julgado um estalajadeiro do século XVI, recusando um quarto ao viajante –, se encantou com a amizade de Ivan por razões que não tinham nada a ver com seu belo físico, seus músculos delineados e seu sexo proeminente que parecia estar sempre ereto. Primeiro, ele achou que Ivan tinha exatamente o dobro da idade de seu filho, morto no ventre da mãe quando de um bombardeio da OTAN. Ele sentia que, no terreno daquele espírito ainda bruto e pouco instruído, suas ideias germinariam como arbustos brilhantes. Ele gostava principalmente do modo como o garoto o escutava, com um ar meio entediado, meio encostado numa poltrona, com as mãos cruzadas sobre a barriga. Assim ele se deixava levar:

— Você não pode nem imaginar como é o inverno quando chega no deserto. O vento corta por todos os lados berrando: "Faro dans les Bois!".

Os cristais se agarrando aos galhos das raras árvores duras a distância, como cruzes de um calvário. Elas mudam de cor conforme os raios do sol, suspenso no meio do céu, e, principalmente, se azulam com a lua, quando ela se ergue naquela imensidão. É mesmo um verdadeiro conto de fadas que acontece. Eu, na minha reles *gandourah*, com os pés calçando as minhas botas ruins de papelão, mesmo assim eu não tinha medo do frio. Eu gostava daquele país mais do que do meu, pois era o país de Alya, ela tinha me escolhido, eu, o estrangeiro, e ainda mais negro, e que não falava a língua dela. Por causa da minha cor, sua família, seus irmãos principalmente, não queriam que nos casássemos. Multiplicaram as exigências, que eu me esforçava para cumprir. Por fim, exigiram que eu me tornasse muçulmano. Eu tinha aceitado, sabendo que a circuncisão seria dolorosa e faria escorrer muito sangue. Foi nada! Um pedacinho pequeninho de carne! Mas com o meu sexo remendado, eu pude penetrar Alya tantas vezes quantas queria e a fazia gemer debaixo de mim. Nossa felicidade durou sete meses. Sete pequenos meses. Depois eles a mataram. Eles mataram a minha amada. Uma noite que eu estava no bar, bebendo chá verde com uns camaradas, um crepitar nos precipitou para fora. Na nossa frente, todo o bairro ardia. As chamas alaranjadas já lambiam o céu. "Estão todos mortos!", gritavam os que tinham escapado, fugindo cobertos de sangue. Foi ali que a minha vida parou.

    No dia seguinte à visita um tanto inquietante do senhor Ducadosse, Simone foi se encontrar com seu amigo Pai Michalou. Chamavam-no de Pai, pois tinha a cabeça toda branca. Na realidade, ele não era velho: no máximo uns cinquenta anos. Vivera por muito tempo na França. Depois, cansou de montar automóveis, ele que não tinha dinheiro para um e andava no RER, o trem sempre cheio, sempre atrasado ou sempre com algum defeito. Então, voltou para casa e retomou o serviço que seu pai e seu avô exerciam antes dele. Por um tempo, quis ficar junto com Simone, dividir casa e viver como marido e mulher. Ela não quis, com o pretexto de que os gêmeos não tolerariam ter um padrasto. Na verdade, ela tinha um sonho guardado. Um dia, Lansana voltaria e eles retomariam o tempo perdido. Michalou não se preocupava tanto assim, pois ela abria sua cama quando ele queria. No momento, ele estava ocupado remendando suas redes e a escutou com atenção, ergueu os ombros e depois disse:

— No nosso país, há pessoas que dizem que seríamos mais felizes se fizéssemos nosso caminho, politicamente falando, sozinhos. Isso não é verdade, olhe ao redor, olhe os haitianos e os dominicanos, por exemplo. O senhor Jérémie talvez seja um separatista. Quem sabe? Por cautela, é melhor afastar o teu filho dele.

— Como? – lamentou Simone. – O que quer que eu faça com o menino? Para onde quer que eu o mande?

— Ele tem que idade? Você poderia fazê-lo trabalhar em algum lugar. O pagamento dele, por menor que seja, te ajudaria.

Simone não ficou contente com essa ideia. Ela também foi pedir um conselho para sua mãe. Se, aos sessenta anos de idade, Maeva parecia pálida, não fora sempre assim. Tinha sido das mulheres mais notáveis de sua geração. Ela possuía um dom sem igual, o dom da segunda visão. Esse dom um dia caiu sobre ela sem aviso. Aos dezesseis anos, enquanto fazia a sesta, viu seu pai, Ti-Roro, despencar do telhado que ele fazia, pois era pedreiro, e aterrissar no meio dos escombros cortantes como serras. Depois disso, ela viu o furacão Hugo se dissolver em meio a toda sua desolação. Depois, vira a cana-de-açúcar da usina de Blanchet incandescer na noite. Ela vira crianças sufocadas por infestações de vermes, e homens e mulheres se esvaindo em diarreias esverdeadas. De Basse-Terre até Pointe-à-Pitre, tinham medo de sua boca. Foi então que o padre Guinguant chegou lá da sua Grã-Bretanha e a arrastou para o seu confessionário. O que ela estava fazendo? – ele perguntou. Será que não sabia que Deus agia em segredo e que seus caminhos são inescrutáveis? Ela corria o risco da danação eterna se continuasse assim. Desde então, Maeva se calou e agora fazia parte da massa de fiéis, vestida de preto, que comungava diariamente. Porém seu dom não se apagou. Ela via seus netos, Ivan e Ivana, envoltos em um véu vermelho, espesso, sanguinolento. O que aquilo significava? Qual era o destino deles? Maeva escutou sua filha com atenção e depois encolheu os ombros.

Tirar Ivan da escola? Por que não?

Estando as duas mulheres de acordo, Maeva trancou sua porta e mãe e filha se dirigiram ao ensaio do coral. Os ensaios aconteciam todos os dias e às vezes duravam horas. Quando as coristas iam embora, frequentemente a lua já estava alta e o luar suave e doce pairava com um charme inesperado sobre Dos d'Âne, aquele lugar de extrema feiura. As tocas de sapo se metamorfoseavam em crisálidas, prontas para se tornarem borboletas e levantarem voo. Em outros momentos, ficava escuro como breu. Procurando o caminho e tropeçando nas pedras soltas da estrada, as mulheres tinham a impressão de estar abrindo os portões do inferno e seguindo seu próprio cortejo fúnebre.

O repertório do coral era bem variado. As coristas evitavam as canções muito fáceis ou muito conhecidas, tais como "Ban mwen um tibo" ou "Maladie d'amour"... e se dedicavam a uma verdadeira pesquisa nas profundezas da tradição do país. Elas não recusavam compositores modernos, tais como Henri Salvador ou Francky Vincent. Foi assim que, uma noite, Maeva encontrou uma melodia de uma cantora que ninguém conhecia: Barbara. As mulheres a escutaram com a mais viva atenção:

> *Un beau jour*
> *Ou peut-être une nuit*
> *Près d'um lac, je m'étais endormie*
> *Quand soudain, semblant crever le ciel*
> *Et venant de nulle part*
> *Surgit un aigle noir*[*]

---

[*] "Um belo dia/ Ou quem sabe uma noite/ Perto de um lago, eu adormeci/ Quando de repente, parecendo o céu se estilhaçando/ Vinda do nada/ Surge uma águia negra." [N. T.]

No final da música, tinham a mesma expressão:

— Isso não é nada bom pra gente – uma teve a coragem de se pronunciar.

— Ninguém vai gostar disso – sustentou outra.

Maeva estava com muita raiva:

— Como é que é? Por quê? Barbara é uma das maiores cantoras do nosso tempo.

Causa perdida, não conseguiu driblar a oposição das outras coristas.

Anos mais tarde, quando da inauguração do Memorial ACTe, o coral já tinha alcançado franco sucesso com uma canção bastante conhecida de Laurent Voulzy. Aquilo havia dividido o país, aqueles que defendiam o *créole* estavam indignados. De onde saiu esse gosto por canções francesas? Além disso, o coral tinha um nome ridículo, Les Belles du soir, as belas da noite. Aquilo bem provava a alienação das cantoras. Por outro lado, o presidente da Assembleia Regional havia feito uma grande doação de milhares de euros, o que permitiu às Belas da Noite irem à Martinica.

Simone se pôs então a procurar um emprego para seu filho. Em um país onde 35% da população estava desempregada, não foi uma tarefa fácil. Ela subiu e desceu muitas escadas, bateu em muitas portas, enviou currículo, deu telefonemas, esperou horas e horas em salas vazias, e sempre se deparava com a mesma resposta: não estamos contratando.

Quando ela já estava desencorajada, o La Caravelle que estava sendo inaugurado em Cotê sous le Vent aceitou entrevistar Ivan. La Caravelle pertencia à rede Coralie, que espalhava seus hotéis pelo mundo. O carro-chefe sem dúvida fica nas Seicheles. Dado, no entanto, o caráter familiar e modesto do turismo em Guadalupe, nenhum investimento de grande envergadura fora feito. O La Caravelle era um prédio qualquer atrás de um jardim. Fincadas num gramado, duas palmeiras-do-viajante estendiam seus braços rígidos.

Ofereceram a Ivan um posto de segurança.

De fato, a violência tinha se instalado no país. Havia comunidades, lugares, bairros onde ninguém se atrevia a ir depois de certa hora. Os mais velhos contavam aos jovens incrédulos que, em outros tempos, não se fechavam nem as portas nem as janelas, e ninguém nem sabia para que serviam chaves e cofres. Deram a Ivan uma calça de um tecido grosso e azul, uma camiseta e um boné da mesma cor. E, principalmente, deram-lhe uma arma, uma Mauser. Uma arma, ele jamais tinha imaginado possuir uma, mesmo em seus sonhos mais loucos. O senhor Esteban, um policial aposentado devidamente credenciado, veio ensinar a equipe a atirar.

— Acima de tudo, não mirem nas pernas dos bandidos que encontrarem – ele recomendava. – Uma vez recuperados, eles voltarão ao crime. Mirem na cabeça, mirem no coração para que morram e não voltem nunca mais para incomodar.

Desde então, Ivan conheceu duas paixões. A que tinha pela irmã, que amava e desejava a cada dia mais, a ponto de acordar à noite certo de que o irreparável tinha acontecido. E a que tinha por sua arma, sua Mauser. Ele amava ficar sentindo o peso daquele pedaço de metal frio e duro, fazer pose, fazer de conta que tinha avistado um alvo. Ele sonhava em cravar uma bala em uma presa viva. Foi assim que matou várias das galinhas brancas que Simone criava para ter no final do mês e vender no mercado. Ele se sentia um deus, um rei, ele se sentia todo-poderoso.

Infelizmente, essa felicidade foi curta como são todas as felicidades. Primeiro, ele soube que aquela Mauser estava ultrapassada e não tinha nenhum valor. Ela vinha de um lote irregular, comprado por um preço baixo, por uma pessoa da cidade grande que saiu fugida de Guadalupe. Uma noite, o sujeito atirou num ladrão que vinha roubá-lo e o atingiu mortalmente na cabeça. Não ficou um dia sequer na prisão, mas sua casa havia sido manchada de sangue e pichada com "assassino" nas portas e janelas. Assim ele entendeu que era melhor colocar o Atlântico entre ele e aquele país. Essa descoberta machucou Ivan profundamente. Sua arma era barata, um brinquedo, um mero brinquedo. O mais grave estava por vir.

Não tinha uma semana que ele trabalhava no Caravelle quando o diretor de Recursos Humanos, um grandalhão suado da cidade, chamou-o. Ele cravou seus olhos azuis como dois pedaços de céu em Ivan e perguntou:

— Você é o Ivan Némélé? Que idade você tem?

Ivan ficou boquiaberto. Ele costumava enganar nesse quesito, pois era forte e corpulento. Mas, dessa vez, farejou o perigo. O homem da cidade continuou:

— Temos informações sobre o seu cadastro e soubemos que você ainda não tem dezesseis anos. Então não podemos confiar uma arma a um menor de idade, sob pena de incorrer nos piores processos judiciais. Devolve a tua arma! Devolve!

Como Ivan hesitava petrificado, o homem arrancou o cinturão que ele tinha no corpo. No entanto, não demitiram Ivan. Simplesmente trocaram seu cargo. Deram a ele um uniforme de cor neon e o encarregaram de cuidar da piscina onde se banhavam as crianças pequenas. Ivan sentiu aquilo como uma humilhação terrível, como uma cilada maligna que se armava contra ele.

Foi neste dia que começou a sua radicalização, palavra que usamos hoje a torto e a direito. Ela não vem do seu tempo na prisão, como poderia se pensar. Até então Ivan ouvira as histórias do senhor Jérémie *de pawols en bouch*,* sem dar valor. Agora ele entendia que o mundo era algo diferente do que ele imaginava. Que a Terra não era redonda, mas atravessada por fendas, falhas nas quais um indivíduo como ele, sem defesa, sem apoio, poderia perder a vida.

---

* Provérbio *créole*, em português há o similar "palavras ao vento". [N. E.]

Agora que não fazia mais parte da equipe de segurança no Caravelle, ele tinha muito tempo para ir à casa do professor. Jérémie adorava as visitas e tagarelava incansavelmente sobre a ferida que havia ensanguentado sua vida.

— Depois da morte de Alya, atentados, tocaias, emboscadas, nada mais disso fazia sentido para mim. Compreende? Eu não sou um muçulmano de verdade. Não acreditava que reencontraria a minha amada me esperando sentada no Paraíso, com tudo o que eu tinha perdido. Eu sabia que não a encontraria mais. Minha felicidade tinha se acabado. Então, voltei à França e fiz o curso do Ministério da Educação. Acabou que o curso me deu um cargo em um colégio miserável, em um bairro podre de periferia. Lá, que surpresa, os alunos, meninos e meninas, me adoraram. Eles gostavam dos contornos da minha vida. Os países que eu tinha conhecido, eles queriam ir lá. Minhas aulas eram sobre contar a eles as minhas aventuras e aconselhar os mais aventureiros nas escolhas de suas destinações. Infelizmente, o diretor do colégio desconfiou de mim. Ele me denunciou. Você sabe o resto.

Sim, Ivan sabia o resto da história. Gente feliz não tem história, já dizia o conhecido ditado popular.

Quanto a Ivana, ela era feliz. Era bonita. Era a primeira de sua classe no francês, em matemática e até nos esportes, pois tinha acabado de ser escolhida capitã da equipe feminina de vôlei da escola. Ela sempre fora dotada de um traço alegre na voz e havia sido escolhida como solista do coral. Um dia, quando ela se apresentava na igreja de Dournaux, uma pequena cidade costeira localizada a cerca de vinte quilômetros de Dos d'Âne, foi notada por um professor de música aposentado que lhe ensinou a *Ave Maria* de Gounod e a de Schubert, o que lhe valeu um convite para ir à Guiana e para cantar na igreja de Apatou, diante de uma plateia de negros quilombolas. Sabe-se que para ser feliz nessa Terra é preciso uma boa dose de cegueira. Ivana a tinha. Foi assim que ela se recusou a encarar o quadro de miséria extrema no qual havia crescido e se convenceu de que um dia tudo mudaria. Assim, ela não queria ver como Simone murchava e desbotava nos canaviais na época da colheita ou atrás da banca do mercado. Convenceu-se de que chegaria um tempo quando ela mudaria o curso do destino de sua mãe. Existia apenas um ponto sobre o qual estava lúcida: a natureza de seus sentimentos por seu irmão. Ela tentava em vão colocá-los na conta do fato de serem gêmeos, mas, sabia, eram anormais. Às vezes ela ficava mexida quando o via vestido com sua velha camiseta preta varrendo o quintal e os arredores da casa ou era tomada por calafrios quando suas mãos se encontravam em uma tigela de café ou em um simples pão trançado. É sabido, eles nunca trocaram uma palavra imprópria sequer ou realizaram algum gesto deslocado. Ela sabia, no entanto, que aquela efervescência ardente que carregavam dentro deles iria incendiá-los e consumi-los. Desde que Ivan começara a ir pela manhã ao Caravelle, ela gozava de um descanso, pois via menos o irmão.

Um dia que voltava do canal, com um garrafão cheio de água, equilibrado na cabeça, uma mobilete vermelha passou de raspão e quase a atropelou.

— Essa tarefa não é para você. Você é bonita demais! – gritou uma voz. – Deixa que eu carrego no teu lugar.

Ivana reconheceu com surpresa Faustin Flérette, o filho de Manolo, o padeiro. Manolo era um mulato e tinha um lugar privilegiado em Dos d'Âne. Ele parecia rico. Para lá e para cá com o prefeito, recebia em sua mesa vereadores e deputados que vinham de Basse-Terre. Crescera em Marseille, onde seu pai se refugiara, durante a guerra, para proteger sua companheira, uma judia. Não aprendeu grande coisa – foi expulso do colégio René Char já na quinta série –, a não ser fazer pães e bolinhos, como *fougasses* e *panisses*. No domingo, os carros dos burgueses lotavam a única rua de Grande Anse para esvaziar a loja de Manolo de suas iguarias. Faustin, seu filho mais velho, tinha terminado o segundo grau com uma menção honrosa. Porém, por causa de um erro administrativo, seu dossiê desapareceu e ele não conseguiu a bolsa que merecia. Esperando que esse erro fosse reparado, trabalhava no colégio como tutor e ensinava álgebra e geometria às crianças que tinham dificuldades nesses domínios. Ivana zombou:

— Como! Você não quer que eu carregue esse peso? É você que vai colocá-lo na cabeça?

— É claro que não – ele reclamou rindo. – Eu vou colocar aqui atrás da minha mobilete.

Desde aquele dia, uma relação, que não era fácil de definir, nasceu entre os dois adolescentes. Da parte de Faustin existia, sem dúvida, o desejo de um jovem homem por uma garota atraente, apesar de sua classe social inferior. Ele queria levá-la para a cama, mas não pensava naquilo de um modo muito cru. Ivana, de sua parte, ficou lisonjeada. Mas para ela era, primeira e principalmente, um modo de se afastar de Ivan, uma tentativa de direcionar a outro o que sentia pelo irmão.

A partir daquele dia, Faustin ia todas as manhãs encontrar Ivana. Ela usava um capacete deselegante, é preciso dizer, se sentava na traseira da motinho dele e se deixava levar até Dournaux, onde era o colégio. À noite, Faustin a levava de volta para Dos d'Âne. Eram cheios de charme aqueles trajetos pelas estradas da Côte sous le Vent! Quando o sol, dominador e cruel, ainda não tinha se levantado, apagando todas as sombras, nivelando os relevos, a paisagem era banhada numa luz leitosa encantadora. À noite, o domínio é da escuridão absoluta. Ouve-se apenas a grande voz uivante do mar cujas ondas se juntam e rolam do fundo do horizonte.

Uma noite, Faustin e Ivana encontraram Ivan, que desta vez, ao contrário de seu costume, havia voltado para jantar em casa. Enquanto Simone preparava os mariscos *lambis* que ela tinha ido comprar às pressas para o seu filho amado, ele assistia a uma partida de futebol na televisão de tela plana. Quando os viu chegar, se levantou, os olhos e a boca abertos de estupor. Ignorando a mão que Faustin lhe estendia, ele interpelou a irmã:

— De onde saiu esse aí?

Ivana deu uma explicação confusa, enquanto Faustin saía pela porta prudentemente, sem esperar ajuda. Simone colocou sobre a mesa fatias de abacate, arroz *créole* e um fricassê de *lambi* que parecia muito apetitoso. Porém, o jantar se passou sem que uma palavra sequer fosse pronunciada entre a mãe e os filhos. Ivana tinha medo. Um pressentimento terrível a invadia. E ela não estava errada. Perto da uma hora da manhã, escondendo em suas roupas a faca de cozinha de sua mãe, Ivan foi esperar Faustin na saída do bar Rhum Encore, onde, com seus amigos, ele enchia a cara. Quando ia saindo, Ivan seguiu em seu encalço até a beira-mar. Lá, a silhueta dos dois adolescentes desapareceu na escuridão. O que aconteceu? Nunca saberemos. Porém, no dia seguinte, dois pescadores, voltando de Antígua, encontraram o corpo de Faustin retalhado, banhado em uma poça de sangue. Mil testemunhas se apressaram para falar da rixa mortal que ele tinha com Ivan, que foi preso perto das dez horas no hotel Caravelle. Alguns turistas ofendidos fizeram suas malas e aquilo deu má reputação ao lugar. Um helicóptero transportou com urgência Faustin Flérette ao hospital de Pointe-a-Pitre, onde três médicos se debruçaram sobre ele.

Essa foi a primeira condenação de Ivan, a primeira vez que ele foi em cana, como dizemos aqui. Por ter ferido Faustin, foi condenado a dois anos de reclusão. Ele conseguiu relativo abrandamento da pena, por causa de seu advogado, um defensor público, sr. Vinteuil. O sr. Vinteuil era conhecido pela natureza de suas alegações. Uns as achavam excelentes. Outros, tendenciosas, marcadas por uma total falta de compreensão sobre a realidade guadalupense. Ao que diz respeito a Ivan, ele o retratou como um *miserável* furioso por ver sua irmã usada como um joguete, um pedaço de carne para o prazer do filho de um quase bem-nascido.

Na verdade, nada tinha se passado entre Faustin e Ivana, fora alguns beijos e carícias. Mas como provar?

Manolo, o pai de Faustin, não sossegou. Dois anos de prisão por ter retalhado seu filho, isso não era pagar caro. Ele decidiu se vingar. Ah sim! Era preciso erradicar da Terra aquela família que a empesteava com seus miasmas. Pressionou seu amigo prefeito para riscar Simone da lista de necessitados, que a cada mês recebiam uma esmola de alguns euros, e, também, expulsá-los do HLM, conjunto de habitação social, que ela ocupava havia vinte anos, bem antes dos gêmeos nascerem. Uma manhã, Simone e Ivana foram tiradas de suas camas por agentes e jogadas na calçada com seus pobres pertences. Não contavam, porém, com Maeva, que não dessatisfeita em acolher a filha e a neta em sua exígua casa. Rogou a Kukurmina, o mestre do invisível, que se esconde no infinitamente pequeno e brilha no infinitamente grande, que intercedesse. Não dava mais para os poderosos continuarem a esmagar e humilhar os fracos impunemente. Parece que Kukurmina a escutou, pois três dias depois, ao se levantar no meio da noite para ir mijar, os pés de Manolo tropeçaram em um objeto desconhecido e ele caiu de cara no chão, rachando seu crânio na quina da banheira. Foi um choque que mexeu com o país inteiro. Que coisa foi o funeral de Manolo! Seus pais e seus aliados vieram de todos os lugares de onde moravam: Paris, Marselha, Estrasburgo, Lyon, Lille. Pois era um fato conhecido: há dois tipos de guadalupenses. Os que estão desempregados no interior do país e os que vegetam em empregos insignificantes na metrópole. Há alguns sortudos que escapam dessa regra e se refugiam no estrangeiro, mas esses privilegiados são raros. A família de Manolo transformou o momento de luto em passeio turístico. Alguns alugaram carros e foram dar um mergulho nas águas geladas do Matouba, rio de águas escuras, rio de águas cor de ferrugem. Uns tiravam *selfies* e eram levados às rochas entalhadas de Trois-Rivières e à rotatória Lucette Michaux-Chevry de Montebello. Outros voavam até os Saintes ou Marie-Galante para passar o dia.

— Não é verdade que o mar do Caribe é mais azul que o oceano Atlântico – reclamava uma irmã de Manolo.

Ela morava em Saint-Malo e era casada com um bretão, ilustrando assim a atração secular que une os bretões aos antilhenses.

O que contribuiu para o caráter festivo da ocasião foram as comidas suculentas que eram servidas em abundância. Primeiro tinha "linguiça, aquelas de dois dedos de espessura que se enrola de maneira loquaz, aquela grande e corpulenta, o *bénin* com gosto de tomilho, o violento de uma pimenta incandescente" (a descrição é de Aimé Césaire), os caranguejos recheados, a mistura de temperos, a caçarola de atum, o fricassê de polvo *chatrou* e os *lambis*... Durante a cerimônia religiosa, o prefeito não deixou o vigário fazer a homilia e subiu diretamente ao púlpito:

— Um provérbio africano diz que um ancião que morre é uma biblioteca que queima – disse ele. – Manolo conhecia as tradições que ninguém mais conhece e está levando-as com ele.

Deveríamos corrigir o prefeito? Não se trata de um provérbio africano, mas de uma célebre frase de Amadou de Hampâté Ba, um dos maiores pensadores da África Ocidental. Não valeria a pena. O senhor prefeito já fazia uma pose para ser fotografado e aparecer no Facebook.

Na saída da cerimônia, uma chuva torrencial começou a cair, grossa e cortante. Era a prova de que o defunto se arrependia da vida.

E aí estavam Maeva e Simone obrigadas a viver sob o mesmo teto, elas que nunca tinham se dado bem de verdade. De fato, quando tinha quinze anos, Simone saíra da casa da mãe, farta de seu constante fanatismo religioso, alternado com as crises em que tinha visões. Simone foi morar com Fortuneo, um haitiano desengonçado que de vez em quando alugava os braços às fábricas para a colheita de cana-de-açúcar, de vez em quando cuidava de jardins particulares. Fortuneo era um falador incansável, mas Simone sempre o ouvia com prazer.

— Quando eu nasci – ele contava – eu era tão preto, azul, na verdade, que a mãe não sabia distinguir minha cara da minha bunda. Ela me deixou cair no chão. Fiz um calombo enorme na cabeça que guardo até hoje. O calombo da loucura? Quando eu estava na barriga da minha mãe, eu não estava sozinho. Tinha um irmão, um gêmeo, se pode dizer. Mas ele morreu ou, mais exatamente, ele entrou em mim. Devia ser músico. Às vezes ele enche a minha cabeça com suas melodias. Eu não consigo ouvir nada. É por isso que eu fico olhando as pessoas ao meu redor como um *ababa*, um idiota. Em outros momentos, dura como uma safira, sua voz fica girando como um vinil no meu cérebro.

    Foi Fortuneo quem iniciou Simone na música, ele que tocava muitos instrumentos e, além de tudo, tinha uma voz muito melodiosa. Graças a ele, ela vasculhou em sua memória e se lembrou dessas canções de ninar, dessas melodias que ouvia na infância sem prestar muita atenção. À noite, eles passavam horas cantando em seu pedacinho de jardim, com as costas apoiadas na sebe de rosa caiena enquanto a lua ia e vinha no meio do céu como um grande farol enlouquecido. Infelizmente, passados cinco anos de convivência, Fortuneo partiu para se juntar ao irmão nos Estados Unidos. Seu irmão lhe garantiu que lá não faltaria trabalho. O que se seguiu para Simone foi um período nebuloso, em que ela passou de cama em cama, de homem em homem, de machista em machista. Então, a brisa do amor e da música operou um milagre. Em uma dessas noites, igual a qualquer outra, ela foi a um ensaio do coral. Perto das 22 horas, chegou um grupo de homens em trajes pouco comuns. Estavam vestidos com um tipo de túnica de algodão que cobria parte da larga calça. Simone soube depois que eram trajes africanos, *boubous*. Eles seguravam nas mãos estranhos instrumentos musicais. Um deles, visivelmente o líder do grupo, dirigiu-se ao coral, ao mesmo tempo intimidado e repelido pela estranheza daqueles recém-chegados.

    — Este instrumento aqui – ele explicou – se chama *kora*. Seu som acompanhava as proezas de nossos reis e os seguia nos campos de batalha. Este é um *balafon*. Cada uma das ripas que o compõem emite um som diferente e o essencial é aprender a mesclar as harmonias. Este pequenino teimoso e obstinado é o *ngoni*, que se esgueira por todos os lugares.

O homem que falava passeando seu olhar de fogo sobre o público era o primo do famoso Mori Kanté, que tinha encantado Guadalupe no ano anterior e lotado o estádio de Abymes com milhares de espectadores. Seu nome era Lansana Diarra. Entre ele e Simone, o amor nasceu instantaneamente. O primeiro olhar que trocaram entre si mudou a visão do mundo que tinham. As estrelas brilharam em seus olhos e parecia que se conheciam há muito tempo. Desde sempre, na verdade.

Depois do ensaio, eles saíam pela noite. As estrelas, que tinham feito seus olhos brilharem, haviam voltado para o céu e deixado para trás um bruxuleio muito doce, de compreensão, de engajamento. Lansana e Simone se deram as mãos.

— Você é uma mulher ou uma fada? – perguntou Lansana. – Na minha vida repleta de ruídos de amor, nunca encontrei ninguém como você. Me conta a sua vida.

Simone riu de bom grado.

— Não há nada para contar. Parece que a minha vida começa hoje, pois antes de ti nada aconteceu.

Lansana partiu depois de quinze dias em Guadalupe, durante os quais Simone e ele não se separaram. No aeroporto, eles se beijaram com paixão e Lansana sussurrou:

— Eu vou te levar para Kidal, onde eu moro. Você vai ver como a cidade é diferente de todas as outras. Ela faz frente ao deserto, de onde tira sua potência.

Algum tempo depois, Simone percebeu que estava grávida e enviou cartas e mais cartas para Lansana. Sem resposta. Ela não podia acreditar. Aquele homem que o hálito quente do Sahel lhe trouxera era, afinal, como todos os outros? Meses se passaram, ela acabou acreditando. Ivan e Ivana nasceram, ela tinha se tornado uma mãe solteira. Como tantas outras ao redor dela. Por que algumas terras são mais férteis do que outras para as mães solteiras? As mulheres são mais bonitas e sedutoras? Os homens têm o sangue mais quente? Ao contrário. Esses são os lugares de grande aflição. O ato sexual é a única dádiva. Dá aos homens a sensação de ter realizado uma proeza e às mulheres a ilusão de serem amadas.

Depois de um dia exaustivo, passado no mercado onde ela tentava vender suas franguinhas, Simone voltou para a casa de sua mãe. Na sala de jantar apertada, mas meticulosamente arrumada, a mesa já estava posta. No ar flutuava um cheiro delicioso de *diri* e *arengsaur*. Simone sentiu um certo aborrecimento. Ela sabia o que aquilo significava. Sua mãe, que sempre a culpou por ser desorganizada, estava lhe dando uma lição de bom comportamento. Maeva saiu da cozinha enxugando as mãos no avental que sempre usava.

— Tive de novo aquele sonho – ela disse angustiada.

— Que sonho? – perguntou Simone irritada.

— O mesmo. Vejo Ivan e Ivana em uma névoa cor de sangue. O que isso quer dizer?

— Nada de mau, seguramente – disse a outra, dando de ombros. – Eles se amam demais para se machucar.

Ela não sabia que o amor é tão perigoso quanto o não amor. Que um grande autor inglês disse: "Todos nós matamos aquele que amamos."

Fincada no topo de uma colina, cercada por falésias implacáveis pelos dois lados, a prisão de Dournaux data do século XVIII. Da época em que os rebeldes que sonhavam se livrar do rei eram enviados para meditar sobre seus crimes. Sua história é ilustrada por numerosos acontecimentos. O mais espetacular se chama La Grande Évasion e data de 1752. Armados com cordas robustas de *karata*, os insurgentes desceram pelas falésias até uma pequena enseada onde cúmplices os esperavam. Esses os conduziram em mar aberto até um navio batizado *La Goëlette*. O que aconteceu depois? Houve uma desavença? Por quê? Nunca saberemos. Em todo caso, os insurgentes atiraram uns contra os outros, do primeiro ao último. O navio fantasma então ficou à deriva no Canal de Dominique e despejou na costa da Martinica uma safra de cadáveres fedorentos.

Aos poucos, alas foram construídas no edifício central, pois a prisão de Dournaux estava superlotada como todas as prisões do mundo. O motivo é simples. Em todos os lugares existem pessoas que não respeitam a lei, que riem dela e que a burlam.

Foi para essa prisão que levaram Ivan. Foi jogado no prédio A, onde se agrupavam as pequenas delinquências. Lá se contava um bom número de detentos culpados de terem maltratado suas parceiras. Cobertas de hematomas ou de sangue, dependendo do caso, elas tiveram força para ir à delegacia e a ousadia de dar queixa. Foram ouvidas e consequentemente seus algozes, para sua grande surpresa, foram presos. Como? Não podemos bater nas mulheres hoje em dia, diziam a si mesmos! Desde os primórdios, nossos ancestrais lançam mão disso. O mundo está mudando? Ivan ficou mortificado por estar preso no pavilhão das pequenas delinquências. Ele preferia ter entrado no pavilhão B ou no pavilhão C, ou ainda na ala de segurança máxima, onde por vezes se viam os reclusos andando em círculos no pátio cercado de arame farpado sob a guarda de um enxame de guardas e sobre os quais os jornais escreviam todos os tipos de histórias. Um dos presos foi batizado de Le Criquet, o grilo, devido à magreza e também à periculosidade, pois era capaz de reduzir a nada uma multidão de pessoas. Outro foi batizado de La Mangouste, o mangusto, pois era ardiloso e cruel. Outro ainda, Le Mamba noir, mamba negra, pois superava todos os outros em crueldade. Paciência, sussurrava uma voz interior, o seu dia vai chegar e você vai forjar seu nome no céu em letras de fogo e todos vão se lembrar de você.

Ivan fez amizade com Miguel, filho do doutor Angel Pastoua. Cinco anos mais velho que Ivan, Miguel o colocou sob sua asa. Se ele estava na prisão era porque tinha furado os olhos de sua esposa, Paulina, que ele suspeitava ser amante de um libanês, comerciante de tecidos na rua de Nozières. Miguel era o filho de um "rebelde", como se chamavam os antilhenses que tinham se recusado a prestar serviço militar e se juntaram à Frente de Libertação Nacional na Argélia. Depois disso, anistiado, ele voltou ao país e se tornou um de seus maiores cardiologistas. Aquilo bastou para que Miguel, constantemente confrontado com a imagem desse pai corajoso, se tornasse um delinquente desde tenra idade. Como o senhor Jérémie, ele contava a Ivan seus pensamentos:

— Albert Camus disse "Entre a revolução e a minha mãe, eu escolho a minha mãe." Você sabe quem é Albert Camus, não é? – Ivan não respondeu àquela pergunta, pois ele nunca tinha ouvido falar naquele nome. Inconsciente da ignorância, Miguel continuou. - Albert Camus disse a maior verdade que há. Meu pai me dá dor de cabeça com suas histórias da FLN, de como ele lutou, como conheceu Frantz Fanon, tal e coisa e coisa e tal. Tudo isso me entediava. Para mim, a Argélia era só Blida, de onde era a minha mãe, que eu não vi mais. Eu vivi com ela até os meus sete anos, depois o meu pai teve a péssima ideia de me fazer vir para junto dele.

Miguel decretou uma quantidade de regras peremptórias: não se deve pôr os pés na igreja, muito menos confessar-se ou comungar. A Igreja Católica tinha apoiado a escravidão. Padres, por exemplo o padre Labat, tiveram escravos. Ao contrário, era preciso se interessar pelo Islã, religião desprezada pelos ocidentais, mas cheia de grandeza e dignidade. Era preciso deixar Guadalupe o mais rápido possível, onde nada nunca acontecia, e chegar a outras partes do mundo onde a luta contra os poderosos inflamava-se.

Para Ivan, esses dois anos na prisão foram benéficos, se podemos assim dizer. Pela manhã, eles faziam bolas e raquetes de tênis. Montavam as peças para toca-discos ou diversos instrumentos musicais. À tarde, todos os tipos de professores voluntários vinham dos colégios das redondezas. Eles ensinavam francês, matemática, história e geografia. Ivan naturalmente já conhecia Vitor Hugo, mas se iniciou nas palavras de Rimbaud, Verlaine, Lamartine e principalmente de um certo Paul Éluard.

> *Sur la santé revenue*
> *Sur le risque disparu*
> *Sur l'espoir sans souvenir*
> *J'écris ton nom.*
> *Et par le pouvoir d'un mot*
> *Je recommence ma vie*
> *Je suis né pour te connaître*
> *Pour te nommer*
> *Liberté.**

Ivan se deu conta de que não compreendia bem o que aqueles versos significavam. Mas ele sabia por intuição que aquilo não importava nem um pouco. A poesia não era feita para ser compreendida. Ela era feita para vivificar o espírito e o coração. Ela era feita para que o sangue circulasse mais alegre nas veias. No final do seu tempo de prisão, ele recebeu o seu diploma de ensino fundamental com a menção honrosa. O júri escreveu uma anotação que surpreendeu.

— Se Ivan Némélé quisesse se esforçar, só teríamos elogios para fazer.

Quando Ivan saiu da prisão, Ivan e Ivana se encontraram paralisados de timidez. Por dois longos anos, se viam apenas uma vez por semana, no caos e na desordem da sala superlotada das visitas, se comunicando por uma grade e às vezes sendo obrigados a berrar para se fazer ouvir. Fragmentos de conversas estrangeiras se misturavam às deles.

Agora que estavam tão próximos um do outro, não ousavam se olhar nos olhos nem se tocar, muito menos se beijar. De comum acordo, se dirigiram a um lugar que gostavam: a Pointe Paradis, uma pequena

---

* "Na saúde recobrada/ No perigo dissipado/ Na esperança sem memórias/ Escrevo teu nome/ E ao poder de uma palavra/ Recomeço minha vida/ Nasci pra te conhecer/ E te chamar/ Liberdade." "Liberdade" de Paul Éluard, na tradução de Carlos Drummond de Andrade e Manuel Bandeira in R. Magalhães Jr. *Antologia de Poetas Franceses (do Século XV ao Século XX)*. Rio de Janeiro: Gráfica Tupy, 1950. [N. T.]

enseada, onde antes os corsários de todas as nacionalidades observavam os galeões espanhóis carregados de riquezas que cobiçavam. Foi lá que o célebre Jean Valmy caiu em uma emboscada dos soldados do rei. Trazido de volta à França por traição, foi enforcado na praça de Grève.

Ivan pousa sua cabeça na doce almofada da barriga de sua irmã e sussurra:

— Penso em você o dia todo. Fico me perguntando o que você está fazendo, do que está cuidando. Tentando imaginar os teus pensamentos, eles se tornam os meus e eu me torno você. No fim das contas, eu sou você.

Ivana se segurava para perguntar a ele o que faria com seu belo diploma novinho quando ele fez a última pergunta que ela esperava:

— Já ouviu falar de um tal de Paul Éluard?

Ela encolheu os ombros, perplexa:

— Sim, é claro.

Ele insistiu:

— O que sabe dele? Ele foi privado de sua liberdade? Ele ficou preso e por quanto tempo?

— Não sei de nada disso.

Depois começou a despejar as banalidades que tinha aprendido sobre Paul Éluard.

Poeta surrealista. Discípulo de André Breton até ser expulso do movimento, grande amigo de René Char. Era evidente que seu irmão não a ouvia mais. Ele havia construído em sua cabeça seu próprio Paul Éluard, um escritor que lhe convinha. Simone de Beauvoir escreveu que você nunca deve conhecer seus leitores. Na minha opinião, a recíproca é verdadeira. Os leitores sempre imaginam um belo escritor, manejando elegantemente o verbo, cheio de humor, de espírito efervescente. É muito provável que fiquem desapontados com a realidade. O ócio é a mãe de todos os vícios.

Ao sair da prisão, Ivan ficou sem trabalhar durante quase um ano. No Caravelle não o queriam mais: um condenado. Embora fosse regularmente às instalações da associação de reintegração, encarregada de o ajudar, essa nada lhe oferecia. Por um tempo conseguiu trabalho em um circo, o circo Pipi Rosa, vindo da Venezuela e que percorreu todas as ilhas do Caribe. No entanto, ver aqueles animais infelizes, trancados em jaulas, principalmente um casal de leões, atordoados em sua pelagem carcomida, o deprimia. Ao cabo de duas semanas, ele pediu demissão. Então, Pai Michalou tentou ajudá-lo e propôs que dividissem o seu *saintois*, seu barco pesqueiro, e enfrentassem o oceano. Desde as 4 da manhã, os dois navegavam mesmo com a bruma espessa acumulada durante a noite pesando sobre seus ombros. De repente, o céu clareava. Então eles armavam ou levantavam suas armadilhas, lançavam suas redes repetidamente. Mas a pesca hoje não é o que costumava ser. Voltavam à terra firme com a embarcação metade vazia e Ivan se cansou.

Por fim, um acontecimento extraordinário mudou sua vida. O sr. Jérémie criou sua escola particular e pediu que ele fosse um dos tutores. Logo, começaram a chover perguntas na cabeça das três mulheres. Estavam perdidas em conjecturas. Como o sr. Jérémie, que, todos sabiam, não cheirava bem para o Ministério da Educação, que não tinha relações de prestígio nem um tostão furado, poderia abrir uma escola particular? Na verdade, o Institut de la Lumière Aveuglante, o Instituto da Luz Cegante, era uma ramificação de uma florescente universidade popular na França, fundada por um filósofo da moda, e de quem daremos apenas as iniciais para não incorrer em processos judiciais: BC. (Não confundam com a expressão inglesa BC, Before Christ, que quer dizer Antes de Cristo.) No tempo em que esteve na França, o sr. Jérémie foi até Noirmoutier, onde ficava a universidade de BC. Os dois homens se tornaram amigos, e ainda se aproximaram mais por causa da morte similar de suas companheiras. BC, em geral, uma pessoa austera e taciturna, ficava mais doce ao falar do falecimento:

— Nossas vidas eram uma só. Olhávamos para a mesma direção. Sorríamos nos mesmos momentos. Nós éramos uma só pessoa.

Sua mulher fora atropelada por um mau condutor e morrera na hora com a criança que ela carregava no ventre. BC e o sr. Jérémie compartilhavam o projeto de criar uma universidade em Guadalupe, mas ignoravam que precisariam de quase oito anos para conseguir. O Institut de la Lumière Aveuglante tinha três divisões: Letras, Ciências Humanas e História. Não havia aulas. Eram conferências, colóquios, seminários conduzidos por sumidades vindas da França e principalmente da Inglaterra e dos Estados Unidos da América. O sr. Jérémie tinha apenas o modesto título de diretor adjunto da parte de Ciências Humanas. No entanto, sabia-se que ele era responsável por tudo. Foi ele quem alugou a antiga clínica do doutor Firmin, abandonada há anos. Foi ele quem mandou restaurá-la, deu-lhe orgulhosa aparência com sua escrita majestosa: "La Lumière Aveuglante: Centro de Pesquisas Fundamentais." Foi ele que deu uma entrevista que fez um estardalhaço numa rádio independente de reputação contestatória. Foi ele que se escondeu por trás da escolha de seus palestrantes e dos assuntos de suas aulas. Por exemplo: "Escravidão, crime contra a humanidade"; "Capitalismo e escravidão"; "Para que serve a literatura"; "Conscientização dos povos oprimidos"; "Prejuízos da globalização"; "Para a libertação do homem". Aparentemente, o papel de Ivan importava menos ainda. Sua função era garantir que os DVDs e Blu-rays necessários para os palestrantes estivessem disponíveis quando eles precisassem. Ele garantia também a limpeza dos lugares, comandava uma equipe de faxineiras munidas de vassouras e sempre prontas para se lamentar de como a vida estava cara. Aquele foi o melhor período de sua existência. O mundo se desconstruía e se reconstruía diante dos seus olhos. As mentiras, os mitos, os subterfúgios sumiram. Ele entendia que anos de potência imperialista, injusta e arbitrária, tinham causado os males pelos quais as pessoas sofrem hoje. Ele voltava à noite para Dos d'Âne realizado e falante. Pegava sua irmã pela mão e a conduzia em *charlestons* ou *boogie-woogies* endiabrados, danças um pouco ultrapassadas, mas que continuam a ser pretexto para contorções e saltos engraçados. Como, pela primeira vez na vida, dispunha de um pouco de dinheiro, ele cobria a irmã de presentes: colar de contas de ouro, brincos de argola. O mais espetacular foi um anel, dentro do qual ele mandou gravar as palavras *ti amo*.

Como Ivana ficava bonita assim arrumada! Ela estava na idade em que a adolescente se tornava uma jovem mulher. Suas bochechas redondas, sua barriga e suas coxas tinham desaparecido e ela esticara como uma bengala *kongo*. Simone a olhava com um misto de emoção e ciúme involuntário.

— Eu era bonita assim nessa idade?

Que nada! Maeva a tinha metido nos canaviais. É fato, a cana não é mais o inferno que costumava ser. São máquinas que cortam. Os vestidos de amarrar, acolchoados, tão caros a Joseph Zobel, desapareceram. No entanto, o que resta a ser feito nos campos é terrível. Simone usava meias grossas de algodão, mas as pernas estavam cheias de arranhões e as mãos de calos. Sua pele era negra e rachada.

Desde sua abertura, o Institut de la Lumière Aveuglante foi objeto de uma animada paixão. Se inscreveram trezentos alunos somente no mês de outubro; é verdade que as taxas de escolaridade eram mínimas e que se recrutava desde o nível do ensino fundamental. O instituto também foi alvo de críticas raivosas. Como o poder público tolerava aquele monumento ao ódio cara a cara com a metrópole, se perguntavam os bem-nascidos? Como permitem que alguns professores sustentem que as Cruzadas constituíram a primeira empreitada colonial, que o grande Napoleão Bonaparte fora apenas um escravagista vil, que um presidente da república, admirado por todos, havia sido conivente com os colaboracionistas?

O que pôs lenha na fogueira foi uma conferência de BC, vindo da França em pessoa. Foi intitulada: "As feridas psíquicas da dominação". Dada a sua notoriedade, ele foi convidado a aparecer na televisão num horário de muita audiência. Era um belo cinquentão. O som da sua voz, o modo como mantinha a cabeça e, principalmente, seu olhar inquietante indicavam que ele se achava um dos seres mais inteligentes da Terra. Ele explicou calmamente que a dependência na qual as Antilhas eram mantidas há séculos, dependência que tinha mudado de nome, mas cuja natureza continuava fundamentalmente a mesma, havia causado traumas irreversíveis na personalidade dos habitantes. Se pensar bem, aquela opinião não era mais do que uma reedição dos escritos de Césaire ("Este é o único batismo de que me lembro até hoje...", escreve o escravizado coberto com o sangue do seu senhor que ele acabara de matar em *Et les chiens se taisaient*) e de Frantz Fanon. No entanto, dada a época em que vivemos, tais proposições estão carregadas de uma periculosidade particular. Não fazia nem uma semana que BC tinha entrado em seu avião, e a Companhia Republicana de Segurança, de capacetes e botas, invadiu o Institut de la Lumière Aveuglante. Eles dispersaram os estudantes que estavam lá, entraram no escritório do sr. Jérémie onde ficava uma foto gigantesca de Martin Luther King e lhe disseram que o Instituto estava fechado: ordens do Ministério do Interior. Antes de partir, eles colocaram lacres em todos os lugares.

Os alunos, furiosos, organizaram uma marcha e pediram a todos os partidos, de esquerda e de direita, que se manifestassem com eles contra este grande ataque à liberdade de expressão. Não foram ouvidos. Um magro fluxo de homens e mulheres se reuniu na Praça de la Victoire. O medo começou a se instalar. Souberam que reforços do CRS tinham desembarcado da Martinica e da Guiana. Foi então que o sr. Jérémie se suicidou. Ele andou até um canavial não tão distante de sua casa e meteu uma bala na cabeça. Os trabalhadores agrícolas encontraram seu corpo já devorado por grandes pássaros marinhos, os *malfinis*.

Como o funeral do sr. Jérémie foi diferente do de Manolo, alguns anos antes! Dessa vez, se podia contar nos dedos da mão os enlutados: sua velha mãe, que chorava lágrimas quentes e se perguntava o que ela tinha feito para merecer um filho assim; seu meio-irmão, que nunca tinha se dado bem com ele e dirigia um táxi pirata em Fontainebleu. O sr. Jérémie não tinha mulher nem em casa nem fora dela, nem *fam dero, ni fame jardin*. Por isso não tinha filhos bastardos, naturais ou adulterinos. BC não pôde estar presente no enterro, pois estava na Tunísia, a convite de seus irmãos muçulmanos. Mas deu grande importância aos eventos de La Lumière Aveuglante e batizou uma sala de sua universidade com o nome do falecido: Sala Nicéphale Jérémie.

Aquela morte causou em Ivan uma enorme devastação. Se o sr. Jérémie fosse seu pai, ele não teria chorado mais. Como sempre acontece nesses casos, ele se culpava por coisas sem importância. Como quando parecia entediado cada vez que ouvia a história repetida de seu caso de amor com Alya. Ou ao não ter escondido seu ceticismo quando o sr. Jérémie entoava sua teoria favorita:

— A África dominará o mundo depois da China. E, quando eu digo a África, não estou pensando em África negra e África branca como dizem os ocidentais. Estou falando do conjunto do continente. Dos povos unidos pela mesma religião.

Como resultado, Ivan ia ao bar todos os dias e passava noites inteiras lá. Eles o pegaram completamente bêbado perto de casa. Simone e Ivana, assustadas, se perguntavam se ele também não iria dar cabo de sua vida.

Uma tarde, ele recebeu a visita de Miguel, de quem tinha ficado próximo. Miguel havia encontrado um filão e queria compartilhar a nova. Alix Avenne, um importante negociante de vinhos, não podia recusar nada a seu pai, que o operara de coração aberto alguns anos antes. Tinha acabado de abrir uma fábrica de conservas de peixe e por isso procurava jovens de confiança que entregassem as encomendas de hotéis, restaurantes e particulares. Cobravam os valores devidos e todo mês pagariam à empresa "SuperGel".

— Peixe congelado! – lamentou Maeva. – *Ka sa yé sa*! Então agora é assim! Quando eu era pequena, a gente jogava o peixe ainda se mexendo na panela.

Ivana tinha outras ideias na cabeça. Ela nunca gostara de Miguel, que tinha cometido o crime inominável de ter cegado sua parceira. Aquela carinha de anjo só podia esconder pensamentos vis. Obviamente, Ivan fez o que deu na cabeça. Seduzido, enfiou seus poucos pertences em uma mochila e foi com Miguel, que lhe ofereceu hospedagem.

Nos primeiros meses, tudo correu às mil maravilhas. Aos sábados, Ivan desembarcava em Dos d'Âne, dirigindo uma caminhonete com os dizeres: "Nosso peixe é fresco, só nossos clientes são quentes." Vestia um uniforme pimpão e carregava quilos de peixes congelados, fatias de atum vermelho, pargos e *vivanots* vermelhos, peixes-gato multicoloridos que sua mãe cozinhava numa caçarola.

Nas férias de Toussaint, Ivana ia encontrá-lo. Como todas as coisas da Côte sous le Vent, Pointe-à-Pitre parecia distante, uma cidade estrangeira. Ivana tinha ido apenas uma ou duas vezes para cantar a Ave Maria de Gounod na catedral Saint Pierre e Saint Paul. Com suas ruas principais congestionadas, suas lojas libanesas berrando os últimos zouks, a cidadezinha a assustava. Mas Paulina que, apesar dos olhos cegados, voltara a viver com Miguel e até lhe dera um filho, comprometeu-se a fazê-la mudar de ideia. De braços dados, levava-a para passeios intermináveis.

— Para aqueles que não a conhecem, é verdade que Pointe-à-Pitre pode parecer sem graça – ela dizia. – Mas é outra coisa quando a vivenciamos. Eu nasci no Canal Vatable, em uma casa da diocese, porque minha mãe a alugava do presbítero. Ela esfregava o chão, polia a prataria e arrumava as camas para os padres. Diziam que eu e meus dois irmãos, por causa dos nossos olhos azuis e cabeleira loura, éramos filhos de um dos padres. Um sul-africano que veio de Durban. Não foi comprovado. Minha mãe levou seu segredo para o túmulo. Quando eu era pequena, o grande terror de todos os que viviam nos bairros pobres eram os incêndios. Montes de casas pegavam fogo. As pessoas perdiam suas propriedades e às vezes até seus filhos.

"Um final de tarde, minha mãe e eu tínhamos ido na catedral para assistir à coroação da Virgem. Sabe a festa que acontece sempre no 15 de agosto? Quando voltamos, a nossa casa luzia como uma tocha com os meus dois irmãos dentro. Desde aquele dia odeio a pobreza, sua insalubridade, sua precariedade. É por isso que fico com o Miguel. Ele pode até fazer suas malandragens de preto, afirmar que aos seus olhos nada importa, mas ele é burguês, filho de burguês. A mãe dele era uma camponesa argelina com quem seu pai não quis se casar. Preferiu uma mulata bonita como Marie-Jeanne Capdevielle, com quem se sentava em sua sala."

Ivana não sabia o que responder. Ela mesma ignorava se odiava a pobreza. Estava acostumada. Assistia às sessões do Ciné Club da escola. Lia tudo o que caía em suas mãos: Balzac, Maupassant, Flaubert, que faziam parte do currículo escolar, mas também Julio Verne, Marguerite Duras, Yasmina Khadra e René Char, nos quais percebeu a beleza como um sonho que não conseguimos decifrar: *"Derrière ta course sans crinière, je saigne, je pleure, je m'enserre de terreur, j'oublie, je ris sous les arbres. Traque impitoyable où l'on s'acharne, où tout est mis en action contre la double proie: toi invisible et moi vivace."**

Assim que terminasse o colégio, escolheria uma profissão: enfermeira para cuidar dos fracos e desvalidos ou policial, para os proteger. Ela ficava em dúvida entre as duas vocações.

No quarto mês, tudo mudou. Miguel desapareceu com sua mulher e seu filho. Primeiro pensaram que ele tinha voltado à Guiana, para Saint-Laurent-du-Maroni, de onde Paulina era. Nada disso. Nem estavam em Blida com a mãe de Miguel. A polícia, finalmente alertada, descobriu que eles haviam pegado um avião para Paris e depois para a Turquia.

---

* "No teu encalço, sem crina, eu sangro, eu choro, eu me encerro de terror, eu esqueço, eu rio debaixo das árvores. Caça impiedosa em que se persiste, em que tudo se põe em ação contra a dupla presa: você invisível e eu vivo." [N. T.]

A partir daí, perderam o rastro deles. Então Alix Avenne tomou conhecimento de um gasto desconhecido. As notas estavam superfaturadas. Algumas sequer tinham sido pagas. Havia um furo enorme no caixa. Prenderam Ivan. Certamente, ele foi cúmplice, pois morava na casa de Miguel e fazia par com ele. Pela segunda vez, Ivan foi para cadeia, e Simone chorou amargamente.

Foi então que sua vontade de escrever a Lansana Diarra se enraizou e se fortaleceu. Ivan cresceu como pôde, sem um pai para lhe levar pela mão pelo caminho da vida. Lansana se lembrava dos belos sonhos que tiveram durante a gravidez? Porém, uma preocupação imediatamente lhe acometeu. Como entrar em contato com Lansana? Agora não se escreve mais com folha de papel e envelope. É preciso saber o endereço de e-mail dos correspondentes e saber usar um computador. Depois das reflexões e das lágrimas, ela se decidiu. Ela endereçou sua carta ao sr. Lansana Diarra, musicista do conjunto instrumental, Bamako, República do Mali. No correio, o simpático funcionário a aconselhou a escrever seu endereço no verso da missiva:

— Assim, se ela não for entregue, a carta volta para você – aconselhou. – Ao menos saberá alguma coisa.

Simone chorou mais amargamente ainda e Ivana experimentou um profundo sentimento de revolta quando elas viram a foto de Ivan na primeira página do jornal local. O fotógrafo aplainou sua testa e olhos, aumentou o maxilar e as orelhas, dando-lhe assim as feições de um perfeito bandido. Esse também foi o conteúdo do artigo que seguia a foto, obra de um jornalista visivelmente pago por Angel Pastoua. Ele fez de Ivan o cabeça do esquema. Foi esse vagabundo, saído de Dos d'Âne, que perverteu o filho de alguém notável. O processo parecia todo arranjado. Mas eles não tinham contado com o senhor Vineuil. Ele não apenas não havia retornado para sua terra natal, Clermont-Ferrand, mas acabara de se casar com uma mulher negra. Nem *békée*, nem mulata, nem *chappé--coolie*, nem *bata-zindien* nem *chabine*, nem *câpresse*, nem marrom, nem vermelha.* Negra. Tinha socorrido Ivan uma primeira vez e pediu para ser seu defensor público novamente. O quê! Ele não permitiria que os fracos pagassem mais uma vez pelos poderosos e fossem destruídos por causa deles.

Uma prisão ultramoderna acabara de abrir em Bel Air. À noite, para evitar a fuga dos detentos, a prisão era iluminada como um transatlântico no mar. De modo que as pessoas não podiam dormir por quilômetros no entorno da prisão e uma petição circulava. Na prisão, havia escritórios equipados com computadores e ditafones. Todos os dias, o sr. Vineuil se encontrava com seu cliente e o interrogava longamente sobre sua vida. Que prazer era falar de si, mergulhar em sua intimidade mais secreta, atualizar seus pensamentos mais profundos. Ivan ficou surpreso ao descobrir.

— Por que o sr. Jérémie se tornou seu ídolo? – perguntou o sr. Vineuil.

Ivan hesitou, se debatia com a pergunta em sua cabeça, depois se decidiu:

— Antes dele, fora minha irmã, minha mãe e minha avó, ninguém se interessou por mim.

— E o que ele explicou? O que ele deu para você ler, por exemplo?

— Um monte de livros: Frantz Fanon, Jean Suret-Canale e, principalmente, muitos autores negros americanos traduzidos para o francês. Confesso que não os li muito, pois me entediavam um pouco.

— E o que lhe interessava, então?

— Era a vida do sr. Jérémie. Sua vida mesmo. Ele tinha vivido no Afeganistão, no Iraque. Ele estava na Líbia no ano em que Kadhafi foi morto.

O sr. Vineuil, ao escutar aquelas palavras, se sobressaltou:

---

* Exemplos da variedade de denominações utilizadas no Caribe para se referir a diferentes tonalidades de pele. Os mesmos são intraduzíveis para o português brasileiro e, portanto, optou-se por manter como definido pela autora. [N. E.]

— O que ele pensava de Kadhafi? O via como um ditador ou um herói?
— Aos seus olhos, era um herói. Ele o adorava.
— E ele encorajou você a partir para a Síria ou para a Líbia?
Ivan ergueu os olhos para o céu.
— Partir? Como partir? Ele sabia que eu não tinha um tostão nem pra comprar uma passagem de ônibus pra ir até Basse-Terre ou Pointe-à-Pitre. Ele vivia repetindo que eu tinha que melhorar o mundo ao meu redor.
— Melhorar? Como assim?
— Ele dizia que cada um devia fazer a sua parte. Nunca entendi o que aquilo significava.

Tudo aquilo terminou em absolvição total, tudo acompanhado por uma sentença comunitária de interesse geral.

Durante a argumentação do sr. Vineuil, alguns, especialmente as mulheres, choraram. Outros aplaudiram. Ao final, a sala se levantou e o aplaudiu de pé.

Ivan voltou para Dos d'Âne como um vencedor. Sua mãe alugou uma caminhonete, bandeira flamulando ao vento, buzinando sem parar. Durante todo o caminho, surpresas, as pessoas saíam de suas casas e se perguntavam o que estava acontecendo. Ensurdecidos por seus problemas e dificuldades da vida, eles nunca tinham nem ouvido falar de Ivan e não sabiam que uma vez na vida a justiça havia sido feita. Na praça central de Dos d'Âne, as crianças de colégio, balançavam suas bandeirinhas tricolores, cantando "La Marseillaise". O prefeito, que todos sabiam, que era fã de discursos, não deixava passar nem uma oportunidade. Ele se gabava da França justa e tolerante que não permitia que um de seus filhos fosse condenado erroneamente. Muitos espectadores ficaram chocados que Ivan não disse uma palavra sequer e não misturou sua voz ao concerto de elogios à pátria mãe. A verdade é que ele não conseguia concatenar as palavras. Estava como um lençol lavado na máquina, torcido e depois estendido numa corda. Ele não se sentia agradecido pelo que o sr. Vineuil tinha feito, porque não compreendia nada dos acontecimentos ao seu redor. Ele se lembrava das palavras enigmáticas de Miguel:

— Vou antes de você – ele tinha dito misterioso na véspera do seu desaparecimento. – Vou escrever para você e contar como foi e se você deve vir com Ivana.

Assim que tiveram tempo, Ivan e Ivana foram para Pointe Paradis, seu lugar favorito. Ivan cobriu sua irmã com beijos apaixonados, enquanto ela sussurrava em seu ouvido:

— Não vá mais para a prisão, eu imploro. Pense em mim. Eu sofro demais quando você não está aqui. Todo esse ano, durante a prisão preventiva, eu pensei que fosse morrer. Eu nem conseguia me concentrar direito nos estudos.

Ivan se sentou na areia e olhou o mar que espumava aos seus pés. Ele repetia, sem se dar conta, as palavras que Miguel tinha dito:

— Um dia, nós vamos partir. Vamos fugir.

— Para onde você quer que partamos? – ela disse surpresa.

— Não sei. Mas nós vamos para um lugar mais justo e mais humano.

Seis meses depois, a pena de serviço comunitário de Ivan o levou à empresa CariFood, criada por dois médicos nutricionistas, pais de famílias numerosas. CariFood era reconhecida como utilidade pública e amplamente financiada pelo Ministério dos Territórios Ultramarinos, e se beneficiava igualmente de sólidas subvenções vindas do Conselho Regional. Nada disso surpreendia quando era sabido que CariFood sustentava uma linguagem de natureza satisfatória para todos os tipos de nacionalismo. Os dois médicos nutricionistas que estavam à frente da companhia tinham demonstrado que as comidas que nutriam os bebês no Caribe não tinham nenhum elemento nutricional das Antilhas, nem inhame, nem batata-doce, nem mandioca, nem couve-chinesa, nem fruta-pão, nem banana-da-terra, nem banana-*poyos*. Assim, as crianças poderiam desenvolver uma perigosa alienação alimentar, e **corria-se** o grande risco de desnaturar o paladar dos mais novos, **acostumando-os** a sabores estrangeiros indesejáveis.

A dúzia de homens e mulheres que trabalhavam em uma espaçosa oficina que antes pertenceu à fábrica Darboussier recebeu Ivan sem muito entusiasmo. Imagine só, um condenado cuja fotografia se espalhou por todos os jornais. Deram-lhe uma quitinete minúscula em um edifício perto dali, em Morne de Massabielle. Como Ivan nunca tinha morado sozinho e não sabia cozinhar, criou o hábito de ir duas vezes por dia a um café-restaurante, À Verse Toujour. Lá ele foi imediatamente reconhecido, circulavam as palavras, "condenado pela justiça", e ele se viu relegado a uma extrema solidão. Isso o afetou profundamente, mas não o impediu de continuar a ir ao À Verse Toujour, pois o ambiente o tinha seduzido. É verdade! O bairro de Massabielle não se parecia com nenhum outro. Uma só torre de quinze andares garantia sua modernidade. Ela ficava cercada de casas de madeira entre pátios e jardins ou casas altas e baixas, que com suas estreitas varandas, onde palmeirinhas floresciam atrás das balaustradas de ferro vazadas, lembravam uma época passada. Uma escola particular de boa reputação ficava lá. Consequentemente, pela manhã, enxames de crianças de uniformes brancos e azuis jogavam amarelinha enquanto esperavam o início das aulas.

De tanto esbarrar com a vizinha no vestíbulo exíguo que antecedia sua quitinete, Ivan acabou por conhecê-la melhor. Ela era uma mestiça espanhola com toda a petulância que se associa a esse país. Ela logo contou para ele sua história.

Quando ela estudava fisioterapia, sua mãe, Liliane, guadalupense da comunidade Vieux Habitants, fora enviada a um pequeno *spa* com termas no sul da França. Lá, apesar do espetáculo angustiante oferecido pelos corpos pálidos e obesos dos hóspedes, vivera um belo amor com Ramon, um jovem espanhol, que à procura de trabalho se obrigou a cruzar os Pireneus. Quando voltou a Paris, ela se deu conta de que estava grávida. Quando finalmente descobriu o paradeiro de Ramon, ele tinha se casado com Angela, seu amor de infância, e havia migrado para a Argentina, sempre à procura de trabalho. Tristemente, batizou sua filha de Ramona, ao mesmo tempo uma lembrança de seu pai e de uma música romântica que sua mãe cantava quando era criança:

> *Ramona, j'ai fait un rêve merveilleux*
> *Ramona, nous étions partis tous les deux*
> *Nous allions lentement*
> *Loin de tous les regards jaloux*
> *Et jamais deux amants*
> *N'avaient connu de soir plus doux.**

Ramona cresceu em Vieux Habitants com sua mãe. Seguindo seus passos, tinha estudado fisioterapia e trabalhava no Centro de Reeducação, o Karukera. Aqui, porém, termina a semelhança entre mãe e filha. Enquanto Liliane só sabia assistir ao mês de Maria ou às Vésperas dependendo da estação, rolar as contas de seu rosário e se ajoelhar duas vezes por mês na frente do comungatório depois de ter confessado seus raros pecados devidamente, Ramona era um escândalo, uma devoradora de homens. Ela decidiu bem rapidamente provar Ivan, um condenado talvez, mas bastante bonito. Um metro e oitenta de altura, quadris estreitos, constituição atlética sob suas roupas um tanto deselegantes, é preciso dizer.

Ela primeiro o convidou para tomar um *ti-punch*, acompanhado de linguiça bem apimentada ou chips de banana-da-terra, salgados à perfeição. Quando isso se mostrou insuficiente, ela o convidou para jantar e assistir à televisão por um longo tempo. Nada disso deu certo.

---

* "Ramona, eu tive um sonho maravilhoso/ Ramona, nós dois fomos embora/ Fomos devagarinho/ Para longe de todos os olhares ciumentos/ E nunca dois amantes/ Conheceram uma noite tão doce". [N. T.]

Por volta da meia-noite Ivan deu um beijo casto em sua testa e foi para casa. Uma noite ela não aguentou mais. Vestiu um roupão atraente que realçava os lugares certos e foi bater na porta de Ivan. Ele abriu a porta parecendo aborrecido porque estava mandando um SMS para Ivana e disse de modo bem rude:

— O que você quer?

Ramona fechou o roupão em seu peito.

— Um ladrão! – suspirou. – Tenho certeza de que tem um ladrão na minha casa.

Com um suspiro, Ivan se armou de um cabo de vassoura e atravessou o corredor. Uma vez na casa de Ramona, ficou evidente que a quitinete, calma e tranquila, não escondia nenhum malfeitor. Ele deu de ombros.

— Viu só, está enganada. Não tem ninguém.

Se jogando contra ele, Ramona lhe tascou um beijo apaixonado bem na boca. Sem titubear, ele a afastou e a obrigou a se sentar no sofá.

— Vou te explicar – ele sussurra – com calma.

— Explicar o quê?

— Eu amo uma garota e não posso enganar ela – ele disse sério. – Entende? Ela está em mim e eu não paro de pensar nela nunca.

Ramona o olha fixamente e seus olhos se arregalam de estupor.

— Mas o que isso quer dizer?

Ela não compreendia. Não tinha pedido a ele que namorassem ou que se casassem. Somente um pouco de prazer. Não seria a primeira vez que um homem, apaixonado por uma mulher, cederia a outro desejo.

Ivan conseguiu enfim sair daquela situação e voltou para casa sem ter cedido aos encantos de Ramona. No dia seguinte, à tarde, uma viatura da polícia para nà frente do CariFood e dois policiais armados desceram. Eles entraram na oficina e se dirigiram ao canto onde Ivan arrumava metodicamente os pequenos potes em caixas de papelão.

— Você é Ivan Némélé?! – eles gritaram. – Ramona Escudier acusou você de estupro.

— Mas eu não fiz nada – implorou Ivan, estupefato. – Eu nem encostei nela.

Os outros funcionários da empresa já se aglomeravam na sala assim como uma pequena multidão na porta da CariFood. Sem ouvir Ivan, os policiais o puseram para fora e o empurraram violentamente para dentro do carro. Ivan foi levado à delegacia de polícia de Pointe-à-Pitre, onde um policial registrou sua acusação. Depois, ele foi jogado em uma cela cercada por grossas barras de ferro. Tentava pôr seus pensamentos em ordem. Tinha que contatar o sr. Vineuil o mais rápido possível. Ele viria em seu socorro, a menos que as repetidas escapadas de seu cliente o desencorajassem. Por volta das 18 horas, um homem gordo vestido com esmero, uma máquina fotográfica apoiada em seu confortável abdômen, veio vê-lo de perto.

— De novo você, Ivan Némélé. Agora você é estuprador.

— Eu nem encostei nela – Ivan protestou novamente.

O homem deu de ombros e, sem pedir permissão, metralhou-o com sua objetiva.

Sejamos breves. Dois fatos contraditórios aconteceram ao mesmo tempo. Primeiro, mais uma vez, o rosto de Ivan vai parar na primeira página do *Tropicana*, o jornal local, seguido de um artigo que fazia dele o inimigo público número um. Segundo, Ramona voltou a ter bom senso e retirou sua queixa. Ivan foi liberado. No entanto, depois de tal escândalo, CariFood não o quis mais.

— É isso que é o mundo? – ele se pergunta esmagado, sentado no ônibus que o levava a Dos d'Âne. – Amigos que te abandonam sem dar explicação? Mulheres que te caluniam? Jornalistas que escrevem mentiras sobre a gente? Pessoas prontas para te tirarem um pedaço? Mal posso esperar para receber minha carga de explosivos e destruir a todos.

Mas ele não sabia como.

A paisagem suntuosa que desfilava pela direita e pela esquerda do ônibus não o aprazia. Para dizer a verdade, ele nem a notava. Não tinha sido treinado para prestar atenção às belezas da natureza. O mar, o céu, as árvores eram para ele elementos tão familiares ou indiferentes quanto a sua própria figura.

Em Dos d'Âne, a vida não era cor-de-rosa. Ivana, que se preparava para tentar entrar na faculdade, estava praticamente invisível. Assim que acabavam as aulas, ela se juntava aos jovens que fariam o mesmo exame e estudavam juntos até às 2 ou 3 da manhã. Depois disso, exausta, morta de cansaço, ia abraçar o irmão que a esperava no aconchego de sua cama. Maeva, antes valente, agora não conseguia se levantar, muito menos andar, e passava a maior parte do tempo prostrada na cama. Ela fazia discursos incompreensíveis, com os olhos cheios de lágrimas, apontando para uma imagem do Sagrado Coração de Jesus colocada na cabeceira de sua cama.

— Jesus Cristo, o filho de Maria, está sentado à direita de seu Pai. Olhem! Seu coração sangra por todos os pecados que cometemos. E há um que o faz sofrer mais. Esse pecado, ninguém ousa dizer qual é. Um pai não deve dizer da filha que foi ele quem a fez e que por isso tem todos os direitos sobre ela. O mesmo serve para um irmão.

Quanto à Simone, o silêncio de Lansana Diarra partia seu coração. Havia quase dois anos que ela esperava sua resposta e nada vinha. Ela o imaginava fazendo seus concertos, com aplausos inebriantes, cumprimentando os fãs, e aquilo a enfurecia. Consequentemente, ela professava contra os homens, o que desagradou ao Pai Michalou. Ele resmungava:

— Me ouça bem, não se deve colocar todos os homens no mesmo saco. Eu mesmo nunca te fiz nenhum mal. Se você quisesse, eu tinha criado seus gêmeos como se fossem meus próprios filhos.

O senhor prefeito fez um gesto de bondade. Ele recrutou Ivan para trabalhar com os trabalhadores que estavam construindo a midiateca. Uma midiateca em Dos d'Âne, quem diria? Por que não? Todas as cidades brigam para ter uma, e se não conseguem é o que toca a todos. Agora Ivan fazia parte de uma equipe que quebrava pedras, aplainava vigas ou misturava cimento, algo que ele nunca havia aprendido a fazer. Se levantou de madrugada, tomou banho com água fria no pátio, depois veio tomar um café que sua mãe, de pé desde cedo, serviu só para ele. Aparentemente, a mãe e o filho não tinham nada para conversar. Na realidade, as palavras doces circulavam silenciosamente entre eles, cheias de amor e de carinho que nutriam um pelo outro. Investiam esse peso nas frases mais banais.

— Quer um pão trançado?
— Não, prefiro um pão torrado.

O trabalho de Ivan o embrutecia. No entanto, ele parecia não se importar em reduzir seu peso a carne e ossos. Qualquer coisa era melhor do que o encontro assustador de seus pensamentos com as deformidades do mundo.

De repente, tudo se iluminou. No mês de junho, aconteceu um primeiro evento extraordinário. Ivana passou nas provas para a universidade com menção honrosa. Para dizer a verdade, aquilo não foi uma surpresa para ninguém. Ela sempre fora uma das primeiras em todas as matérias. Mas ver o nome dela impresso em uma lista de aprovados no liceu de Dournaux foi um pouco confuso para Ivan:

— Sem dúvida, ela ficou com o cérebro – pensou ele rindo de alegria –, eu sou um pacote de músculos.

Maeva encontrou forças para se ajoelhar aos pés de sua cama e obrigar sua neta a fazer o mesmo para recitar uns dez rosários a fim de dar graças. *Deo gratias*. Simone foi mais longe. Ela tirou de suas parcas economias porque, devido à sua idade avançada, não trabalhava mais com cana, mas cuidava dos filhos de um casal de mulatos que morava em Dournaux. Ganhava um pouco mais e pôde encomendar uma torta de caranguejos e um bolo mármore de um bufê. Ela decorou com flores a sala de jantar da casa. Convidaram uma dezena de jovens. Escolheram os melhores zouks, e a festa durou quase até de manhã. Ninguém achou nada de mais em ver Ivan e Ivana sempre juntos. Estavam acostumados com aquilo. Todos ainda se lembravam, eram muito jovens, dez ou doze anos. Os grandes *tambouyés* de Morne à l'Eau vieram fazer um concerto na praça central. Entre eles, Lucas Carton, cuja fama era inigualável e a quem todos chamavam de mestre. Durante o intervalo, Ivan pegou corajosamente um tambor *ka* mais alto que ele próprio e fez sua irmã dançar, erguendo sua saia até suas panturrilhas esguias, para o deleite dos espectadores animados.

— Quem te ensinou a tocar *ka*? – perguntou Lucas Carton, pasmo.
— Ninguém – respondeu Ivan com seu ar fanfarrão.
Simone veio em seu socorro.
— Eles têm isso no sangue. O pai deles é um dos maiores músicos do Mali.
— Salif Keita? – perguntou Lucas, que conhecia um pouco daquele mundo.

Dois anos antes, fora convidado para um festival no Mali e conheceu um novo som, vindo do Caribe.

Segundo evento extraordinário: Simone enfim recebeu a resposta que esperava de Lansana, postada do Canadá, de Montreal. Lansana relatava os tristes acontecimentos que tinham sacudido sua vida e explicava seu silêncio. Depois da morte do coronel Kadhafi, gangues armadas até os dentes tinham invadido seu país e estavam descendo até Bamako. Em Kidal, seu quartel-general, instalado na mesquita El Aqbar, queriam mudar os modos de vida e restaurar a religião. Foram-se os dias, asseguramos, em que se prostravam diante de ídolos, em que manuscritos centenários eram tratados como relíquias. Acima de tudo, foram-se os dias de cantar, dançar e fazer música. Apenas o silêncio agradava a Deus e era obrigatório.

Um dia, uns marginais entraram no estúdio de gravação que Lansana tinha construído com muito custo e levaram tudo, antes de se lançarem contra o músico infeliz, refugiado num canto, e de deixarem-no para morrer. Os vizinhos, alertados, levaram-no ao hospital onde ele passou seis meses, enquanto os piores excessos eram cometidos de norte a sul no país. Uma vez curado, amedrontado, Lansana se viu obrigado a se exilar no Canadá, onde ele tinha excelente fama. Lá o festejaram. Agora ele não queria mais ficar no Canadá, mas voltar ao Mali, onde a resistência se organizava. Sua fuga para o Canadá lhe parecia agora um ato de covardia. Era preciso corajosamente tentar destruir aqueles que tanto mal fizeram. Ele não parava de pensar em Ivan e Ivana, mas não podia trazê-los ao Mali, antes que os problemas fossem resolvidos.

— Não sei quanto tempo isso vai levar – ele escrevia. – Seis meses, um ano, dois anos. O que sei é que lhes enviarei duas passagens de avião.

Junto com a carta, Lansana mandou uma foto que fez Simone chorar muito. Ela o viu em sua nova aparência: seco como uma vara de goiabeira, em seu *boubou* largo, os cabelos parcos e agrisalhados, o rosto enrugado, um corpo grande e doente, apoiando-se sobre duas muletas. O tempo não o havia poupado.

Ivan e Ivana não deram importância àquela foto. Haviam sonhado muito com o pai quando eram pequenos, pois a infância imagina a família como um círculo mágico, desenhado em torno de suas angústias. No fundo, não tinham vontade alguma de se separar da mãe, que era uma vítima que o destino tratou muito mal. Tinham menos vontade ainda de ir ao Mali, esse país africano com o qual não partilhavam a religião e cuja língua não conheciam. Pois sabiam que no Mali, como no resto da África, não se falava uma só língua, como na França ou na Inglaterra, e sim dezenas delas, talvez centenas de dialetos. Vizinhos de porta não se entendiam. O que fariam naquela bagunça? Ivana pensava principalmente que ela havia atingido a idade de suavizar o destino de Simone. Ela não tinha se decidido entre duas carreiras: enfermeira, para cuidar dos mais fracos e mais desvalidos, ou policial, para os proteger. Foi assim que Ivana decidiu voltar ao Centro de Orientação Pedagógica de Dournaux.

O liceu de Dournaux não foi, como a escola comunitária de Dos d'Âne, completamente destruído pelo ciclone Hugo. Isso fez com que fosse reconstruído em linhas ultramodernas. Do jeito que estava, era uma colcha de retalhos de pavilhões de madeira espalhados em um pátio de concreto. Aqui e ali algumas árvores cresciam tristemente: mogno hondurenho, ébanos. A responsável pela orientação escolar, uma jovem da metrópole, com a tez bronzeada dos muitos banhos de sol, olhava Ivana com comiseração.

— Então, você nunca saiu de Guadalupe e fez todo o percurso escolar em Dos d'Âne!

Um pouco envergonhada com a entonação, Ivana explicou que não sentia falta das saídas. E ela foi muitas vezes à Martinica, duas vezes à Guiana e até mesmo uma vez para o Haiti.

— Mas por que está se limitando a essas duas atividades, policial ou enfermeira? – A jovem continuou. – Com essa sua menção honrosa nos exames escolares, você poderia se candidatar aos exames de admissão das Grandes Écoles.

Ivana balançou a cabeça bruscamente. Ela não queria esses trabalhos de prestígio. Simplesmente queria servir aos humildes, como ela.

— Eu acho que seria melhor escolher polícia, isso vai lhe permitir conhecer o mundo ao redor. Há academias de polícia excelentes na França.

Ivana se arriscava, visto que não tinha intenção de partir sozinha para a metrópole. Ela teria a companhia de seu irmão.

— Seu irmão? – repetiu a moça, surpresa.

— Sim, meu irmão gêmeo.

A jovem fez então um gesto conciliatório:

— Ele poderia se tornar um aprendiz.

— Um aprendiz, mas onde?

— Isso vai depender das ofertas. Será preciso contactar o CFA.

Mas o homem dá e Deus tira. O encontro planejado não pôde acontecer na data prevista, pois dias mais tarde Maeva morreu. Tinha o hábito de pedir a Simone que colocasse sua poltrona no pátio, para que pudesse se banhar na luz e apertar a mão fraterna do Compadre General Sol.

Um meio-dia, perto da hora do almoço, Simone a encontrou caída no chão. Será que quis se levantar e tentar andar sozinha? Havia batido em uma pedra e sua cabeça estava banhada em sangue coagulado. Foi o tempo de chamar os vizinhos, de correr para o doutor Bertogal, o único que não se importava com quem pagaria seus honorários, e estava morta, não sem antes ter sussurrado ao ouvido da filha chorosa: "Presta bastante atenção em Ivan e Ivana. Sonhei com eles novamente essa noite, banhados em uma poça de sangue."

Simone ficou espantada com a violência de sua dor pela morte daquela mãe que acreditava não amar e que sempre fazia cara feia para suas decisões e escolhas. O que as aproximava era sua paixão em comum pela música e pela beleza dos cantos que elas ensaiavam no coral. Do mesmo modo, Ivan e Ivana se surpreenderam ao chorar. Sua avó fora a única pessoa a tratá-los como criminosos em potencial, como se eles carregassem em si mesmos os germes de um crime abominável. Eles não podiam esquecer isso.

Quando tinham quinze anos, enquanto descansavam um nos braços do outro, ela invadiu o quarto deles e os separou com violência, gritando:

— Seus dois malditos! Dois malditos! É isso que vocês são!

— Mas não estamos fazendo nada de mau – protestaram.

Maeva não queria saber de nada. Não fosse a intervenção de Simone, ela teria pegado a primeira vassoura e espancado os netos. Desde esse dia, nunca mais dormiram juntos. Ninguém podia adivinhar as motivações secretas da conduta de Maeva, nem compreender por que ela quis inscrever no repertório do coral "L'Aigle noir", de Barbara. Ela também havia sido estuprada pelo pai. Não era um homem que contava vantagem, falador e seguro de si. Ao contrário, era um negro com cara de penitência, tímido e mal resolvido, de calças puídas. Mesmo assim, ele partiu para cima dela, quando ela tinha doze anos, e, alguns anos depois, para cima de sua irmã mais nova, Nadia. Quando ele caiu do telhado da casa que ele fazia, Maeva experimentou uma alegria da qual nunca se perdoou e depois roubou-lhe todos os momentos de prazer. Ela se lembrava de seu cheiro de cigarro e a queimadura que ele infligiu a seu sexo. Isso durou mais ou menos cinco anos, e depois ele deixou a mulher e suas duas filhas e saiu de casa. Durante anos Maeva preparou sua roupa mortuária: um vestido *créole*, chamado *matador*, de percal preto enfeitado com motivos brancos, um xadrez madras preto e branco, chinelos de veludo roxo. Como estava linda vestida com essas roupas, ela que durante os últimos anos de sua vida parecia tão insignificante. A morte é a grande equalizadora, pois ceifa tanto presidentes da República quanto varredores de rua, os notáveis e os indigentes. No entanto, a forma como cada pessoa a recebe denuncia as diferenças existentes entre as classes sociais. Simone só podia pagar um enterro de terceira classe para sua mãe. Dessa forma, a funerária Veloxia pendurou enfeites pretos na porta e na janela, estampados com as letras prateadas MN: Maeva Némélé, e dispuseram lírios brancos que destacavam a pobreza da cena. O único elemento harmonioso: a *soupe grasse* para o velório, preparada por Anastasia, a vizinha, uma saborosa mistura de cebola, cenoura, batatas e carne de boi. Durante dois dias, a casa não se esvaziava, pois Maeva não era uma desconhecida. Ela não apenas fazia parte do coral como ninguém se esquecia da força de suas visões do passado, quando ela ficava ereta como um I, com os punhos erguidos para o céu. Um público enlutado enchia a pequena igreja. O senhor prefeito fez uma homilia bastante notável. Ele não conseguia aplacar o remorso que sentia por ter expulsado Simone do conjunto de habitação social do município. Foi por isso que ele ofereceu a Ivan fazer parte da equipe que estava construindo a midiateca. O prefeito planejava oferecer a Ivan que ingressasse no serviço de limpeza das vias públicas, pois não existem empregos estúpidos, apenas pessoas estúpidas. No entanto, quando ele o fez, sua oferta foi recusada com altivez. Ivan não tinha nenhuma vontade de manusear o lixo de Dos d'Âne. Não tinham acabado de encontrar em uma lixeira um menino com horas de vida, o que levou a polícia de Basse-Terre a ser enviada até lá? Além disso, ele partiria para a metrópole com sua irmã e faria um curso em uma fábrica de chocolates da periferia parisiense.

De fato, esse boato começava a se espalhar e logo se tornou certeza. As mulheres balançavam a cabeça dolorosamente: ela vai se sentir bem sozinha, a Simone! Mas como dizem os ingleses: *Every cloud has a silver lining.* Tudo tem seu lado bom. A condição de Simone mexeu com o coração de Pai Michalou. Ele compreendeu que o momento era ideal para lhe fazer a oferta de que ficassem juntos. Naquele momento, Simone foi triplamente afetada: pelas tristezas de Lansana Diarra, pela morte de sua mãe e pela partida próxima de seus filhos. A velhice cairia sobre ela em seu isolamento.

Um domingo, Pai Michalou meteu seu único terno e foi até a casa de Simone para lhe fazer uma proposta. Eles namoravam há dez anos. Era um fato, ele não lhe oferecia riqueza, mas uma companhia para todos os momentos. Simone o escutava, de cabeça baixa, sem trair suas emoções. Quando ele se calou, ela simplesmente disse:

— Meus filhos viajam no fim do mês de agosto. Assim que eles partirem, eu vou viver com você.

Depois disso, como que para selar o acordo, eles fizeram amor, não de um jeito mecânico e rotineiro, como faziam nos últimos tempos, mas com paixão, como se eles se redescobrissem e se desejassem de novo.

Aquele que deixa um país definitivamente ou por um tempo longo muda completamente de personalidade. Uma voz, que ele nunca tinha ouvido antes, ergue-se das árvores, das pradarias, das margens e sussurra palavras muito doces em seu ouvido. As paisagens se enchem de uma harmonia desconhecida. Ivan e Ivana não foram exceção a essa regra. Assim que a data de sua partida foi acertada, eles começaram a ver Guadalupe com outros olhos, como um familiar que estamos prestes a perder. Alugaram duas mobiletes na loja de bicicletas Nestor e percorreram os arredores de Dos d'Âne, de preferência aos domingos, quando as estradas estavam semidesertas, com exceção dos ônibus. Eles foram primeiro à reserva do Comandante Cousteau, com a qual nunca se importaram. Rodeados por uma multidão de turistas, porque esta gente não conhece sábado nem domingo, subiram num barco com casco de vidro para descobrir o esplendor do fundo do mar. Depois, alugaram um *saintois* e remaram até uma ilhota plana e rochosa que se erguia em duas colunas de pedra. Se chamava a Tête à l'Anglais, porque os arbustos espinhosos do mesmo nome abundavam ali. Iguanas de olhos oblíquos não fugiam com a aproximação dos visitantes, mas os olhavam de cima a baixo. Ivana, que amava as carícias do sol, tirou suas roupas para se esticar sobre a areia. Doente de desejo, Ivan se dizia: "E se eu transar com ela como estou pensando!" Para se acalmar, ele foi dar um mergulho no mar, que estava mais frio devido a uma corrente do norte. Ivana gostaria de se sentar em um catamarã e ir para Saintes, Terre de Bas, onde haviam passado tantos acampamentos de férias organizados pela prefeitura quando eram crianças. Para Ivan, aquelas lembranças, ao contrário, eram odiosas. Ele se lembrava da triste construção de madeira onde eram colocados, úmida e abafada, das camas estreitas, da comida insípida. Um dia, passando fome com Frédéric, companheiro de infortúnio, ele matou uma das galinhas do vizinho a pedradas, depenou-a com destreza e cozinhou-a na fogueira. Tendo esse crime sido prontamente descoberto, ele recebera uma das mais severas surras de sua vida. Ivan e Ivana combinaram de relembrar as melhores férias da adolescência com Adèle, meia-irmã de sua mãe, filha natural do mesmo pai ausente e invisível, de quem não se sabia o paradeiro e a identidade exata. Desde então, Adele e Simone ficaram com raiva uma da outra por motivos pouco claros e não se viam mais. Simone fez tudo o que estava em seu alcance para os impedir de ir a Port-Louis, onde morava Adèle:

— Ela nem se mexeu quando mamãe morreu – reclamou.

— Talvez ela nem tenha ficado sabendo – respondeu Ivana, conciliadora. – Ela mora do outro lado do país.

— Estão falando de um dos seus meninos no jornal – Simone disse. – Ele foi preso.

— Como eu – replicou Ivan. – Já estive de volta duas vezes. – Sim, mas no seu caso foi injusto, porque você não fez nada.

Ah! A cegueira das mães antilhenses que perdoam tudo de seus filhos. No fim das contas, os dois jovens não prestaram mais atenção ao que a mãe dizia e tomaram o caminho de Port-Louis.

Quem diz que um litoral se parece com outro litoral não sabe do que está falando. Em primeiro lugar, a cor da água nunca é a mesma. Iridescente com os raios do sol, ora violeta, ora verde, como a tinta que não usamos mais porque não escrevemos mais à mão, ora pastel. Da mesma forma, a areia muda ora para marrom, como a crina de uma fera selvagem, ora para amarelo-claro como a penugem de um patinho recém-nascido. Assim também o firmamento brilha de maneira diferente.

Tia Adèle morava na ponta extrema do litoral. Menos miserável que Simone por ser funcionária pública e varredora da prefeitura, ela ocupava uma grande casa que dividia com as filhas. A mais nova tinha acabado de terminar a escola, mas, sendo menos sortuda do que Ivana, não tirou um diploma. Adèle se parecia com Simone. Ivan e Ivana ficaram surpresos ao encontrar pedaços do rosto de sua mãe misturados a traços desconhecidos. O coração de Adèle estava pesado de dor e ela logo desabafou com os sobrinhos. Cinco anos antes, seu filho Bruno havia partido para procurar trabalho na França. Por causa de sua boa constituição física, foi rapidamente recrutado pela empresa Noirmoutier, como segurança. Era o paraíso! Todo mês ele mandava metade de seu salário para Port-Louis. Ele prometeu a Adèle e suas irmãs que as levaria para sua casa em Savigny-sur-Orge e revelaria a elas as maravilhas de Paris, a Cidade Luz. De repente, silêncio total. Depois de tentar telefonar a ele em vão dezenas de vezes, Adèle se lembrou de um primo distante, desempregado, que morava em Sarcelles, e pediu-lhe que intercedesse. O primo foi até a empresa Noirmourtier, onde soube que, uma noite, Bruno não chegou ao trabalho. Como também não o encontrou em sua casa, seu amigo, Malik Sansal, ficou preocupado e avisou à polícia, que não fez nada. O desaparecimento durava três anos. Desaparecimento! Pela segunda vez, Ivan se deparava com aquela palavra, rígida como uma parede eriçada de arame farpado, assustadora como a morte. Primeiro Miguel. Agora Bruno. O que é feito das pessoas que desaparecem? Para onde elas vão? Ivan imaginou o limbo frio e glacial.

— Vocês não imaginam o menino bom que ele era – contou a tia com pesar. – Ele só gostava de mim e das irmãs, principalmente de Cathy, de quem era padrinho.

Ao escutar aquela voz trêmula, Ivan se arrepiou. Ele se ouviu prometer que procuraria o rastro de Bruno assim que chegasse à França. De repente, a *mater dolorosa* foi buscar seus pobres tesouros, uma pasta cheia de fotos de pouco valor.

— Essa aqui parece com ele alguns dias depois que começou a trabalhar para a empresa Noirmoutier – explicou – essa aqui é do casamento. Aqui, é a menina com quem ele se casou, uma argelina, Nastasia.

— Uma argelina – exclamou Ivan. – Talvez ele simplesmente esteja na Argélia, com a família da esposa.

Adèle sacudiu a cabeça.

— A família da esposa mora em Aulnay-sous-Bois, para onde imigrou nos anos cinquenta.

— Onde está Nastasia? Vou procurar ela.

Adèle disse:

— Nastasia também desapareceu. Ela foi uma péssima influência para meu filho, foi por causa dela que ele se tornou muçulmano.

Tudo aquilo fazia Ivan se lembrar da história do sr. Jérémie.

— A gente não deve se converter ao Islã – disse Adèle categoricamente. – Nós guadalupenses fomos educados na religião católica. Sabemos que há apenas um Deus em três pessoas distintas, o Pai, o Filho e o Espírito Santo.

— Um só Deus! Para cuidar de nós – Ivan não conseguiu não zombar.

Os olhos de Adèle logo se encheram de lágrimas.

— Você tem razão! O que eu fiz para merecer isso?

O desaparecimento de Bruno estava no cerne de todas as conversas em Port-Louis, como Ivan e Ivana perceberam a caminho do bar local. Um certo Jeannot, amigo inseparável e que visitou Bruno um mês antes de seu desaparecimento, lamentava-se:

— Eu levei rum para ele. Um rum bom, Damoiseau et Bologne. Com frieza, ele esvaziou a garrafa na pia, me dizendo que não tocava mais naquele veneno. Além disso, ele não ouvia mais música, ele que tinha fundado comigo um conjunto em Port-Louis. Estava completamente mudado.

— Eu acho que ele foi se juntar ao jihad na Síria – exclamou um outro jovem.

— Na Síria? O que você quer dizer que ele foi fazer lá?

O grupo se separou sem entrar em acordo sobre as possíveis motivações de Bruno.

Jihad! Aí está uma palavra de que o sr. Jérémie não gostava e que o deixava irritado, se lembra Ivan.

— Jihad! Jihad! Todas as religiões fazem proselitismo. Se esqueceram da Inquisição e de quando os autos de fé queimavam em todas as esquinas.

Ao voltar a Dos d'Âne, Ivan acordou à noite pensando em seu futuro. Um tal Sergio Poltroni, vindo da Itália, mas radicado na França, era dono de uma chocolataria em Saint-Denis e estava contratando um aprendiz. Graças à generosidade do governo, ele receberia uma modesta quantia mensal. Aquilo em nada agradou a Ivan, que não tinha vontade de se tornar chocolateiro. Em primeiro lugar, ele não gostava de chocolate e, em segundo, havia algo de risível nesse projeto. Para se consolar, repetia para si mesmo que de alguma forma tivera sorte. Assim ele podia acompanhar Ivana à França, caso contrário, o que seria dele sem ela.

Para sua surpresa, no início do mês de agosto, Simone recebeu uma pesada carta registrada: uma carta de Lansana e duas passagens aéreas nos nomes de Ivan e Ivana Némélé, emitidas pela companhia Jet Tours. A Jet Tours, sendo uma empresa de descontos, oferecia um itinerário muito complicado. Primeiro uma escala de três horas em Paris, depois um dia em Marselha, depois um dia em Oran antes de chegar a Bamako, de onde finalmente se chegava a Kidal. Três dias de viagem, era muito! Lansana explicou por que voltou antes do que esperava ao Mali, porque a situação política parecia se acalmar graças ao apoio de uma potência estrangeira. Essa potência tinha expulsado os invasores do país para o norte e todos tentavam retomar a vida normal. Mas severamente debilitado e praticamente sem dinheiro, ele não podia sustentar como pretendia dois adolescentes de dezessete anos. É por isso que tinha encontrado trabalho para eles. Ivana trabalharia em um orfanato, que recebia crianças cujos pais haviam sido mortos durante a guerra pelas hordas de invasores. Ivan faria parte da milícia nacional que, com suas patrulhas, protegia o país. Ao receberem tal carta, Ivan e Ivana fizeram um muxoxo. Para começar, a dificuldade da jornada os desanimou. Ver o pai, como já disse, só os interessava pela metade. Quanto aos empregos que ele propunha, não tinham nada de interessante. Por que ir para tão longe para ocupar funções subalternas?

Mas Simone ficou furiosa. Não tinha pedido ajuda a Lansana por nada. Ivan e Ivana teriam de ir ao Mali e adiar seus projetos na França, que eram mesmo pouco interessantes. Por Ivana, ainda relevaria, mas Ivan realmente queria se tornar um chocolateiro? Pai Michalou por sua vez deu razão aos gêmeos, pois a televisão mostrava imagens desoladoras da África. As guerras se sucediam, os emigrantes fugiam em todas as direções e alguns países já não tinham governo. Simone teimou e acabou tendo a última palavra. Com a morte na alma, os gêmeos tiveram de obedecer. Foi com o mesmíssimo aperto no coração que abraçaram e beijaram a mãe. De fato, ela tinha sido autoritária como o diabo, e muitas vezes exigente, mas seu amor e sua devoção a eles nunca vacilaram.

Como o avião da Jet Tours saía às 4 horas da manhã, eles tiveram que descer para Pointe-a-Pitre na véspera e passar a noite na casa de uma parente, Mariama, que morava na Colina Verdol, bairro popular ao extremo, cheio de crianças de todas as idades e de todas as cores. Na frente da casa dela, erguia-se a torre do hospital geral, em cuja fachada brilhavam três letras vermelhas: CHU, Centro Hospitalar Universitário. Ivana sentiu uma profunda nostalgia ao pensar que ela jamais trabalharia ali, vestida com o uniforme branco das enfermeiras. Tia Mariama fizera seu melhor, arroz *créole*, fatias de abacate, um fricassê de porco com curry.

— O que vocês vão fazer na África? – ela perguntou. – Dizem que lá as pessoas são selvagens.

— Somos metade africanos – respondeu Ivan, em um tom zombeteiro. – Você não sabe que nosso pai é do Mali?

O que se julga depois dessa conversa é que nem Mariama nem os gêmeos sabiam das origens do povo de Guadalupe. Eles ignoravam que o povo das Antilhas tinha sido levado da África em navios negreiros e poderia retornar à África para procurar seus ancestrais. Em sua defesa, digamos que ouviram muito pouco sobre o grande ataque à costa africana. Como a maioria de seus congêneres, eles pensavam que os negros eram nativos do Caribe. Foi na pálida antemanhã que eles tomaram o voo da Jet Tours. Se em Paris só tiveram tempo de trocar de avião, em Marselha tiveram um dia inteiro para matar. O que fazer em uma cidade desconhecida com tão pouco dinheiro no bolso? Ivan e Ivana andaram até o Vieu-Port, depois devoraram um sanduíche em um dos inúmeros cafés, olhando com inveja os restaurantes de luxo que a todos ofereciam o melhor ensopado de peixe, de acordo com seus anúncios. Depois daquele almoço frugal, Ivana propôs que visitassem o Chatêu d'If. Aquilo não interessava nada a Ivan, que nunca tinha ouvido falar de Alexandre Dumas, nem do conde de Monte-Cristo. De todo modo, eles decidiram de comum acordo subir até a basílica de Notre Dame de la Garde, pensando na felicidade que a mãe sentiria se a tivesse visitado. Pela primeira vez estavam sozinhos, livres para agir como queriam. Sentiam que entravam na idade adulta, o que fazia despertar neles um medo delicioso.

Eles não gostaram de Oran, onde Ivana buscou em vão a lembrança de Albert Camus e de sua infância necessitada. Depois de um atentado, as ruas ficaram cercadas de militares com armas que inspecionavam as sacolas de compras das mulheres ao voltarem do mercado abarrotadas de comidas inocentes. Todos aqueles fuzis pareciam perigosos e provavelmente seriam apontados para os passantes se eles assim desejassem. Qual havia sido o motivo do atentado? Ivan e Ivana perceberam que não sabiam nada sobre o mundo ao seu redor. Em Dos d'Âne, apesar da pobreza e da angústia que isso causava, eles viviam em um casulo.

Finalmente chegaram ao Mali e aterrissaram no aeroporto de Bamako.

NA ÁFRICA

O Mali ocupava um lugar de destaque nos livros de história. Ninguém esqueceu a célebre peregrinação do imperador Kan Kan Moussa que distribuiu tanto ouro ao chegar a Meca que o preço daquele metal precioso baixou. Da mesma forma, todos já leram o livro de Djibril Tamsir Niane, *Soundjata* ou *O épico do Mandingo*, graças ao qual conhecemos os feitos heroicos do rei Soundjata, que apesar de uma infância difícil estava destinado a se tornar um herói:

"Escutem, filhos do Mandingo, filhos do povo negro, escutem a minha palavra, eu vou contar-lhes sobre Soundjata, o pai do Clair-Pays, do país da savana, o ancestral daqueles que tensionam arcos, o mestre de cem reis vencidos.

"Vou contar a vocês de Soundjata, Manding-Diara, leão do Manding, Sogolon Djata, filho de Sogolon, Nare Maghan Djata, filho de Nare Mgha, Sogo Sogo Simbon Salaba, herói de muitos nomes.

"Eu vou contar a vocês de Soundjata, aquele cujas façanhas assombrarão por muito tempo os homens. Ele foi grande entre os reis, ele foi incomparável entre os homens; ele foi amado por Deus."

A história fala também do esplendor de certos reinos, como o de Ségou, que fez verter tanta tinta. Curiosamente, foram os Toucouleurs que fizeram o jihad para impor um deus único que enfraqueceu a região e fez dela um fruto maduro para a colonização. Ivan e Ivana não sabiam nada desse passado. Na verdade, eles não sabiam nada da África, além das imagens negativas da televisão: golpes de Estado perpetrados por militares ignorantes, fome, epidemias de Ebola que os africanos, sem ajuda do exterior, não são capazes de curar. Eles ficaram surpresos de achar Bamako uma cidade agradável. Belas árvores que faziam sombra nas avenidas que se cruzavam em ângulos retos. Pararam em frente ao Grand Marché, cercado por uma paliçada de madeira esculpida com todos os tipos de animais. Admiraram as tapeçarias e tapetes no Marché Rose. Dentro, se surpreenderam com as cores muito vivas das frutas e por seu tamanho excepcional: mangas, goiabas, cerejas. Não se atreveram, porém, a comprá-las e prová-las, uma peculiar desconfiança os detinha. Lansana havia enviado a eles o endereço de um restaurante administrado por uma de suas irmãs — minha irmã de leite, ele disse. O restaurante se chamava Aux délices du Sahel. Era apenas uma barraca modesta com divisórias feitas de palha trançada. A tia Oumi era uma mulher gorda, malvestida em seus tecidos índigo, mas calorosa. Ela os beijou carinhosamente, exclamando:

— Vocês são realmente da família Diarra. Os dois são a cara do pai.

Então, ela os apresentou aos poucos convidados presentes, e explicou a eles:

— Esses aqui são os filhos do meu irmão Lansana. Eles moram em Guadalupe com a mãe. Agora vieram morar com o pai.

Morar com ele! Ivan e Ivana não se atreveram a protestar. Ivan tendo respondido à pergunta: "O que querem beber?" com "um copo de cerveja, por favor", fez a tia fechar a cara.

— Aqui não servimos nada de álcool – ela disse severamente. – Vocês podem tomar tudo o que quiserem, por exemplo, suco de *bissap*, sou eu mesma quem faz.

Um garçom deixou na frente de Ivan e Ivana dois grandes copos cheios de um líquido rosa vivo, bem como dois pratos contendo camarões esqueléticos e arroz.

De repente, o restaurante foi invadido por dois homens de uniforme militar. Eles usavam chéchia da cor vermelha, parecida com aquela dos antigos soldados senegaleses, e o mesmo uniforme verde-garrafa.

— Quem são eles? – perguntou Ivan, intrigado.

— São a milícia – a tia explicou. – Na semana passada, aconteceu um atentado terrível no hotel Metropolis: mais de vinte e sete mortos. Desde então, foi decretado estado de emergência, fala-se em instaurar um toque de recolher, o que não fará bem aos nossos negócios.

— Mais um atentado? – Ivan se espanta de novo. – Em Oran foi a mesma coisa.

A tia encolheu os ombros.

— Um punhado de pessoas achava que a influência ocidental pesava muito sobre nós e afirmava que era preciso remediar isso – ela continuou. – Segundo eles, nossa educação deve ser totalmente repensada e a religião deve ser onipotente. É a mesma coisa que está acontecendo no Líbano, em Camarões, e olhe que nem estou falando da Síria ou da Líbia.

Cada dia mais, desde que tinham saído de Guadalupe, Ivan e Ivana se encontravam jogados em um meio que lhes era desconhecido, atravessado por tensões que eles eram incapazes de elucidar.

Por fim, perto das 17 horas, eles precisaram novamente pegar a direção do aeroporto para embarcar em um avião com destino a Kidal, que se encontrava a menos de uma hora de voo dali. O céu estava riscado de listras escarlates. Sobrevoavam regiões vermelhas onde não havia nem sinal de vida, nem árvores, nem casas, nem animais, para grande surpresa dos gêmeos que nunca haviam visto o deserto. Lansana estava esperando por eles no aeroporto cercado por uma dúzia de meninos e meninas que ele empurrou na frente dele, apresentando-os um a um.

Esse é o seu irmão, Madhi, ele dizia. Esse é o seu irmão, Fadel, essa é a sua irmã Oumou, essa é a sua irmã Rachida.

Isso durou quase uma hora. Ivan e Ivana ficaram surpresos, pois eles pensavam que eram os únicos filhos de Lansana. Não sabiam que os termos "irmão e irmã" abrangiam também primos diretos, primos de primeiro grau, primos de segundo grau, sobrinhos, sobrinhas, enfim, toda uma família. Lansana deve ter sido forte e bonito. Agora murcho e magro, andava apoiado em duas muletas e mancava muito.

Ivan e Ivana se surpreenderam de não sentirem nada por ele nesse primeiro encontro. Ivan até o achou antipático com seu rosto amassado, seus olhos estreitos, sua cabeça meio careca, seus dentes amarelados e os pelos grisalhos saindo de seu nariz e orelhas. Bah, ele disse a si mesmo. Talvez o afeto seja forjado aos poucos no cotidiano?

Lá fora, o ar estava seco e escaldante, o calor abafado, ainda mais abafado do que em Bamako. A noite caiu bruscamente e sem aviso, uma noite opaca como eles nunca tinham visto e de onde podiam sair todos os tipos de gênios mágicos. Os medos de infância se erguiam brutalmente dentro deles. Foi, sem dúvida, numa noite como essa, que Ti-Sapoti prendeu suas vítimas, comovidas com seu corpo de criança, e as arrastou para a morte.

Seguindo Lansana, que andava com ajuda das bengalas, chegaram a uma vila que devia ter sido imponente. Era cercada por um muro circular contendo meia dúzia de casas, saqueadas pelos jihadistas durante sua investida. Eles foram particularmente implacáveis com a casa de música, em que havia, além de instrumentos preciosos, um estúdio de gravação altamente sofisticado. Esteiras foram colocadas no chão do pátio, e todos se sentaram para compartilhar o jantar, servido em uma enorme travessa comum. Ivan e Ivana, que nunca haviam comido com as mãos, deram o seu melhor para imitar os outros convivas. A refeição estava quase terminando quando apareceu um homem corpulento, mas pequeno, vestido com o uniforme militar, um fuzil pendurado a tiracolo.

— É Madiou – Lansana disse, apresentando-o para Ivan e sinalizando para que se sentasse ao lado dele. – É o comandante-chefe da milícia, encarregado da segurança não apenas da nossa vila, mas de todo o país. Você vai trabalhar sob suas ordens.

Depois de ter engolido alguns bocados, Madiou fez um sinal para que Ivan o seguisse e o conduziu até um lugar do pátio. Lá, ele o olhou de cima a baixo.

— Quanto você mede? – interrogou com autoridade.

— Um metro e noventa e dois – respondeu Ivan surpreso com a pergunta.

— Quanto você pesa?... Perto de cem quilos, imagino. Aposto que você acha que isso é o suficiente. Infelizmente, não é o peso dos músculos que conta, é o do cérebro. É ele que toma as decisões, é ele que faz a gente agir e lutar contra o medo.

A impressão desagradável que Madiou imediatamente lhe causou apenas aumentou no dia seguinte, quando ele foi para o quartel Alpha Yaya. Por todo o país, chamavam-no de Madiou El Cobra como num filme americano. Um estoque de histórias sobre ele circulava. Era um aventureiro contumaz. Passara muitos anos na Legião Estrangeira, até que foi demitido devido a um caso sombrio. Dizia-se à boca pequena que se tratava do estupro de um garotinho, rapidamente abafado pelas autoridades superiores. Todos ficaram chocados e aluídos quando foi nomeado comandante-chefe da milícia nacional. Desde o começo, ele fez Ivan sentir o peso de sua autoridade, escolhendo-o para as missões mais perigosas e mais tortuosas. Por exemplo, ir até o meio do deserto para vigiar as possíveis idas e vindas de suspeitos; até a mesquita às sextas-feiras estudar os rostos dos fiéis após a pregação dos imãs, sermões que Ivan não entendia, porque eram feitos em uma língua que ele desconhecia: bambara, malinké, fulani ou sarakolé; invadir escolas corânicas e garantir que as crianças que balançavam a cabeça entoassem bem as suratas. Ao fim de algumas semanas, Ivan não aguentou mais e confidenciou à irmã.

— Era melhor ter ido pra França – afirmou – aprender a fazer chocolate. Se isso continuar assim, vou acabar dando o cano nesse Madiou.

Ivana o ouvia com estupor. Ela, ao contrário, desde sua chegada a Kidal, nadava em felicidade e tinha se apaixonado por tudo que a cercava: primeiro as paisagens, essas extensões semidesérticas de uma admirável cor acastanhada, e, além disso, as pessoas, cuja beleza e elegância transfiguravam as vestes humildes. Ela, que gostava de música, se apaixonou pelas cantigas dos griôs e griotes e tinha aulas com um aluno de Fanta Demba, a grande voz infelizmente hoje apagada. Ela estava aprendendo as línguas nacionais e já sabia gorjear em bambara ou fulani. Seu trabalho a fascinava. O orfanato Soundjata Keita, onde ela trabalhava, tinha apenas cerca de vinte crianças, porque as famílias africanas, muito sólidas, se recusavam a se separar daquelas cujos pais tinham morrido em um ataque. Sempre um tio, uma tia, uma prima brigavam para cuidar delas.

De manhã, Ivana dava banho nos pequenos, os alimentava dando comida na boca, os ensinava a estarem limpos e, sobretudo, ensinava as cantigas de roda que embalaram sua infância: *"Savez-vous planter les choux, à la mode de chez nous"*, ou então: *"Frère Jacques, frère Jacques dormez-vous, dormez-vous, sonnez les matines, ding, deng dong."*

Ela implorou ao irmão:

— Eu te imploro, tenha paciência. Pensa na dor da mamãe se sairmos tão cedo assim do Mali. Em alguns meses, se você ainda estiver infeliz, vamos nos aconselhar e tomar uma decisão.

Ivan, que não conseguia recusar nada a sua irmã, se resignou a permanecer em Kidal, onde ele não demorou a fazer dois amigos. O primeiro se chamava Mansour. Era filho de uma irmã de Lansana, morta quando ele nasceu, depois de um parto bastante doloroso. Todos culpavam Mansour por essa tragédia e o infeliz não conseguia superar aquilo. Ele era o bode expiatório do grupo: um fracote mal-humorado e nada atraente, além disso, acometido por uma voz em falsete que fazia a todos os que o ouviam estourar de rir. Por causa de um sopro no coração, foi expulso da milícia, o que pouco contribuiu para sua reputação. Ele também era repreendido por nunca ter feito nada de bom. No momento, trabalhava em um restaurante do centro da cidade que se chamava Le Balajo, um tipo de bar sem nada de especial, administrado por franceses, onde ele desempenhava funções pouco honrosas, como lavar a louça.

Ivan e ele ficaram amigos de cara. Sentiram imediatamente que tinham sido feitos da mesma matéria de que são feitos os perdedores na vida. Ivan, na verdade, nunca tinha tido amigos, obcecado que era por sua irmã. Ele descobriu o prazer de encontrar um ser cujas reações, as tensões, as conclusões eram próximas às suas. Ele falou para Mansour sobre sua infância, o que o surpreendeu, pois sempre pensara que ela não oferecia nenhum interesse. Encontrava palavras inesperadas para descrever seu país, sua mãe, sua avó e mil pequenos acontecimentos que de repente surgiam e ocupavam sua memória. À noite, Ivan e Mansour aproximavam seus banquinhos dobráveis e conversavam noite adentro. Mansour, silencioso diante das provocações que recebia, falava sem parar. Ele gostava de repetir:

— É preciso deixar esse país. É um feudo da Europa onde nada de original é criado e de onde nada de bom pode sair. É para a Europa que se tem de ir e de lá atingir o coração do capitalismo.

Ivan o escutava sem estar completamente convencido. Mas ele não queria tomar parte na violência, assim como não queria fazer chocolate. Ir para a Europa, sim, ele desejava isso, mas não para destruir o capitalismo. Para encontrar condições de vida melhores, superiores àquelas que ele conhecera em Guadalupe e no Mali. Às vezes, Mansour proferia acusações das mais graves: Lansana é um bêbado, ele afirmava, um marabu-conhaque, um muçulmano que não respeita a proibição do álcool.

— Um marabu-conhaque? – repetiu Ivan, estupefato. – Por que você diz isso?

Mansour baixa a voz:

— Você não viu o jeito como ele se comporta quando chega em casa à noite? Ele anda troncho, depois se tranca em casa e não sai mais até as primeiras horas da manhã. É porque está bêbado e fica bebendo álcool.

Ao ouvir essa história, Ivan se pôs a observar seu pai, que ele já não carregava em seu coração. Percebeu bem rápido que Mansour tinha se enganado completamente. Não era com álcool que Lansana se trancava em casa, mas com mulheres, pelas quais ele parecia ter um apetite insaciável. Mulheres. Todos os tipos de mulheres. Algumas eram mulheres casadas, tentando pagar as contas do mês. Outras eram jovens, inocentes e impressionadas pelo prestígio daquele homem duas vezes mais velho que elas. Outras eram simplesmente profissionais, especialistas em amor pago. Ivan ficou horrorizado com aquela libertinagem, pois o amor que ele tinha pela irmã o protegia, o deixava casto. Para ele, o corpo de uma mulher era sagrado. Ele não compreendia possuir sem amar. A hipocrisia de seu pai, um exímio professor, sempre citando o Corão, o deixava repugnado.

A cada dia que passava, Ivan detestava mais a vila e suportava cada vez menos a autoridade de seu pai. Lansana mandava nele como se ele fosse um menino de dez anos e não hesitava em colocá-lo em seu lugar na frente de testemunhas. Ele o tinha apelidado de "aquele que caminha sem saber onde põe os pés". Ivan não compreendia por que aquilo fazia todo mundo rir e não parava de se perguntar: Lansana era um vaidoso, um inconsequente ou só um tolo acometido pela cegueira?

Uma noite, Mansour deixou seu banquinho dobrável mais perto de Ivan. Sentia-se que ele estava no auge de uma forte emoção e à beira de uma confissão terrível.

— Ontem, conheci um certo Ramzi – sussurrou ele –, um contrabandista de origem libanesa. Com um grupo de outros caras, ele vai me levar para a Líbia e depois para a Europa, o coração de todas as ações terroristas. Você quer se juntar a nós?

Como Ivan tinha ficado boquiaberto, ele insistiu:

— Isso não vai te custar nem 500 francos ocidentais, pois Ramzi não faz isso para ganhar dinheiro. Ele tem fé. É preciso destruir o mundo da vassalagem do qual fazemos parte.

Ivan sacudiu a cabeça em negativa e se desculpou. Não podia se separar da irmã, deixá-la para trás sozinha naquela vila, onde ela não conhecia muita gente, e se engajar em uma outra causa.

Alguns dias depois, Mansour desapareceu, deixando, como lembrança para Ivan, seu exemplar do Corão, com a seguinte dedicatória: *Nós*

nos reencontraremos um dia. Teu irmão que te ama e te amará para sempre.
Depois que Mansour desapareceu, se soube muito sobre ele. Imagine que no Balajo ele se entregava a estrangeiros, turistas, é claro, que lhe pagavam caro pela posse de seu corpo. A polícia revelou que, segundo informações recebidas, Mansour havia partido para a Bélgica para se juntar a um grupo de terroristas que planejava um atentado. Infelizmente ninguém na vila pôde fornecer informações ou confirmar essas suspeitas.

Ivan pensava muito em Mansour. Desde sua partida, a vila lhe parecia ainda mais vazia. Ninguém com quem conversar. As noites intermináveis eram atravessadas por melodias agudas de cantores reunidos na casa de Lansana. Ele tinha sempre o mesmo pesadelo. Via seu amigo bem agasalhado e usando um gorro de lã, colocando bombas em aeroportos e disparando balas Kalashnikov contra convidados sentados em mesas na frente de bares. Contra sua vontade, ele admirava a coragem do amigo e nunca deixou de lamentar sua partida.

Foi então que Ivan fez um segundo amigo, bem diferente de Mansour e ao mesmo tempo sutilmente parecido. Era um miliciano que se chamava Ali. Era bonito, um colosso de quase dois metros de altura, de pele clara, pois sua mãe pertencia aos mouros. No entanto, ele era objeto de constantes ataques e cruéis zombarias da parte dos outros milicianos, que tinham ciúmes de sua origem aristocrática. Ele era o filho de um comentador do Corão bem conhecido e de uma cantora que alguns comparavam à grande Oum Kalsoum.

Sua amizade com Ivan começou no dia em que receberam a mesma missão. Eles foram encarregados de ir a Kita, um pequeno vilarejo, uns 50 quilômetros distante de Kidal, onde agricultores tinham sido mortos e seus rebanhos de cabras levados.

— Essa missão é a mais idiota que alguém podia imaginar – declarou Ali, se sentando ao lado de Ivan no jipe militar. – Sim, de acordo com todas as possibilidades, foram terroristas, agora eles já levaram a maior parte dos rebanhos para um local seguro e estão assando algumas cabras, abrigados nas falésias.

— Você não deveria falar assim – Ivan observou – Você não sabe em que ouvidos essas zombarias podem cair. Esse campo está cheio de garotos prontos para delação, prontos para vender os menores rumores para ficar bem aos olhos do comandante-chefe.

— E você não tá junto – afirmou Ali, ligando o motor. – Eu te observo há semanas. Como se chama o país de onde você vem? Pois eu sei que você é estrangeiro.

— Sou de Guadalupe – respondeu Ivan. – Não é bem um país, é um departamento ultramarino da França.

— Um departamento ultramarino da França! – Ali zomba. – O que isso quer dizer?

Ivan tentou explicar a estranheza do lugar de onde ele vinha e acabou repetindo as palavras que ouviu da boca do sr. Jérémie. Pintou uma terra degradada, jovens desempregados reduzidos às drogas e à violência.

— É, bom – comentou Ali. – Aí está mais um lugar para ser libertado.

Depois de um tempo de silêncio, ele continuou:

— Se continuarmos em frente, chegaremos bem rápido na Argélia. De lá será mais fácil pegar um avião para França, ou melhor, para a Bélgica.

— França? Bélgica?! – gritou Ivan.

De novo ele ouvia falar da Europa como um lugar onde seria bom recomeçar a vida. Ele insistiu:

— Por que você quer ir à França?

Ali não respondeu àquela pergunta.

O vilarejo de Kita contava com uma centena de almas. As ruas desertas. No interior das casas, as mulheres cujos maridos tinham sido assassinados choravam todas as lágrimas de seus corpos.

— Perdemos nossos maridos e nossos rebanhos, tudo de uma vez – se lamentavam. – O que fizemos para merecer essa sorte?

— Vocês sem dúvida ofenderam Deus – Ali respondeu a elas secamente.

Em Kidal, ele não demorou para convidar Ivan para ir ao verdadeiro palácio onde seus pais moravam – tapeçarias, cortinas de seda, tapetes de lã de qualidade, divãs profundos como túmulos – ele tinha se instalado em um quarto estreito, de teto baixo, mobiliado de maneira simples com uma cama e alguns pufes de couro marrom. Ivan entendeu muito rapidamente por que seus três irmãos mais novos o tinham apelidado de Aiatolá. Ele não bebia, não fumava, fazia suas cinco orações com devoção, era o primeiro a chegar à mesquita às sextas-feiras e, quando tinha um momento livre, triturava as contas de seu terço islâmico e entoava suratas. Havia apenas duas coisas que ele se permitia: comida e, como Lansana, mulheres. Ele tinha a seu dispor um cozinheiro marroquino, uma espécie de gnomo corcunda, que preparava refeições suculentas, *tajines*, faisão com mel ou abóboras recheadas repousando sobre um leito de ervas aromáticas. Quanto às mulheres, ele recebia duas ou três todas as noites, que o acariciavam até o amanhecer.

Uma noite, de repente, ele pergunta a Ivan:

— Você é virgem, não é?

O sangue subiu ao rosto de Ivan, que não respondeu.

— Eu nunca te vi interessado em uma mulher – seguiu Ali. – Nem tremer diante de uma. Parece que tu nem as nota.

Ivan, que já tinha recuperado um pouco seus sentidos, se lançou em uma explicação complicada:

— É que estou perdidamente apaixonado por uma mulher que deixei em Guadalupe. Se olho para outra, tenho a impressão de que a estou traindo.

Ali se estourou de rir:

— Você não vai me fazer aceitar essa humilhação. Todos os homens têm na cabeça uma mulher inacessível que eles adoram e respeitam. Isso não os impede de ter prazer com as outras, as mais comuns. De modo que esse belo objeto que tu carrega aí na frente nunca foi usado antes? Duro como uma espora, nunca penetrou no casulo secreto da mulher e faz brotar a deliciosa água marinha. É inacreditável.

No dia seguinte à conversa, ele convidou três mulheres para jantar, que obviamente destinava a seu amigo: Rachida, Oumi e Esmeralda.

Eram lindas, com seus sutiãs empinando os peitos, suas cinturas de vespa e as curvas suaves de suas nádegas que a roupa não conseguia esconder. Se Rachida e Oumi eram nativas, Esmeralda era indiana de Kerala. Por sete anos, estudou em um templo posições amorosas mais ousadas do que as do Kama Sutra. Uma de suas especialidades chamava-se *broutard*. Era uma carícia tão insidiosa que deixava um pouco louco quem a recebia. A outra, os anéis pequenos, não ousaremos descrever aqui.

Assim que o último bocado foi engolido, Ali se levantou dizendo às mulheres:

— Deixem-no exausto. Não poupem sua arte. Não se esqueçam de nada. Nem de toques, nem felação, nem sodomia. Encham-no de carícias. Não deixem nenhuma polegada de sua pele intocada.

Então, ele fechou a porta atrás de si e desapareceu. Essa primeira noite deu a Ivan prazeres inefáveis, mas também um profundo sentimento de vergonha. Parecia que os rugidos, gemidos e gritos que seu corpo produziu eram os de um porco chafurdando em seu chiqueiro. Terminado o ato, que durou horas, sem nem agradecer as três mulheres, ele correu para casa. Ele gostaria de ter se atirado nos braços de Ivana e suplicado que ela lhe perdoasse. Mas ele não podia alcançá-la, pois ela dormia castamente no recinto reservado às jovens. Então ele se jogou no quarto de banho e se ensaboou da cabeça aos pés para dissipar a memória daqueles horrores.

No dia seguinte, uma batalha que ele não tinha previsto começou.

— Você tem que se tornar muçulmano – disse Ali abruptamente. – Você tem que se converter ao Islã.

— E por quê? – retorquiu Ivan. – As pessoas ficam na religião da mãe que as criou e da sociedade a que pertencem.

— É absolutamente necessário – insistiu Ali. – Só estou pensando no seu bem. Se você morrer com armas na mão, vai direto para o Jardim de Alá. Lá, você terá setenta e duas virgens para deflorar, enquanto as Houris, com seus longos cabelos negros, dançarão ao seu redor.

— Quem está falando de morrer com armas na mão? – perguntou Ivan.

Ali se dirige à sua mesa e pega um maço de documentos.

— Temos que sair deste país que, disfarçado de muçulmano, obedece apenas aos ditames do Ocidente. Esse mesmo Ocidente que transformou seu país em um departamento ultramarino da França. Está tudo escrito aí. Nós vamos até Amharic na Argélia e de lá ao Iraque.

Ivan gritou seu último argumento:

— Eu não posso abandonar minha irmã. Chegamos juntos aqui no Mali. Vamos ficar juntos. Partiremos juntos daqui.

Ali fica vermelho de raiva:

— Se você for, sua irmã nem vai se importar. Não ouviu dizer que El Hadj Mansour está apaixonado por ela e que pediu a mão dela a seu pai?

Ivan partiu para cima dele e o enforcou até que quase perdesse o ar.

— O que está dizendo, mentiroso sujo?

— Eu só estou te dizendo a verdade – gaguejou Ali se debatendo muito.

Ivan saiu correndo pela noite opaca. Ele correu até a casa de El Hadj Mansour, o imã da mesquita de Kerfalla. Mas o imã estava ao lado da cama de um moribundo, disseram seus empregados. Ivan então tomou a direção do orfanato Soundjata Keita onde, ele sabia, sua irmã ainda trabalhava apesar da hora tardia. Na verdade, no quarto que lhe fora atribuído, ela acabara de tirar o uniforme branco com bordado vermelho e estava com os seios à mostra, apenas de calcinha. Ivan disse a ela:

— Sabe o que eu ouvi?! - ele gritou. – Que El Hadj El Barka quer se casar com você!

Ivana o abraçou e ele a cobriu de beijos.

— É problema dele se ele está apaixonado por mim – disse ela com doçura. – É verdade mesmo que ele pediu minha mão ao nosso pai, eu recusei, pois você sabe bem que eu te amo.

Ivan entregava seus beijos com paixão, apertando seu corpo febril contra o dela, amplamente desnudo. Naquela noite, chegaram bem perto de fazer amor.

Quando eles saíram do orfanato e chegavam à praça central, foram testemunhas de um espetáculo surpreendente. Alguns homens armados e usando balaclavas pretas desceram de dois ou três jipes. Apavorados, os gêmeos se enfiaram numa rua secundária e conseguiram chegar em casa. Quando acordaram no dia seguinte, souberam que um comando de terroristas havia matado cerca de trinta homens e mulheres durante a noite, atirando ao acaso nas pessoas inocentes que tomavam seu chá de hortelã na frente dos bares e incendiaram vários bairros da cidade.

Ali foi levado ao tribunal militar de exceção presidido por El Cobra. Na verdade, se dizia que ele teria sido cúmplice daqueles terroristas e os tinha ajudado a matar os inocentes bebedores de chá. Depois de menos de uma hora de deliberação, ele foi então condenado a permanecer no sol, um suplício que data do tempo do imperador Kankan Moussa (sim, ele mesmo) e consiste em amarrar uma pessoa e abandoná-la completamente nua aos ferozes raios de sol do deserto até que as veias de sua cabeça inchem e se rompam. El Cobra encarregou Ivan de levar a Kidal o cadáver ensanguentado de seu amigo, que foi jogado sem cuidado nenhum numa vala comum. Ivan pensou que ele mesmo fosse morrer também. Depois disso, correndo risco das piores represálias, ele não voltou mais à caserna de Alfa Yaya. Ficou o dia todo prostrado na esteira, incapaz de se alimentar. Saía de seu torpor apenas para responder aos comentários idiotas de Lansana.

— Esse Ali bem que mereceu isso que aconteceu com ele. Era um traidor, um terrorista.

A relação entre Ivan e seu pai se deteriorou definitivamente. Certo que nunca havia sido muito cordial, nem mesmo afetuosa, como aquela entre Lansana e Ivana. No entanto, pai e filho sempre exibiram uma fachada de bom entendimento. Agora isso tinha acabado. Lansana resmungava para quem quisesse ouvir:

— É um delinquente. A mãe dele me escondeu isso. Duas vezes ele foi preso.

Ivan, de sua parte, dizia a todo mundo que Lansana era apenas uma criação do Ocidente e que sua música não era páreo para a dos gênios: Ali Farka Touré ou Salif Keïta. O principal ponto de discórdia é que Ivan se recusava obstinadamente a voltar para a caserna. Furioso, Lansana arrotou:

— Eu que não vou ficar entretendo preguiçoso que não faz nada.

Numa noite em que Ivan estava deitado sobre sua esteira como de costume, vieram lhe dizer que um visitante chamava por ele. Um homenzinho de cabeça raspada o esperava em um vestíbulo da casa principal.

— Sou Zinga Messaoud – ele se apresentou. – Vamos para outro lugar, pois as paredes têm ouvidos.

Foi só quando chegaram na rua que Zinga decidiu falar:

— Você era o melhor amigo de Ali Massila, não é?

— Era meu irmão – respondeu Ivan, lutando contra as lágrimas.

— Muitos de nós não apoiam o que fizeram com ele – prosseguiu Zinga – e queremos nos vingar. Você quer vir comigo?

Zinga conduziu Ivan para um bairro fora do centro, onde ficavam as moradias populares do governo, todas parecidas. Chegando em uma delas, Zinga se adiantou e levou Ivan ao terceiro andar. Lá, ele tirou um pequeno instrumento de seu bolso e soprou três vezes. Depois, deu duas batidas na porta de madeira. Após algum tempo, alguém abriu a porta por dentro e eles entraram em um salão pouco iluminado, onde os esperava um homem de uns quarenta anos. Ele se levantou, fez a volta em sua mesa e estendeu a mão para Ivan.

— Me chame de Ismaël – ele diz.

Ismaël vinha da Índia, de um vilarejo muçulmano de Rajani. Ele tinha o cabelo cortado em tonsura e usava roupas largas e de cores escuras.

Foi assim que Ivan foi recrutado pelo Exército das Sombras. Os recrutas eram convocados para o Exército das Sombras que, dentro da milícia oficial, não tinha outra função senão frustrar seus planos e colocar seu comando em dificuldades. Ivan teve, portanto, que vestir novamente o uniforme militar e, fingindo ir para Canossa, teve que retornar à caserna de Alfa Yaya. Ao retornar, foi recebido em seu escritório pelo próprio El Cobra. Que lhe deu um sorriso venenoso.

— Até que enfim voltou a si.

— Me perdoe se fui burro.

El Cobra acentuou seu sorriso.

— Eu não culpo você – ele disse. – Não foi culpa sua. Esse Ali, ele te pegou pelos sentidos. Rachida, Oumi e Esmeralda descreveram todo o caso para nós. Esmeralda tinha escondido uma câmera na roupa e nós pudemos ver o delito.

— Rachida, Oumi e Esmeralda então são espiãs! – ele exclamou com estupor.

El Cobra ficou com um ar pretensioso.

— Elas trabalham pra gente. Se você as vir, elas vão te prestar os mesmos serviços que já prestaram e dessa vez você não vai ter que pagar preços exorbitantes.

Enquanto isso, El Hadj Mansour, o imã da mesquita de Kerfalla, estava bem decidido a se casar com Ivana. Ele já possuía três mulheres e sete filhos e filhas, o que já bastava para satisfazer a qualquer homem. Mas aquela frangota vinda de longe que ramalhava o bambara com um sotaque adorável e que desnudava suas pernas longas em shorts de algodão branco nunca usados pelas mulheres do Mali fazia seu sangue ferver. Não era a primeira vez que uma beldade, tendo recusado um pretendente, mudava de ideia e reconsiderava sua decisão se o pretendente rejeitado soubesse se cercar da ajuda necessária. E, bem, El Hadj Mansour pôde contar com a ajuda de Garifuna, um *dibia* que veio do país Igbo e que os acasos da vida trouxeram para os arredores de Kidal. Sua reputação era incomparável. Ele morava a cerca de dez quilômetros de distância, em um planalto semideserto, onde sua cabana de taipa se erguia misteriosa e estranha. Ele não era um feiticeiro, uma criatura malévola, que despeja as piores catástrofes sobre os indivíduos se solicitado. Era mais um homem que trabalhava de duas maneiras, com a mão direita e com a mão esquerda, a boa e a ruim. Ou seja, ele fazia, ao mesmo tempo, o bem e o mal. Ao redor de sua casa, entre os cactos e ervas selvagens, foram colocados jarros de todos os tamanhos nos quais ele trancava os espíritos dos mortos antes de permitir que se infiltrassem nos recém-nascidos.

El Hadj Mansour chegou na casa dele ao cair da noite, pois alguns assuntos se concluíam melhor na obscuridade. Garifuna o reconheceu sem dificuldade:

— Você de novo! Que bons ventos o trazem aqui dessa vez? – proclamou.

— É que preciso de uma mulher.

— Mais uma! – Garifuna sorriu. – Você as coleciona.

El Hadj Mansour fez um gesto amplo com a mão.

— O que você quer? As mulheres são a nossa única consolação nessa terra cheia de pessoas más. É o que nos ensina o Corão.

Então, ele entregou a peça de percal branco e as nozes-de-cola que tinha trazido em pagamento pelo trabalho. Garifuna pegou as coisas, depois despejou numa cabaça de cocções de plantas que tirou de potes colocados nas prateleiras, lavou bem o rosto, principalmente os olhos, acendeu sete velas, o número é fatídico, e se pôs a entoar lentamente palavras incompreensíveis.

Depois de uma meia hora desse pequeno jogo, ele se sobressaltou, olhou El Hadj Mansour nos olhos e disse:

— Essa mulher pertence integralmente a outro homem.

— Isso não me dá medo – retorquiu El Hadj Mansour. – É por isso que eu vim ver você. Você é bastante forte para resolver esse problema. Eu confio muito.

Garifuna acende de novo duas de suas velas que tinham se apagado e lava os olhos novamente e com cuidado. Depois de um tempo, ele retoma:

— O que eu não entendo é a natureza desse homem. Não é um amante comum. Ele nasceu com ela e eles compartilham a mesma vida.

Subitamente ele dá um grito:

— Ela tem um irmão gêmeo?!

El Hadj Mansour não sabia de nada disso. Ele tinha visto Ivan algumas vezes na vila de Lansana Diarra, mas ignorava seu grau de parentesco com Ivana.

— Esse seu assunto está me parecendo bem complicado – ele disse a El Hadj Mansour. – Se informe e volte aqui para me ver em quatro dias. Quando a lua estiver cheia, eu poderei me beneficiar dos aromas que sua luz oferece. Eu saberei exatamente o que fazer.

— Quanto tudo isso vai me custar? – perguntou El Hadj Mansour, inquieto.

— Bem caro – declarou Garifuna acendendo um lampião de óleo que estava em uma mesa baixa. – Pois vou repetir, seu assunto é complicado.

El Hadj Mansour percorreu pensativo os dez quilômetros que o separavam de Kidal. A lua, que reinava pálida no meio do céu, ainda não estava cheia. Sua luz transfigurava as colinas de areia, as falésias eram animais pré-históricos, que pareciam prestes a se lançar sobre os viajantes. Porém, o imã tinha medo. Ele estava muito absorto em seus pensamentos. Não compreendia nada do que estava acontecendo. Como uma irmã poderia pertencer integralmente ao seu irmão? O que significava a expressão de Garifuna: "Eles compartilham a mesma vida"?

El Hadj Mansour não era um ingênuo. É que no Mali não se conhecia o incesto, e as pessoas estavam pouco habituadas às elucubrações dos psiquiatras e dos psicanalistas.

Chegou aos portões de Kidal sem incidentes. Ao passar em frente à vila de Lansana Diarra, percebeu que uma pequena multidão se aglomerava ali e que a entrada estava guardada por milicianos armados. Ele se informa e fica sabendo que o célebre cantor de jazz Herbie Scott juntou sua voz à de Lansana, acompanhado pela grande orquestra do Cairo. El Hadj Mansour não gostava dessas combinações, acreditando que cada forma de música é uma voz distinta, particular, estrangeira, que não combina necessariamente com as outras. Porém, estacionou o carro e entrou na vila para observar o que ali se passava. Recusando-se a se sentar na zona reservada para os VIPs, escolheu um lugar mais discreto, de onde pudesse observar os movimentos dos jovens aglomerados à esquerda do palco. Entre eles estavam Ivan e Ivana. Ele nunca tinha notado como os dois se pareciam: os mesmos olhos amendoados, pretos e brilhantes, um pouco mais tristes em Ivana, a mesma boca polpuda, um pouco mais generosa em Ivan, o mesmo queixo escavado com uma covinha, mais arredondado em Ivana. O que chamou a atenção é que os gêmeos se moviam da mesma forma, com os mesmos gestos, as mesmas expressões. O irritante El Hadj Amou Cissé veio neste momento para encontrar El Hadj Mansour, sentou-se confortavelmente ao seu lado e começou uma conversa insípida. El Hadj Mansour não aguentou e o interrompeu:

— Lansana deve estar feliz de ter filhos tão bonitos.

El Hadj Amadou Cissé fez um bico:

— Ele não está tão feliz assim, eu acho. O filho dele não quer fazer nada. Ele se recusa a partir para o norte com as milícias, onde receberia pagamento melhor. O pobre Lansana está tendo que dobrar os concertos de música para sobreviver. Acredite em mim, esses gêmeos não são bem um presente.

Era bem isso que El Hadj Mansour queria saber.

Quando o concerto terminou, a plateia se levantou e aplaudiu os músicos de pé. Não era um sinal da perfeição de sua arte, pensou El Hadj Mansour, sempre crítico. Os espectadores queriam só mostrar que tinham adotado modos ocidentais.

Quatro dias mais tarde, El Hadj Mansour voltou à casa de Garifuna. Ele encontrou o *dibia* sentado fora de casa, mexendo nas chamas de uma fogueira brilhante.

— Entendi tudo – ele disse –, me traga uma galinha jovem, branca e imaculada e um garnisé de penas vermelhas. As duas aves não devem ultrapassar os cinco meses de idade. Vou trabalhar nelas, provavelmente vou fazer um purê delas que você vai misturar com patê de pombo. Você servirá para Lansana e seus filhos, que você convidará para jantar em sua casa, o que não deve ser muito difícil.

O tempo de cumprir aquelas ordens foi bastante longo: persuadir Lansana a vir jantar, acompanhado de seus dois filhos. Neste meio-tempo, a primeira esposa de El Hadj Mansour, sua *bara muso*, a preferida, encarregada de preparar esta refeição, jogou no lixo a tigela que seu marido lhe dera porque ela não gostou da cor do patê que ela continha. O trabalho, portanto, falhou completamente.

Enquanto isso, se Ivan não se afastou de Kidal e da vila de seu pai, onde se sentia mal, porque a multidão de irmãos e irmãs lhe tirava o ar, é porque tinha um excelente motivo. Recrutas do Exército das Sombras, que usavam falsamente o uniforme da milícia, se reuniam todas as noites no vasto pátio que se estendia atrás do alojamento de Ismaël e recebiam uma educação ministrada por muitos mestres. Ismaël foi sem dúvida o mais brilhante deles. Ele falava com um tom que era ao mesmo tempo suave e peremptório:

— Somos repreendidos por não gostar de música e por proibi-la. Não é verdade. O que colocamos acima de tudo é o silêncio que permite ouvir a voz de Deus. É necessário silenciar todos os ruídos, todos os sons parasitários.

Ao escutar Ismaël, Ivan revivia as palavras do sr. Jérémie e se repreendia por não ter prestado atenção o suficiente. Sem dúvida ele era muito jovem ou muito imaturo. Os recrutas se sentavam embaixo de uma lona azul e anotavam em cadernos todos iguais. De pé, num pequeno palco, Ismaël e as outras sumidades se dirigiam a eles com um microfone e faziam desenhos em um quadro, curiosamente pintado de verde, para ilustrar suas falas. A primeira lição foi sobre as Cruzadas. Ismaël demonstrou que essa foi a agressão fundamental cometida pelos ocidentais contra o Islã. Aquele que o Ocidente venerava como mártir, o rei da França Luís IX, conhecido como São Luís, foi na verdade o primeiro agente do imperialismo. Um imperialismo que nunca deixou de ameaçar a paz do mundo.

A segunda lição foi sobre a escravidão. Claro que os sultões árabes a tinham praticado, enchendo seus haréns de belezas negras, compradas a preço de ouro. Mas sua escravização não era desumanizante e não podia ser comparada à brutalidade do tráfico de escravos que reduziu milhões de homens à condição de mercadorias, de animais selvagens. Ismaël descreveu a estrutura dos navios negreiros, o cheiro pestilento dos porões e os repetidos estupros de mulheres e meninas impúberes. Ele passou gravuras que representavam os mercados de escravos das ilhas do Caribe. Examinavam os dentes dos que estavam à venda, seus testículos eram pesados, a profundidade de seu ânus era verificada para se certificar de que não havia nenhuma doença perigosa escondida.

Essas aulas começavam depois do último chamado rouco do muezim e terminavam às 22h30. Por volta das 21 horas era servido um lanche. Todo dia igual, peixe defumado, ovos cozidos e cuscuz de milheto. Estranhamente, essa frugalidade não gerava monotonia. Pelo contrário! Vivificava o pensamento. As perguntas se sobrepunham na mente de Ivan. Por que a era dos descobrimentos resultou no isolamento e no desprezo de milhões de seres humanos? Por que os conquistadores se revelaram tão rapidamente bandidos e assassinos? Ismaël explicou calmamente. A descoberta não foi um momento de curiosidade, tolerância e partilha. Os descobridores vieram fincar bandeiras, usurpar, subjugar tudo o que era diferente.

Uma noite, Ismaël pegou o braço de Ivan com naturalidade e o levou para dentro de seu escritório.

— Estou bem satisfeito com você. É preciso que você se torne um de nós, que você se converta ao Islã.

— Me converter ao Islã? – disse Ivan. – Por que isso? Isso seria trair a minha mãe e a minha avó que tinham uma fé tamanha na religião católica.

— É porque elas foram abusadas pelos mitos e mentiras e nunca conscientizadas – retorquiu Ismaël. – Se você se tornar muçulmano, você será nosso irmão plenamente. Você vai trabalhar para restaurar nossa bela religião, tão desacreditada, tão incompreendida, sua grandeza e sua força.

A noite toda Ivan ficou com aquelas palavras rolando e rolando em sua cabeça. As ideias de Ismaël tinham um lado bom. Na verdade, se converter o aproximaria de seu pai e do resto da família. Ao mesmo tempo, ele enganaria El Cobra e outros pessimistas.

Pela manhã, sua decisão estava tomada. Se Lansana manifestou a maior das alegrias com o anúncio – até que enfim esse garoto rebelde cedeu – não foi o mesmo com Ivana. Quando seu irmão confessou sua intenção, ela fez que não com a cabeça com firmeza.

— Não vou seguir com você por este caminho. Essa religião me repugna. Olha bem o que acabou de acontecer na Nigéria: meninas levadas de suas escolas à força e vendidas como esposas ou concubinas para homens que elas não conheciam, os meninos massacrados.

Era a primeira vez que eles pensavam diferente. Ferido de surpresa, Ivan explica mais a fundo seu pensamento. Se tornar muçulmano era para ele apenas uma maneira de se integrar a uma sociedade que, na verdade, o repelia. Tendo resolvido suas diferenças, os gêmeos se abraçaram, felizes por compartilharem da mesma opinião.

Não tem nada mais diferente do que um batismo católico e um muçulmano. O batismo católico é todo pompa e circunstância. Perto da pia batismal, o recém-nascido nos braços do padrinho e da madrinha usa um vestido de renda branca cuja cauda às vezes se assemelha à de um vestido de noiva. Mal se consegue distinguir o padre através da nuvem de fumaça criada por seus coroinhas em sobrepelizes vermelhas balançando seus incensários. Em seguida, ele faz uma longa homilia na qual compara os cristãos a soldados da fé. O batismo muçulmano pode ser resumido a uma breve cerimônia. O imã do bairro raspa o cabelo de quem entra na religião e lança seu nome em todas as direções. A coisa toda leva apenas alguns minutos. Mas Lansana fez de maneira bem diferente.

Ele convidou inumeráveis Diarra para ir a Kidal. Eles foram em massa, vestidos com suas melhores roupas. Contava-se entre os Diarra aqueles que moravam em Villefranche-sur-Saône, onde tinham criado uma *start-up* que os tinha tornado milionários. O mais observado dos presentes, no entanto, era, sem dúvida, El Cobra, vestindo seu uniforme militar, sua Kalashnikov chacoalhando sobre seu quadril. Ele sorria para a direita e para a esquerda, pavoneava-se, tentava impressionar. Esse homenzinho simbolizava toda sua duplicidade de um poder que nada sabia de sua condenável violência, mas a usava para sua segurança. Ele estava acompanhado de um jovem mestiço de olhos lânguidos que pareciam maiores com *kajal*, como os de uma mulher, e que ele dizia ser seu filho adotivo. As pessoas cochichavam que não era bem isso, que na verdade ele era seu amante, a prova dos nove da realidade que ele escondia. Como saber a verdade? De qualquer forma, ele foi muito gentil com Ivan e Lansana, cuja música ele afirmava adorar.

No dia seguinte, quando Ivan foi à reunião do Exército das Sombras, Ismaël passou de novo o braço por seus ombros com familiaridade e o conduziu para dentro de seu escritório.

— Estamos muito felizes com a decisão que você tomou. Para demonstrar sua satisfação, o comandante do Exército das Sombras te fez uma grande homenagem. Ele te encarregou da eliminação de El Cobra.

— Eliminação? O que isso quer dizer – gaguejou Ivan apavorado.

— Isso quer dizer – explicou Ismaël – eliminação física, morte, assassinato.

Ivan não gostava muito de El Cobra, mas assassiná-lo! Além disso, fora-se o tempo em que o porte de uma arma o intoxicava. Como na milícia ele manuseava Kalashnikovs e fuzis sempre, tinha medo de seu poder de destruição. Ele murmurou, horrorizado:

— Por que você pensou em mim? Só faz alguns meses que fui recrutado para o Exército das Sombras. Vocês não podem escolher alguém mais antigo para essa missão, mais capaz?

Ismaël sacudiu a cabeça.

— Vou repetir, isso é uma grande honra que estamos te dando. Todos estamos de acordo sobre a tua inteligência e bravura.

Ivan protestou em vão:

— Mas eu nunca matei ninguém.

Ismaël lhe deu um cutucão afetuoso.

— Ah bom, você vai começar, então, e vai ver que pegamos gosto pela coisa!

Depois ele ficou sério.

— Você tem quatro semanas para agir. Você pode, é claro, se cercar de outros recrutas do Exército das Sombras. Mas deve saber que isso precisa permanecer secreto.

Ivan voltou para a vila tremendo, com as pernas moles. Nem em seus piores pesadelos ele sonhara que tal situação ocorreria. Agora ele tinha quatro semanas para matar um homem feito de carne e osso como ele. Pensou em fugir. Mas para onde ir? Ele era prisioneiro, tão vulnerável quanto se estivesse preso em uma cela. Passou os dias seguintes traçando planos que lhe pareceram uns mais risíveis do que outros. Diante de sua extrema angústia, decidiu pedir ajuda a seu amigo Birame Diallo. Se tinha notado Birame, não foi por causa de sua constituição estonteante e seus músculos, estatura rara para um Fulani, mas porque a cada aula, com duas rugas na testa, ele atacava Ismaël e o outros mestres com perguntas:

— O que devemos pensar de Cristóvão Colombo? Ele também era um desgraçado?

Ou então:

— O livro de Eric Williams, *Capitalismo e escravidão*, tem o lugar que merece nos cursos escolares?

Ivan foi se sentar ao lado de Birame, durante o almoço, na cantina da caserna Alfa Yaya e conseguiu sussurrar:

— Preciso falar com você. Mas ninguém pode ouvir. Podemos nos encontrar a sós?

Birame tinha um ar de dúvida. Depois de um silêncio, ele disse:

— Não vejo outro lugar que não na minha casa. Minha mãe morreu no ano passado. Meus dois irmãos mais velhos estão na França à procura de trabalho. Eu moro sozinho com meus irmãos pequenos que nunca estão em casa.

À noite, Ivan foi a uma casa de taipa, localizada em um bairro populoso. Depois do chá de hortelã, ele contou seu problema. Birame escutou sem dizer uma palavra e depois soltou o ar longamente por entre os dentes:

— Bom, aí está um rito de passagem terrível que vão te submeter.

— Ismaël não para de repetir que isso é uma grande honra – explicou Ivan –, que o comandante militar me deu uma grande honra.

Os dois garotos deram a mesma risada sem graça. Depois Birame disse:

— Me deixa pensar. Eu procuro você quando tiver uma ideia.

Quase uma semana mais tarde e como o tempo pareceu longo demais para Ivan, Birame o convidou novamente para ir à casa dele. Dessa vez, ele ofereceu uma bebida de gengibre antes de tomar um ar de quem tinha refletido.

— Se prepare para um assassinato em massa, pois El Cobra nunca se desloca sem uma legião de guarda-costas, amigos e parentes.

— Um assassinato em massa! – se assustou Ivan. – O que quer dizer?

— Quero dizer que você vai precisar de mais gente ao teu redor. Pode contar com a minha ajuda e a do meu irmão mais novo. Detestamos El Cobra e seu bando. Tenho um plano para propor. El Cobra é um amante de música techno. Todo sábado, ele vai à Ultra Vocal, uma casa de espetáculos que se especializou nesse tipo de música. Depois de uma hora, ele se levanta e vai dançar sozinho. Temos que esperar por esse momento.

— Não entendo nada do que está falando. O que quer dizer com assassinato em massa?

Birame olhou em seus olhos.

— Eu quero dizer que não vai dar para atirar apenas em El Cobra, mas também nos guarda-costas, nos parentes e nos amigos que compõem sua corte e que o acompanham.

Ivan ficou sem voz, pasmo e assustado ao mesmo tempo. Birame continuou suas explicações sem emoção:

— Precisamos estar encapuzados para que os sobreviventes do massacre não nos reconheçam. Talvez tenhamos que usar um cinturão de dinamite e nos explodirmos quando a missão terminar. Então, você sabe, iremos direto para o Paraíso.

Ivan evitou encolher os ombros. Ele não acreditava nessa história de Paraíso.

Duas semanas se passaram antes que ele aceitasse o plano que lhe foi oferecido. Finalmente, decidiu agir. Birame não negligenciou nenhum detalhe e o encontrou às 21 horas, quando o show começou. Para não chamar atenção, estavam separados na Ultra Vocal e ficaram bastante distantes um do outro. Não se reuniram na hora em que El Cobra foi dançar sozinho. Então, puseram as balaclavas e atiraram, executando sua missão de morte.

A boate Ultra Vocal fora construída nos anos 1980 por um empresário francês, homossexual, que adorava música techno. Era uma construção sem beleza, mas cuja acústica era perfeita. Tinha recebido grupos vindos do mundo inteiro, mas seu maior sucesso tinha sido um conjunto japonês que tocava canções do Ocidente e do Oriente.

Naquela noite, sábado, dia 11 de fevereiro, uma multidão enegrecia a praça de l'Amitié, para a qual a Ultra Vocal se abria. Jovens meninas, jovens garotos, alguns de calças curtas, pois apenas os menores de dezoito anos gostavam de música techno em seu desejo confuso de se rebelar contra as tradições do país. Apreciar aquela música que vinha dos Estados Unidos da América, de Detroit, era a garantia de que eram modernos. Ninguém lançou um olhar suspeito sequer aos quatro milicianos armados que se misturavam aos que chegavam. Pelo contrário, a presença confortante deles dava uma impressão de segurança. A boate se encheu rapidamente.

Às 21h10, o show começa com um pouco de atraso, pois um dos músicos tivera uma diarreia violenta e precisou aliviar o intestino. Então, muito fraco, foi obrigado a ir para casa e assim escapou do massacre que se seguiu. Às 21h37 El Cobra se levantou e subiu alguns degraus que iam da parte mais baixa até onde a plateia estava, perto do palco sobre o qual os músicos estavam sentados. Ele começou a dançar, de olhos fechados, um pouco pesadamente, como um pássaro sem asas. Ninguém entendeu quando ele caiu no chão, com o crânio estourado, o sangue jorrando da testa como um gêiser. Ninguém entendeu ainda quando a plateia ensanguentada começou a cair a torto e a direito, enquanto os milicianos escorados no fundo da boate descarregavam metodicamente suas armas. Por brincadeira, os dois irmãos de Birame lançaram uma granada que abriu um buraco monstruoso na plateia. Foi sem correr o menor risco que os quatro milicianos se retiraram, empurrando as pesadas portas blindadas à sua frente, despojando-se das balaclavas, atravessando o vestíbulo onde cochilava um velho guarda que tiveram a fantasia de matar. Eles saíram e atravessaram a praça de l'Amitié sem pressa. Foi então que o pânico começou na boate Ultra Vocal e que os espectadores correram para fora berrando. Era tarde demais. Os quatro milicianos só tiveram de acelerar o passo e se refugiaram na casa de Birame, a poucos metros de distância.

Depois de algumas horas, um comunicado reivindicou o atentado. Foi assinado com: "Exército das Sombras. Não vos deixaremos em paz jamais." Esse comunicado lançou o país à incompreensão e ao pânico. Quem era esse Exército das Sombras? O que queria? Naquele momento, parecia tudo estar indo bem. As tribos mouras que flertavam com os terroristas acabavam de se unir ao governo. Este último havia promulgado um código da pessoa e da família que lhe rendeu os maiores elogios do Ocidente. O governo decretou um funeral com honra nacional para El Cobra. Ele foi enterrado no cemitério de Rawane. Seu filho adotivo caminhava chorando na frente do cortejo, cercado de personalidades das mais destacadas do regime. O cortejo foi seguido por uma multidão compacta de gente vinda de Tombuctu, de Gao, de Djenném de Ségou, enfim, de todos os lugares do Mali. Alguns intrépidos tinham vindo a Kidal de cavalo, no lombo de pequenos garanhões mouriscos cujos cascos levantavam poeira, ou no lombo de camelos mais lentos. Foi uma cerimônia bonita, sem dúvida, e El Cobra, tão desacreditado em vida, se tornou um mito: aos dez anos ele tinha matado um leão e, tendo feito um cinturão com sua cauda, bateu à porta da casa onde os sábios se ocupavam do bem-estar da tribo. Aos quinze, matou um homem que tinha tentado estuprar sua irmã e, quando o tribunal o inocentou, a multidão de seu vilarejo o levou triunfante pelas ruas e isso e aquilo.

Quanto a Ivan, ele estava tomado de uma excitação sombria. Era como se o sangue que ele derramara a princípio relutante de repente o inspirasse com um surpreendente vigor. Ele estava tomado por uma transformação que não controlava. O Corão que ele havia lido até então para adquirir consciência voltou para assombrá-lo e ele recitava as suratas inteiras de memória. Estava constantemente preocupado com a ideia de Deus e caminhava com nova autoridade na vila. Confrontava o pai abertamente:

— Devemos fazer nosso mea-culpa – argumentava. – Talvez tenhamos merecido essa tragédia.

Lansana ficava com raiva e berrava:

— O que está dizendo? Você é burro. Esse governo não é perfeito, mas faz o seu melhor. A rebelião do norte foi acalmada. No código da família, ele estabeleceu em duas o número de esposas que um polígamo pode ter. O que mais ele pode fazer?

Ivan foi encontrar Ivana que, ao contrário, não parava de chorar, por causa do atentado na Ultra Vocal ela tinha perdido duas de suas melhores amigas. Ele lhe disse sem rodeios que ela não deveria mais usar os shorts de linho branco que ela tanto amava e que deixavam suas pernas desnudas.

— Não usar mais short? – ela exclamou. – E por quê?

Ele tomou um ar compenetrado.

— Os shorts excitam o desejo dos homens e, portanto, a ira de Deus.

— Excitam o desejo dos homens – ela repetiu siderada – e, portanto, a ira de Deus? Você fala como um velho devoto.

— Eu sou um jovem devoto – ele corrigiu friamente. – Não se ofenda, mas seu comportamento deve mudar em alguns detalhes. Você não pensa em Deus o bastante.

Ela o olhou boquiaberta.

— De que Deus você está falando? – ela replicou. – Eu não sou muçulmana e não sigo os preceitos de Alá.

Era a segunda vez que suas opiniões divergiam. Uma fissura se desenhava no edifício de seu belo amor, deu-se conta Ivan, apavorado. Então, ele a agarrou e a cobriu de beijos e não disse mais nada.

Alguns dias depois, o governo nomeou o sucessor de El Cobra, Abdouramane Sow, um homem imaculado desta vez, um ex-pacificador que havia servido no Haiti nas forças da MINUSTAH, que já no dia seguinte à sua nomeação reuniu os milicianos. Segundo ele, o recente ataque fora um negócio interno. Certamente, a milícia nacional abrigava traidores, assassinos, amigos de terroristas. O Exército das Sombras era o núcleo da milícia. Essa lucidez surpreendeu mais de um, a começar por Ivan.

Desde o atentado cometido, Birame e Ivan tinham se aproximado muito um do outro. Ao meio-dia, lado a lado, almoçavam tristes na cantina da caserna. À noite, Ivan tomava chá de hortelã, jantava na casa de Birame, passava a noite lá, antes de se instalar completamente. Ele, que odiava o número de parentes amontoados na casa de Lansana e a inevitável promiscuidade que se seguia, gostou daquele lugar, três cabanas dilapidadas e desertas, porque os irmãos mais novos de Birame, ocupados com atividades misteriosas, drogas leves, drogas pesadas, frequentação assídua de prostitutas no bairro do Tombo, jogos de azar, só vinham dormir de madrugada. Ivan passava a noite na casa que tinha pertencido à mãe de Birame. Pela janela aberta, ele vigiava as flutuações da lua. Se deleitava com o cheiro de esterco causado pelo excremento de algumas cabras criadas no quintal, com o cacarejar das galinhas, com um galo de plumagem vermelha cantando no meio de três galinhas cinzentas.

Isso durou perto de duas ou três semanas, uma noite, quando ele dormia nu, como de costume, por causa do calor, Birame entrou na casa e se jogou sobre ele, agarrando-lhe a boca e tentou penetrá-lo. Ivan teve força suficiente para empurrar o agressor contra a parede.

— Você está louco – ele exclamou.

Estava perplexo, pois não era inocente. Por conta de seu belo corpo, ele frequentemente via o desejo se erguer nos olhos de outros homens e já tinha se defendido contra seus avanços. Mas, dessa vez, não suspeitou de nada.

Birame não se deixou esmorecer. Com o sexo ainda ereto e o peito arfante, ele disse:

— Você não gosta de mulher, todo mundo sabe. Então, eu achei que você fosse como eu, que amava garotos.

— Seu porco – Ivan rugiu. – Há quanto tempo você pratica esse vício?

— Não é um vício – replica Birame. – Ninguém é responsável por sua orientação sexual. Nós nos submetemos, é assim. Há doze anos, quando descobri que era gay, eu quis me matar. Então, um pastor do meu pai me iniciou e eu segui a correnteza.

— Você seguiu a correnteza? – Ivan disse horrorizado com a calma do outro.

Birame encolheu os ombros.

— Você não imagina quantos respeitáveis pais de família são na verdade gays. El Cobra, o primeiro. Você não ouviu as histórias que circulavam sobre ele?

Depois de tal desventura, Ivan não teve mais a menor dúvida sobre ser amigo de Birame e sobre permanecer em sua vila. Ele voltou para a casa de Lansana. Lá, uma multidão se apinhava nas casas de taipa. Parentes cansados de se preocupar com terroristas tinham vindo de cidades e vilarejos do norte onde moravam, em busca de um pouco de segurança. Ainda assim, Ivan encontrou um lugar para colocar sua esteira perto de um grupo de homens de cabelos brancos que se diziam seus tios. Um deles contava sobre as últimas agressões a que tinha sido submetido:

— Foi antes do casamento da minha sobrinha Lalla Fatima com Mossoul – ele dizia. – Vimos eles crescerem. Naquele dia, todo mundo estava contente. Todo mundo estava cantando e dançando quando de repente três homens armados e encapuzados invadiram o lugar. Mas dessa vez nossos guardas souberam se defender. Eles pularam nos homens e os derrubaram no chão. Depois disso, recolhi minha família e fugimos.

Ivan reencontra sua irmã maravilhado.

— Estou feliz – ela disse ao vê-lo – que você voltou para nós. Nosso pai é muito autoritário, isso é um fato, mas nos ama muito e não é um homem mau.

— Não é um homem mau – retorquiu Ivan. – No entanto, ele ofende Deus com todas as suas ações. Ele fuma cigarros Job e joga as bitucas por aí. Noite após noite, ele traz mulheres para cá, às vezes três meninas jovens, ainda impúberes.

— Mas em nenhum lugar do Corão diz que um homem não pode namorar mulheres. Do que você o culpa? É o seu emprego na milícia que mudou seu caráter dessa maneira? Você está se radicalizando.

Ela usa essa palavra pela primeira vez. Até então, não tinha consciência da mudança que acontecia em seu irmão. De repente, ela se dá conta de sua extensão total. Mudanças profundas ocorreram na vila. Agora Lansana vivia abertamente com Vica, uma haitiana, cantora com uma bela voz de contralto, que ele tinha encontrado em um concerto em Roterdã. Vica perdera o marido e os seis filhos no último terremoto em Porto Príncipe. Passara uma semana sob os escombros até os socorristas a retirarem de lá sob aplausos da multidão. Desde então, colocou um pé no ocultismo e passa a maior parte do tempo cantando canções tradicionais haitianas:

> *Twa fey*
> *twa rasin*
> *jeté blyé ranmassé songé*
> *mwen gen basen lwa*
> *mwen twa fey tombé ladan'n*
> *chajé bato z'anj la.*

Vica e Ivana se davam maravilhosamente bem, falavam *créole* e cochichavam pequenas confidências.

Lansana também tinha metido na cabeça regulamentar a condição dos griôs. Na verdade, como as famílias abastadas que asseguravam a sua subsistência já não o podiam fazer, devido à insegurança que reinava no país, muitas vezes eles se viam reduzidos à mendicância. Eles apareciam sem serem convidados em batizados ou casamentos, cantando uma canção de louvor em troca de um prato de *fonio*. Por que o Estado não lhes pagava algum subsídio e os tornava algo como funcionários públicos, como aconteceu na Guiné no tempo de Sékou Touré?

Essa ideia não era unanimidade. Seus críticos sustentavam que o que tinha acontecido na Guiné aconteceria no Mali: griôs cantando a torto e a direito pelos méritos do regime e pela grandeza dos ministros. Não se deve esquecer que os griôs originalmente não se importavam nem com a fortuna nem com o poder, mas com o mérito. Eles cobriam de louvor aqueles que eram dignos disso. Todas essas objeções não impediram os esforços de Lansana. Apesar das querelas, os griôs vindos de todos os cantos do país correram até Lansana para conhecer seu benfeitor.

Enfim, como se essas novidades não fossem suficientes, Lansana criou um conjunto que por provocação chamou de La Voix de Dieu, A Voz de Deus, pois ele queria dizer a todos que a música é algo sublime que deve ser salvaguardado a todo custo. Ivan então ficou isolado, pois sua irmã estava monopolizada por Vica e principalmente pelo pai. À noite, munida de um computador, ela pesquisava nomes de griôs, seus endereços, seus instrumentos preferidos, bem como seus repertórios.

Lansana multiplicava os concertos e os encontros por todo o Mali. Foi assim que ele decidiu ir se apresentar em Tombuctu, uma escolha que não foi por acaso. A pérola do deserto, tão elogiada por René Caillé, durante muitos meses foi ocupada militarmente pelos jihadistas. Eles tinham destruído seus mausoléus e tentavam afanar os manuscritos raros guardados nas mesquitas. Por conta da intervenção de uma potência estrangeira, eles foram expulsos e retiraram-se para o deserto mais próximo, mas continuaram a aterrorizar os habitantes. Ivan insistiu em participar para não ficar mais separado da irmã. A viagem devia ser feita em duas etapas. Uma primeira parte por estrada até Gao, pelas margens do Niger. Depois de Gao a Tombuctu se ia pela hidrovia do Joliba. Lansana, portanto, comprou quatro assentos no convés do *Capitaine Sangara*.

— Qual é a necessidade de uma cabine? – disse de modo seco a Ivan, como se ele estivesse reclamando. – Um lugar no convés já basta. É um trajeto de dois ou três dias apenas.

Não fossem os sentimentos que seu pai lhe inspirava, Ivan teria achado esta viagem pelo Joliba muito charmosa. De manhã, quando abriam os olhos, estavam imersos em uma brancura de algodão. Nenhum ruído. Envoltos em névoa, os pescadores Somona já estavam jogando suas redes. O barco deslizava nas ondas e as formas maciças de animais adormecidos podiam ser vistas nos campos. Quando o sol aparecia, imediatamente começava sua ascensão no céu. O calor o seguia e invadia pouco a pouco a terra, tanto que as portas das casas, até ali hermeticamente fechadas, se abriam lentamente como grandes olhos amedrontados. As crianças tomavam o caminho da escola, enquanto os pequeninos resfolegavam no relativo frescor da manhã. A partir do meio-dia tudo caía numa calma e num silêncio. Ao entardecer, cantores e músicos vinham de todos os cantos do barco, que se tornava uma orquestra itinerante.

Assim que chegaram em Tombuctu, a noite se apressou em cair. Grandes listras vermelhas riscavam o céu e uma sombra azulada começava a escurecer o reboco branco das casas. Tombuctu estava sitiada, com os jihadistas tendo feito uma ameaça clara de ataque. As ruas estavam desertas. Apenas soldados brancos e negros circulavam a pé ou em jipes militares. Eles paravam de modo rude os poucos passantes e pediram-lhes seus documentos de identidade. Para a surpresa de Lansana, ninguém foi recebê-los no cais. De todo modo, eles sabiam aonde ir. A pé, se dirigiram para a casa de El Hadj Baba Abou, um árabe, antigo xeque da mesquita de Sankoré. Ele teve os dois olhos furados pois se recusara a entregar aos jihadistas os manuscritos raros que sua biblioteca guardava.

Apesar dessa deformidade, ele permanecia afável e cortês. Expressou sua preocupação porque soube que, devido ao estado de emergência, a apresentação seria cancelada.

— Apresentação cancelada? – exclamou Lansana. – É exatamente isso que os jihadistas querem. Querem nos forçar a obedecer aos ditames do Deus colérico e maligno que eles inventaram, destruindo tudo o que é belo e bom na vida.

— O que é belo e bom na vida? – perguntou Ivan em tom sarcástico.

— Fazer música, literatura, é isso que é belo e bom – respondeu Lansana.

El Hadj Baba Abou estendeu uma mão apaziguadora para cortar a querela que nascia e mandou um de seus empregados buscar informações. Esse voltou um pouco depois: a apresentação estava mesmo cancelada. Lansana então teve um daqueles ataques de fúria que eram típicos dele e, sem dizer uma palavra e em poucos minutos, engoliu a saborosa refeição que o cozinheiro de El Hadj Baba Abou havia preparado. Depois, saiu rapidamente, arrastando Vica atrás dele.

Instantes mais tarde, enquanto El Hadj Baba Abou mergulhava em sua leitura do Corão, Ivan acompanhou sua irmã até a casa das mulheres, onde ela deveria passar a noite.

— Que desajeitado o nosso pai! – ela disse com raiva. – Que grosseiro! Ivana deu de ombros, indulgente.

— El Hadj Baba Abou e ele se conhecem há anos, desde que eram estudantes. Não se meta em seus assuntos.

No entanto, a viagem teve seus encantos. Kidal não se comparava a Tombuctu, que é um objeto literário. Ivan nunca tinha visto tal acúmulo de mesquitas e santuários que são as obras-primas da arte africana. Ele entrou em madraças onde jovens com gorros brancos na cabeça entoavam versos do Corão. Seu coração saltava no peito. E se Deus realmente existisse? E se essa vida na terra, precária e decepcionante, fosse uma preparação para os esplendores do lado de lá? À noite, ele se perdia na obscuridade das ruas estreitas e sinuosas. Aqui e ali algumas luzes tremulavam. Tudo o que se ouvia era o bater dos pés dos soldados que patrulhavam as redondezas. Aquilo não o assustava. Pelo contrário. A cidade parecia-lhe mais protegida do que Kidal.

Todas as noites, ele saía à procura de Lansana, que desaparecia misteriosamente com Vica, logo depois do jantar. Infelizmente, não encontrava o pai em lugar algum. Geralmente terminava a noite no lotado caravançará de Albaradiou, onde se podia admirar três acrobatas Fulani fazendo travessuras.

Ciente do prejuízo que o cancelamento da apresentação tinha causado a Lansana, o governador-geral de Tombuctu mandou que ele voltasse para Kidal com sua família em um carro que fazia parte de sua frota pessoal: um Mercedes 280 SL, chamativo e azul como o céu. Isso fez Ivan pensar muito. Os governantes obtêm todas as doçuras da terra? Mulheres, casarões, carros. Assim, El Hadj Baba Abou, um homem notável a quem ele tanto admirava por sua postura e conhecimento das suratas, nada possuía, enquanto esse obscuro governador-geral parecia estar rolando no ouro. Isso reforçou sua consciência de que o mundo era malfeito, e voltou sem entusiasmo à caserna Alfa Yaya.

Entramos agora numa parte da nossa história que não é confiável. Nós não dispomos de nenhuma prova do que realmente se passou. Nos apoiamos em suposições, talvez até fantasiosas.

Todas as cidades têm seu bairro de imigrantes. Quer venham do Burkina Faso, do Benim, de Gana ou do Congo, os homens vão para o estrangeiro em busca da mais escassa das mercadorias: o trabalho. Geralmente deixam para trás as mulheres e os filhos. Os bairros de imigrantes são miseráveis, malconservados, frequentemente bastante insalubres.

Os botecos, restaurantes, bares, cafés, antros de jogos de azar, chame como quiser, abundam em todas as ruas. Kidal não foi exceção à regra geral. Seu bairro de imigrantes chamava-se Kisimu Banco. O governo falava repetidamente em demoli-lo, mas nunca o fez.

Porque Lansana frequentava assiduamente L'Étoile de neiges, uma taverna mal iluminada, administrada por um mouro, El Hassan, uma espécie de bordel onde se fazia um grande comércio de carnes femininas. Diz-se que lá Lansana era como um peixe na água e multiplicava as parceiras, às vezes muito jovens. Diz-se mesmo que ele se encontrava com meninas impúberes de doze ou treze anos. Quem se ofende com esse comportamento? O fato é que Lansana foi morto a facadas no caminho de volta do L'Étoile de neiges. Uma briga com um adversário desconhecido acabou em briga? Ele foi vítima de um marido ciumento ou de um pai furioso ao ver sua filha deflorada? De um bandido, um ladrão, um criminoso como tantos que são encontrados soltos pela noite? Em outro ponto, as versões novamente diferem. Alguns disseram que Lansana caiu em uma encruzilhada, outros não muito longe de sua casa. Outros ainda, que ele foi assassinado em sua cama e que o crime foi maquiado como suicídio.

Essa morte causou uma comoção imensa pelo país. Os griôs vinham de todos os lugares para entoar louvores à sua família, os Diarra, que tão brilhantemente governara Segou. Não deixaram de destacar os talentos desse filho de origem régia que não teve vergonha de se dedicar à música. Sua vila foi por alguns dias um coração vivo e palpitante do qual escapavam os mais diversos sons.

A polícia conduziu bem a investigação. Prendeu todas as pessoas que tinham intrigas com Lansana e Deus sabe que eram uma legião. Mas ela não prendeu Ivan, que brigava com o pai por qualquer coisa, pois, no Mali, o parricídio é desconhecido. Ensopar uma arma no sangue do próprio pai é uma loucura que pertence apenas aos ocidentais.

Lansana tinha escondido bem seu jogo. Em uma conta na Suíça, ele havia guardado os frutos da venda de seus discos, comercializados no Japão, onde era muito apreciado. Então, Ivan e Ivana tiveram a mesma ideia: trazer a mãe para perto. Com certeza seria uma agradável surpresa. Simone nunca tinha saído das Antilhas. Por muitos meses ela viveu separada de seus filhos. Para sua surpresa, receberam uma resposta negativa ao convite. Surpresa! Pai Michalou e ela tinham se casado. Para tanto, estavam ampliando e reformando a casa de Pai Michalou em Pointe Diamant e não podiam perder tempo com uma viagem.

Ivan e Ivana receberam essa resposta como um tabefe, embora Ivana tentasse se consolar pensando que sua mãe não envelheceria sozinha, mas apoiada em um companheiro.

O segundo choque veio de Vica. À noite, ela se punha fora de casa, vestida apenas com uma calcinha vermelha. Durante horas ela proferia palavras incompreensíveis, enquanto em intervalos regulares esvaziava pequenos copos cheios de um líquido que tirava de garrafas marcadas com "Rhum Barbancourt". Os esforços que faziam para levá-la de volta à sua cama geralmente terminavam em brigas pontuadas por berros. Finalmente, depois de duas semanas nessa função, ela se recompôs e embarcou em um avião em Bamako com destino a Port-au-Prince.

— Essa vila cheira mal! – gritou antes de ir embora. – Toda noite vejo Lansana que anda de um lado para o outro. Um crime foi cometido e não sabemos quem é o culpado.

Foi só Vica virar as costas que as más línguas começaram a estalar. Ela tinha ido se reencontrar com um homem, um homem com quem nunca tinha rompido, e quase vinte anos mais jovem. O mesmo que veio passar o último inverno trancado em sua cabana. Era um poeta, um certo Jean-Jacques, apelidado de batráquio por causa de seus dois olhos grandes como os de um sapo. Muito conhecido no Haiti, todos os dias declamava seus textos durante horas na rádio nacional. Pouco depois de sua partida, Ivana recebeu um pacote de Vica, uma carta cuidadosamente lacrada em um envelope pardo. Nele tinha uma pequena coleção de poemas intitulada *Mon pays verse des larmes de sang*, meu país derrama lágrimas de sangue. Aqui está o texto da carta recebida por Ivana:

Minha querida irmãzinha,

Sinto muito a sua falta e me lembro de nossas longas conversas na minha casa quando falávamos dos nossos sonhos. Eu já estou na minha ilha, ao mesmo tempo monstruosa e magnífica. Nas calçadas, ao redor do Marché de Fer, telas naïfs se amontoam. Algumas são obras geniais.

Vemos loas descendo do céu em balanços dourados. Em todos os lugares canções, música.

Mas nosso povo é pobre demais para se abrigar e ainda se abriga em tendas de lona rasgadas. As crianças correm por toda parte, com fome, nádegas e as partes íntimas de fora. É uma desolação que não há igual no mundo.

Envio-lhe a coleção de poemas de um jovem que é mais que meu irmão. Saboreie cada gota desta poção mágica.

Te abraço,
Sua irmã, Vica

Infelizmente, Ivana não apreciava o que não compreendia. Por isso era louca por René Char. Por isso também nunca abriu esse livro e *Mon pays verse des larmes de sang* permaneceu intocado. Que nos seja permitido dar nossa opinião sobre esse ponto. Ivana cometeu um grande erro ao não folhear este livro, pois continha verdadeiras pérolas. Como o poema que aparece na página 10. Começava com uma reminiscência do grande Aimé Césaire: "Sangue! Sangue! Apenas sangue em minha memória. Minha memória está repleta de sangue." A partir do verso seguinte, porém, afastava-se desse modelo e caía no *créole*: "*Pigé zié, pigé zié.*" Tornava-se então uma composição digna do melhor de Sonny Rupaire, nosso poeta nacional.

Quanto a Ivan, sua determinação de deixar a vila se fazia mais e mais urgente. Não apenas porque ela estava superlotada, invadida por falsos parentes, bocas inúteis e desempregados profissionais. Nem porque estava atormentada por espíritos malignos, como afirmava Vica, mas porque ali começavam a circular fofocas, fofocas infames. Lansana vivo, sua presença amordaçava todas as bocas. Uma vez que estava morto, elas se abriram, riram largo. Por qual motivo? Julguem. O que se escondia por trás daquele menino com corpo de atleta que não fodia a torto a direito? Ele não era conhecido por ter uma amante, enquanto na sua idade ele poderia ter sido pai de um ou dois filhos. O que ele estava escondendo?

A explicação era óbvia, não era? Então, os jovens começaram a tirar vantagem na frente de Ivan. Momo Diallo, o dramaturgo bem conhecido, apelidado de Tennessee Williams, escreveu a ele propondo ser o convidado de honra da estreia da Parada Gay de Bamako. O mais grave é que esses infames rumores forçaram as portas da caserna de Alfa Yaya e a invadiram. Ivan se viu enfeitado de um apelido que traduzimos muito mal: "Aquele que não sabe usar a sua aresta." Em vez de empunhar suas Kalashnikovs, os recrutas começaram a se exibir. Um dia, o comandante-chefe de sua divisão o trancou em seu escritório e se jogou em cima dele.

— Eu não gosto de homens – ele protestou, ao ponto de começar a chorar.

— De outros! Você prefere talvez os mais jovens, menos corpulentos que eu.

Exausto, Ivan não sabia para onde se virar. O que seria disso? Esse pensamento não o deixava. Foi então que lhe ocorreu uma ideia, uma ideia que poderia ter tido um homossexual que se recusasse a sair do armário: arranjar uma mulher. Sim, ele teria que conseguir uma esposa na frente de toda a cidade. Mas onde encontrar? Foi com desgosto que imaginou o corpo de uma dessas mulheres encostado no dele.

Depois de dias de hesitação, ele voltou sua atenção para uma companheira próxima de Ivana, o que talvez fosse uma forma de não se afastar completamente de sua irmã. Aminata Traoré ainda não tinha vinte anos. Todos a achavam linda, com um curioso nariz pequeno e reto e olhos brilhantes. Sua personalidade, ainda em desenvolvimento devido à sua juventude, inspirava doçura. Como Ivana, trabalhava no hospital Soundiata Keita, e adorava os pequeninos de quem se ocupava. Seduzi-la foi uma coisa fácil. Algumas palavras bem lapidadas. Alguns sorrisos, alguns presentes, em particular *rahat lokoum*, balas de goma, que ela adorava e que eram vendidas na cidade, no mercado negro.

Chegado o momento, o grande momento da conquista. Aminata Traoré não morava longe da vila Diarra. Depois de tomar o chá de hortelã, Ivan não teve nenhuma pena de se trancar com ela em seu quarto.

Sem qualquer desejo, ele se aproximou daquele corpo lindo ofertado. Primeiro, ele teve medo de fazer uma performance ruim. Felizmente a natureza veio em seu socorro. Ele se saiu muito bem.

— Como estou feliz – gemeu Aminata, quando o ato foi consumado. – Nunca acreditei que pudesse um dia ser tão feliz. Faz tempo que eu te observo, e eu não sou a única. Mas você parece fora de alcance, inacessível.

Exasperado com aquela verborragia, Ivan não encontrou nada para responder. O que não esperava, estava cheio de vergonha e teve a detestável sensação de ser um enganador. Rapidamente, ele se despediu e voltou para casa.

A noite estava escura, o que se somou ao seu sentimento de ter cometido um ato desprezível. Muito rapidamente, no entanto, a notícia de sua relação com Aminata chegou a todos na vila.

Uma noite, Ivana adentrou a casa dele.

— Como estou feliz pelo que acabo de saber – ela exclamou. – Parece então que você quer se casar com a minha amiga Aminata Traoré?

— Me casar? – rosnou Ivan. – Isso é dizer demais.

— Quais são as suas intenções? – Ivana perguntou com seriedade. – Ela é jovem, é pura, merece que você a faça esposa.

Aquela insistência não era completamente inocente. Ao saber sobre o caso do irmão, Ivana tinha chorado muito. Seu irmão, que ela acreditava ser dela desde o nascimento. Seu irmão, a quem alguns chamavam de seu amante. Pois ela se censurou por esse ciúme que estava fora de lugar. Seu irmão não era sua propriedade.

— Eu não vou lhe esconder nada – Ivan explicou a ela. – Os homens provam certos desejos que são desconhecidos para as mulheres.

Então, ele abraçou apertado a irmã com uma paixão que se distanciava dos toques sem prazer que teve com Aminata. O espaço em seu peito foi escavado para que ela aconchegasse a cabeça. As pernas dela foram feitas para se moldar ao longo das dele. Seu sexo, ah, seu sexo, Ivan não ousava pensar naquilo. A mãe e a irmã mais nova de Aminata se mudaram para Deus sabe onde, e Ivan logo foi morar com ela. Viver em sua companhia não carecia de aspectos positivos. Ela fazia luzir e reluzir os botões de seu uniforme da milícia. Ela lhe fazia grandes *boubous* para que ele pudesse relaxar no caminho de volta da caserna. Ela encerava e engraxava seus sapatos, sem deixar de preparar seus chinelos para que ele repousasse os pés. Todas essas atenções, no entanto, eram irritantes. Era para isso que uma mulher servia? Por comparação, pensava na irmã, independente, mimada pela mãe e que não podia fazer nada com seus dez dedos. Mas tinha lido André Breton, Paul Éluard, René Char e era uma pessoa culta.

Ivan se entediava com Aminata. Terminada a refeição, ele lia seu Corão, anotando as passagens mais difíceis para pedir explicações a Ismaël, seu chefe no Exército das Sombras. Durante esse tempo, Aminata via programas idiotas na televisão, hábito do qual ele não se preocupou de curá-la, pois ao menos, naqueles momentos, ela se calava. Uma noite, ela se aproximou dele com uma expressão vitoriosa que o fez temer o pior. Ela se ajoelhou aos seus pés.

— Tenho uma grande e bela surpresa para lhe fazer – disse. – O Senhor abençoou nossa união. Estou grávida de um filho seu.

Grávida! Já! Pensou Ivan horrorizado. Não faz nem três meses que viviam juntos. Ela continuou, sem perceber como suas palavras ecoavam nele:

— Tata Rachida me palpou o ventre e ela acha que é um menino. Que orgulho!

No dia seguinte, na caserna, Ivan, mal recuperado de suas emoções, voltava do exercício quando foi informado de que uma visita o esperava. Era Ivana, toda animada.

— Ela está grávida – exclamou. – Você tem que se casar.

— Por quê? – ele retorquiu calmamente. – Lansana por acaso se casou com nossa mãe quando ela estava grávida? Maeva, nossa avó, por acaso era casada? Eu não seria o primeiro homem a ser pai de um bastardo.

Foi então que Ivana entrou em um violento estado de cólera ao qual Ivan não pôde resistir e seu casamento foi decidido. As informações nos permitem afirmar que a raiva de Ivana era falsa. Graças às reclamações lacrimosas da inocente Aminata, Ivana não ignorava o comportamento do irmão: um amante relutante, pouco inclinado a carícias, preferindo dormir de boca aberta a se interessar pelo corpo nu contra o seu.

— Ele me dá as costas na cama. – reclamava Aminata. – Ele me dá as costas e eu tenho que dormir ao lado dessa montanha de indiferença.

Ivana sabia que seu império estava intacto. Essa reencenação foi apenas um pretexto para esconder uma paixão que nada podia abalar.

O casamento de Ivan superou em pompa a celebração de seu batismo. Não foi apenas dos quatro cantos do país que os Diarra, os Traoré, parentes e amigos vieram, mas de todos os cantos da Terra por onde estavam dispersos para encontrar subsistência. Todos lamentavam a ausência de Lansana. Como ele teria ficado feliz e orgulhoso de ver seu filho se casar, criar raízes em solo maliano. Ele estava de volta à sua fonte.

Enfim, a convidada mais colorida foi uma irmã, uma prima, uma tia de Aminata, não se sabe como chamar, Aïssata Traoré, que dava aulas na Universidade McGill, no Canadá. Ela tivera que sair rapidamente do Mali, depois da publicação de seu primeiro livro, *L'Afrique à l'encan*, a África em leilão, e desde então publicava regularmente discursos políticos nos quais criticava a África em geral. Era uma mulher bela e forte. Diziam que ela vivia com um canadense, mas ela tomou o cuidado de não o levar com ela. Aqueles que cruzaram com ela pelas ruas a seguiam longamente com os olhos, intrigados com suas vestimentas estranhas: uma calça saruel com fundilhos largos, roupa tradicionalmente reservada aos homens, e uma túnica de corte militar. Aïssata tinha uma conta no Brelan d'as, um bar no centro da cidade, onde dezenas de jovens matavam as aulas da escola superior, se amontoando para ouvi-la. Pela primeira vez, Ivan sentiu uma atração que não pôde dominar por uma mulher. Ele gostava do formato de seu rosto, suas formas ao mesmo tempo delgadas e harmoniosas e, principalmente, de seu jeito mordaz e zombeteiro. Ao anoitecer, ao levá-la para casa, imaginou que poderia passar a noite com ela para conversar ou acariciá-la, não sabia o que queria. Não ficou surpreso quando Ismaël o instruiu a enviar-lhe um convite para vir e dar uma palestra para o Exército das Sombras. A princípio, Aïssata fez a difícil e só concordou no último minuto, um dia antes de voltar ao Canadá.

Quando chegou no lugar do Exército das Sombras, o pátio estava cheio de gente. Cadeiras e bancos tinham sido colocados ali. Os professores todos sentados sobre um estrado em torno de Aïssata. Ela começou a falar com sua voz alegre e seu sotaque estrangeiro:

— Não estou tentando me desculpar – ela disse ao seu público –, mas compreender. O jihadismo é o resultado de séculos de opressão e exclusão. Ele não nasceu com a guerra do Golfo, e os Bush, pai e filho, são apenas marionetes. Ele se enraíza na colonização e talvez até antes dela.

De repente ela levantou um punho de vingança.

— Mas os jihadistas só sabem matar e matar. A morte não é a resposta. É preciso que nos engajemos em uma nova forma de diálogo entre os povos, que não existam mais dominantes e dominados.

Ao escutá-la, o corpo inteiro de Ivan começou a tremer. Saberia ela onde estava? Conhecia a verdadeira natureza daqueles que a cercavam? Bastava que Ismaël desse um sinal aos inúmeros portadores de Kalashnikovs que passeavam livremente para que ela fosse abatida.

No entanto, a coisa se passou sem incidentes e terminou com uma ovação em pé. Depois, Ismaël e alguns membros da sua equipe levaram Aïssata até La Criée, um restaurante de peixes, administrado por um marselhês, que se gabava de seus cinquenta anos de África e que não se incomodava com os muitos atentados. Comeram ostras que chegavam por cargo expresso e se encheram de bebidas de gengibre, pois a maioria das pessoas presentes eram muçulmanas e não tocavam em álcool.

Nas primeiras horas da manhã, Ismaël pede a Ivan que acompanhe Aïssata.

— Cuide dela – ele sorri. – Você sabe que a essa hora tudo pode acontecer.

De fato, as ruas de Kidal eram da cor de nanquim. Postes de luz plantados irregularmente iluminavam alguns quadrados de calçada. Além disso, uma sombra densa reinava. Com o coração batendo forte, Ivan pegou o braço de Aïssata e o trajeto transcorreu sem problemas. Quando estava se dirigindo para o quarto, ela pegou a mão dele e puxou-o para si, sussurrando:

— Você deseja tanto quanto eu. Por que nos privarmos disso?

Na manhã seguinte, Ivan acordou sozinho na cama, meio coberto por um lençol amassado. Tentou se levantar, mas suas pernas estavam bambas. Por que estavam frouxas? Era como se um incêndio se alastrasse dentro dele e lhe tirasse todas as forças. Conseguiu entrar na sala ao lado onde, chorando, Aminata abraçava Aïssata, estritamente vestida com um tailleur azul-marinho e casaco pendurado no braço, enquanto o guarda colocava sua bagagem em um táxi. Ivan não entendia nada do que se passava dentro dele. Tinha sonhado com a febre e a paixão da noite que acabara de terminar? Como ele tinha voltado para dormir junto de sua mulher? Durante esse tempo Aminata e Aïssata se abraçavam carinhosamente. Quando Aïssata entrou no táxi, Aminata começou a chorar.

— Ela não ficou tempo suficiente – choramingou.

Ivan não soube o que responder. Sim, ele tinha sonhado? A partir dali, todas as manhãs, ele começou a vigiar a bicicleta do carteiro, esperando uma carta de Aïssata, mas ela nunca lhe deu um sinal de vida. Ele chegou a comprar seu último livro *Le Viol d'un continent*, o estupro de um continente, mas não conseguiu lê-lo além da página 10.

Pouco a pouco, ele caiu na rotina do tédio. Aminata não tinha mais cabeça para fazer amor, para implorar pelas carícias que lhe eram dispensadas com parcimônia. Ela só estava preocupada com o que acontecia dentro de seu corpo, passeando a mão de seu marido sobre a barriga para que ele pudesse acompanhar as travessuras de seu feto.

— É um menino – ela dizia. – Olha a forma da minha barriga. E depois, o doutor confirmou na última ecografia. Vamos chamá-lo de Fadel. É um nome de que sempre gostei. É o de um menininho que foi transformado em pássaro pelo mágico Soumahoro Kanté. Ele conseguiu escapar da gaiola onde ele o havia trancado. Você conhece esse conto?

Ivan, ouvindo essa história pela centésima vez, balançou a cabeça em negativa. Às vezes, ele se pegava chorando sem entender por quê.

O que poderia tê-lo consolado era a presença de sua irmã, se jogando em seus braços para receber seus carinhos. Mas Ivana estava invisível. Cortejada por uma meia dúzia de apaixonados, ela passava a maior parte de seu tempo se defendendo das investidas. Enfim, para Ivan, a vida não tinha mais sabor. Foi então que um evento inesperado e de extrema gravidade ocorreu.

Uma manhã os milicianos foram convocados em uma das salas da caserna de Alfa Yaya. Aqueles que tinham que ir se exercitar não foram. Desde o dia anterior, os militares da reserva foram chamados e aqueles que patrulhavam o Norte em busca de terroristas foram trazidos de volta à cidade em caminhões cheios. Ao final da manhã, perante toda a assembleia de oficiais e em traje de gala, Abdouramane Sow falou em tom solene. A perícia balística realizada na Alemanha deu seus resultados. Hoje tivemos a prova de que os assassinos de El Cobra, os perpetradores do massacre da casa de espetáculos Ultra Vocal, não eram jihadistas, mas milicianos.

— Foram quatro – afirmou. – Dois armados com Kalashnikovs cujos números temos, outros dois armados com Lugers, que devem ter obtido de um traficante de armas. Logo saberemos o nome de todos os crápulas, nós vamos prendê-los e vamos infligir o castigo que merecem.

Ivan conseguiu voltar para casa onde, graças à televisão ligada o dia todo, graças a Djenaba, a criada, ele soube que um toque de recolher havia sido decretado. Toque de recolher! Isso significava que ninguém devia se aventurar fora de casa depois das 22 horas e que, a partir das 20 horas, um controle de identificação seria efetuado. Aminata não estava lá para discutir sobre esse terrível evento. Ela estava, sem dúvida, ocupada em falar com uma de suas amigas sobre o conteúdo de sua barriga.

    Quem nunca experimentou um grande medo não sabe como o ser humano se comporta nesses momentos. O sangue fica mais vivo, mais alerta e circula melhor. O cérebro é percorrido por decisões rápidas cujos prós e contras ele pesa num piscar de olhos. Em uma palavra, a inteligência fica aguçada. Ivan de repente entendeu que um perigo terrível o ameaçava e que ele deveria fugir o mais rápido possível. Sair da cidade. Sair do país. Ele escreveu uma carta com a intenção de que apenas uma pessoa lhe pusesse os olhos, Ivana, e explicou rapidamente seu plano. Não vai partir nem em direção à fronteira norte, nem em direção ao leste, nem ao oeste, crivado de patrulhas de milicianos. Preferiria pegar a rota do sul e seguir em direção a Gao, de onde seria muito fácil para ele chegar a Niamey, no Níger. Chegando lá, com seu passaporte de cidadão francês em dia, ele não teria nenhuma dificuldade em pegar um avião para a França. Quando estivesse instalado em Paris, mandaria buscá-la. Quando terminou de redigir a carta, um pensamento atravessou sua mente. Ele precisaria de dinheiro? Ele sabia que Aminata, desconfiada dos bancos, sabe-se lá o porquê, guardava dinheiro na cômoda do quarto. Correu até lá. Depois de esvaziar algumas gavetas, pôs as mãos no tesouro e o embolsou sem remorsos. Por precaução, decidiu não ficar mais em casa. Correu para a casa de Cheikh Anta Diop, para onde iam sem-teto de todos os tipos. Uma jovem usando um cachecol grosso no estilo jihadista segurava o registro de acolhimento. Ela o examinou da cabeça aos pés.

— Você é um sem-teto? – disse a ele zombando.

    Ivan na hora inventa uma história mirabolante: tinha brigado com a mulher e não queria passar a noite sob o mesmo teto. A garota deu de ombros para dizer que não acreditava em uma palavra sequer daquela narrativa, mas lhe indicou um dormitório superlotado.

    Durante a noite, ele não conseguiu pregar os olhos, incomodado com as conversas e as idas e vindas daqueles que queriam encontrar o sono. Pela janela aberta chegavam miados de gatos que brigavam por uma presa ou por um território, e o barulho da enxurrada de ratos que se seguiam.

Às 5 horas da manhã, chegou à rodoviária. Infelizmente, todos os carros que iam para Gao já tinham partido e ele teve que recorrer a um ônibus que servia as localidades vizinhas. Desejava ir a El Markham, uma pequena cidade localizada a cinco quilômetros de Gao, explicou ao motorista, um grandalhão desajeitado que estava palitando e escovando os dentes. Ivan se sentou na última fileira do veículo e enrolou um lenço em volta do rosto para esconder suas feições. Só chegaram em El Markham ao anoitecer.

Se Ivan estivesse com outro estado de espírito, ele certamente teria notado o esplendor das paisagens. Ao redor de Kidal ficam as marchas do deserto. A areia é rainha. Parece um gato selvagem, ocre ou lilás conforme a imaginação do sol plantado reto no céu como um olho bem aberto que não pisca. Pouco a pouco a pedra reaparece e são falésias cortantes e pontiagudas que brotam. Eles pararam para comer em uma pousada administrada por um casal de italianos. O cardápio consistia em uma saborosa sopa de legumes, frango e polenta. Ivan teria gostado de ficar conversando com seus donos sorridentes e joviais, para compreender por que dois ocidentais deixaram para trás os esplendores do Capitólio e da Torre de Pisa para virem se enfiar ali.

Além do brilho do rio que se estende até onde a vista alcança, a aldeia de El Markham não valia muito a pena: duas ou três ruas que se cruzavam em ângulos retos, ladeadas por chapas de metal ou cabanas de barro. Suas ruas fervilhavam de vida, cheias de homens de todas as idades, inclusive contrabandistas, reconhecidos por seus olhares, trafegando em barulhentas motos.

Ivan tremia dentro de sua camisa de algodão, pois a noite estava fria. Para se aquecer, foi ao La Bonne Table, um restaurante apertado, sujo e pouco convidativo como todo o resto do lugar. Em um canto, uma televisão microscópica estalava. Depois de alguns minutos, um jovem veio, se sentou à sua mesa e falou com ele.

— Desculpe-me – respondeu Ivan. – Mas eu não falo a língua.

— É bambara, irmão mais velho – se surpreendeu o jovem. – Você é então um estrangeiro? De onde você vem?

Essa pergunta inocente trouxe de volta à memória de Ivan os anos que ele vivera em Guadalupe. Ele se esquece de todas as sombras e elas se adornaram de nostalgia. Naquele tempo, parecia que era feliz e sem preocupações. Pensou sobretudo em sua mãe.

— Não me chame de irmão mais velho – respondeu secamente ao menino, pois sua vida na vila de Lansana o fez não gostar dessa expressão. – Saiba que venho de muito longe, do outro lado do mundo. E você? Você é de Markham?

Em vez de responder, o jovem apontou a mala pousada ao seu lado.

— É a sua mala? – ele perguntou. – Está fechada com chave? Você carrega a chave em um lugar seguro? No pescoço, por exemplo?

— Por que está me perguntando todas essas coisas – Ivan disse irritado.

— É que El Markham é um lugar perigoso. Só tem ladrões, golpistas e bandidos. Eu sei do que estou falando. Me chamo Rahiri. Eu e meu irmão temos um jipe e transportamos viajantes há cinco anos. Conhecemos todos os postos de fronteira e todos os aduaneiros.

— Vocês têm um jipe? – Ivan o interrompeu subitamente interessado. – Poderiam me levar a Niamey ou mesmo até Gao? Meu passaporte está em dia. Estou em busca de um aeroporto de onde poderei pegar um voo para a Europa.

O jovem fez um bico.

— Niamey é muito perigoso, tem policiais demais lá – ele disse. – Podemos pensar em tudo isso quando o meu irmão voltar, pois é ele quem decide.

Quando terminavam a refeição, um ensopado de carneiro, um homem entrou: grande, gordo, careca, com roupas justas demais. Rahiri se levantou apressado e correu em sua direção.

— Aí está Ousmane – exclamou. – Meu irmão mais velho. Fez boa viagem?

Sem responder, Ousmane estendeu uma mão mole para Ivan e sentou-se à mesa. Rahiri explicou a discussão. Por sua vez, Ousmane sacudiu a cabeça fazendo uma careta negativa.

— Niamey é muito perigosa – repetiu. – Mas vamos conversar sobre isso amanhã. Acabo de fazer 500 quilômetros. Estou morto de cansado. Vamos descansar.

Os três homens saíram na noite aclarada apenas por uma lua crescente. Desceram a rua principal até um tipo de praça, onde passaram por homens que ali jaziam deitados sobre os bancos, esteiras ou até no chão de pedras.

Chegaram em frente a uma casa cuja placa dizia "Quartos para alugar", Ousmane tirou uma chave do bolso e eles entraram: três quartos de uma sujeira repugnante, um banheiro com uma fossa cavada no meio, ao estilo turco. Um cheiro forte de urina e de excrementos tomou Ivan de assalto. No entanto, disse a si mesmo que, naquelas circunstâncias, não poderia ser muito difícil. Então, foi para um dos quartos e, sem reclamar, se deitou no colchão de ar que Rahiri apontou para ele. Apesar do mau cheiro e dos mosquitos, adormeceu imediatamente.

Dormiu durante uma ou duas horas quando ouviu a porta ranger um pouco. Uma mulher entrou vestida com uma pesada burca azul-marinho. Ela se sentou ao lado de Ivan e com um humor alegre, lhe pareceu, começou a morder sua orelha. Depois desceu até sua boca e lhe deu muitos beijos. Ivan ficou surpreso com aquela audácia. Mas estava cansado demais para resistir.

— Tire essa roupa – ele disse. – É ridícula.

Ela lhe obedeceu, retirando o pesado véu azul que a envolvia, e ele se viu abraçado a um esqueleto. Apavorado, correu para o interruptor. A peça sórdida estava vazia. Fora um sonho. Um pesadelo.

Quando despertou pela segunda vez, feixes de luz cercavam a janela. Ele chamou seus companheiros, mas eles não responderam. A casa estava deserta. Rahiri e Ousmane tinham desaparecido. Sua mala também, ele percebeu. Correu para fora. Naquele momento, o céu estava azulado. Os homens que dormiam na praça tinham enrolado suas esteiras e lavavam o rosto no chafariz público. Um entre eles, com as bochechas cobertas de espuma de sabão, se barbeava assoviando. Nada de Rahiri. Nada de Ousmane. Como um idiota, Ivan correu para o La Bonne Table, onde havia jantado no dia anterior. O restaurante estava fechado. Ele deu chutes furiosos na grade de ferro que estava trancada, mas ninguém respondeu ao barulho. Ainda nada de Rahiri ou Ousmane. Ivan pegou a direção oposta do caminho que acabara de percorrer, aventurando-se nas ruas vizinhas, uma das quais se chamava zombeteiramente Rua Générale de Gaulle. Depois de um tempo teve que se resignar: tinha se comportado como um ingênuo. Se deixou levar como um bobo. Os dois homens o tinham roubado.

O que se faz quando nos encontramos sem documentos, sem dinheiro, sem amigos a quilômetros da nossa casa? A gente chora. Só podemos chorar. Sentado em um banco público, Ivan não sabia que seu corpo continha tantas lágrimas.

Aos poucos, no entanto, um pouco de coragem voltou ao seu coração. Antes de se considerar derrotado, ainda precisava tentar agir. Rahiri e Ousmane não haviam desaparecido. Eles deviam ter deixado rastros. Alguém os conhecia por aqui. Na noite anterior, durante o jantar, o garçom havia falado com eles como se fossem clientes costumeiros. Decididamente, Ivan se levantou e voltou ao La Bonne Table. Ao se aproximar, um homem, um homem branco, aproximou-se dele, parou ao vê-lo com um ar perplexo e agarrou seu braço, sussurrando:

— Não fique aqui, venha comigo.

Ivan tenta se desvencilhar.

— Você está louco! Me deixa!

O homem olha para a esquerda e para a direita e, baixando a voz, pergunta:

— Você é Ivan Némélé? Acabo de ver você na televisão. Sua cabeça está a prêmio.

— O quê?! – grita Ivan, recuperando imediatamente o uso de suas pernas.

Se pôs a correr de mãos dadas com aquele desconhecido.

Os dois homens entraram em um jipe escangalhado, estacionado ali perto.

O homem branco era magro, até ascético, o rosto emaciado e os olhos de um azul vivo. Seus cabelos de longos cachos grisalhos se encaracolavam até seus ombros. Era um verdadeiro Jesus Cristo! Fez rugir o motor de seu carro quando deu a partida como se estivesse num carro de corrida.

Depois de uns minutos, estendeu a mão para Ivan.

— Sou Alix Alonso – se apresentou. – Parece que você é o responsável pelo atentado que levou Boris Kanté, dito El Cobra, à morte.

Fora do carro, o cenário era de cartão-postal: céu azul onde o sol ia lentamente tomando seu lugar, rio cintilante sem ondulações, falésias de pedra avermelhada. Dentro, uma conversa febril entre dois homens muito agitados.

— Eu? – exclamou Ivan. – Nunca. Não cometi esse crime!

Ele sabia que de fato se devia sempre clamar pela inocência, até nas piores circunstâncias.

— Você vai estar seguro com a gente – disse Alix Alonso. – Eu moro sozinho com a minha mulher e nós nunca recebemos ninguém.

Durante 10 quilômetros, o carro costeou o rio. Subitamente, ele deu as costas ao rio, virou à esquerda e pegou um caminho pedregoso e esburacado. Eles passam por baixo de um arco sobre o qual estão escritas as seguintes palavras: "The Last Resort". Ivan tentou recorrer às suas memórias do colégio, mas não entendeu o que elas significavam.

Numa curva apareceu uma casa de pedra, espaçosa, mas sem beleza, rodeada por uma grande varanda, abrigada por guarda-sóis de listras amarelas. Uma mulher estava ali, meio reclinada em uma poltrona, as costas repousando em uma pilha de almofadas. Os pés estavam envoltos em chinelos de lã azul-marinho sem sola como se não os estivesse usando.

Alix explicou a Ivan:

— É a minha mulher, Cristina. Ela não pode se locomover.

Cristina tinha os mesmos olhos azuis que o marido, e seu sorriso era de uma graça singular. Suas feições foram se desfazendo conforme o marido explicava a ela as circunstâncias em que ele conhecera Ivan e quem ele era.

— Você não precisa temer nada conosco – ela garantiu por sua vez. – Alix deve ter dito: não recebemos ninguém.

Naquele momento, Alix pega no braço de Ivan com familiaridade e o conduz para dentro. Ao mobiliário básico não faltava charme. Alix, à frente de Ivan, abriu a porta de um quarto confortável com vista para um jardim.

— Aqui você está em casa – ele repetiu com um grande sorriso.

Ivan descobriu com muito espanto que Alix e Cristina raramente saíam de The Last Resort. Eles não tinham amigos, nem empregados trabalhando para eles. Para distrair Cristina, Alix tinha uma televisão gigantesca e das mais sofisticadas, em que se podia assistir aos canais mais improváveis, por exemplo, o de Wallis e Futuna. Assistiam a reuniões intermináveis nas quais o rei condecorava alguns de seus súditos. Foi assim que Ivan foi informado sobre o tsunami que varreu Kidal depois de sua partida. Birame e seus dois irmãos mais novos foram presos em Djenné, onde se refugiavam na casa de um parente. Curiosamente, Ismaël não fora interrogado. Nem qualquer membro do Exército das Sombras. O que rasgou e fez sangrar seu coração, é que depois de sua partida Ivana e Aminata foram presas. Ele não sabia que elas não tinham permanecido muito tempo detidas, porque ambas tinham álibis incontestáveis. Na noite do atentado que ceifou a vida de El Cobra, as enfermeiras do hospital Soundjata Keita juraram que estavam dando mingau aos pequenos antes de colocá-los na cama. As más línguas cochichavam outra história completamente diferente: afirmavam que a Abdourhamane Sow estava apaixonado pela bela Ivana, que ele gostaria de tomar como segunda esposa e rapidamente a libertou com a cunhada.

— Deixe esse tumulto para lá – aconselhou Alix a Ivan. – Quando as coisas se acalmarem, eu mesmo irei procurar sua irmã em Kidal. Trago ela aqui. Então vocês dois pegarão o avião para Niamey, que fica a apenas quinhentos quilômetros de distância, mais ou menos.

— Você está esquecendo que eu não tenho passaporte! – reclamou Ivan.

Alix disse zombeteiro:

— Eu arranjo um pra você – prometeu. – O que você prefere? Líbio, libanês, sírio, não tem nada mais florescente que a indústria de passaportes falsos neste país.

Cristina apertava a mão de Ivan e perguntava com doçura:

— Ivana é sua irmã gêmea, não é? Como eu sou gêmea de Alix.

Ivan tinha apenas um arrependimento. O de não ter feito amor com Ivana antes de ser separado dela! Todos aqueles anos de paixões platônicas foram absurdos! Quando ele a encontrasse, ele se vingaria! Ele a faria gritar e berrar e se contorcer debaixo dele! Mas será que a veria novamente um dia? Talvez tenha sido punido por causa de sua falta real ou imaginária com Aïssata. Às vezes, ele chorava amargamente.

Alix Alonso e Cristina Serfati se conheciam desde o berço porque eram filhos rejeitados de duas famílias de acrobatas que se apresentavam no circo La Septième Merveille, o circo da sétima maravilha. Tinham nascido no mesmo dia do mesmo ano, o que os autorizava a pensar que não eram simplesmente feitos um para o outro, mas que eram também uma só pessoa. Aos dezoito anos, se casaram, sem poder mais adiar a fusão de seus seres.

O La Septième Merveille foi criado em Bordeaux, em 1758, por Thibault de Poyen. Sabemos que ele era mestiço, filho de uma mulher que devia ser da Nigéria, e de Aymery de Poyen, um francês que caçava escravos na África. O pequeno Thibault foi levado para a França ainda muito jovem e temos todas as cartas que sua mãe, Ekanem Bassey, escreveu para se inteirar de sua condição. No entanto, não sabemos as razões que poderiam explicar o nascimento desse circo. Talvez tenha sido a nostalgia de Thibault, seu arrependimento a respeito de sua mãe ou de sua terra perdida que o levou, quando atingiu a maioridade, a colecionar animais selvagens, domadores, acrobatas e dançarinas de todos os tipos. Ainda assim, o La Septième Merveille se tornava cada vez mais popular. No verão, ele divertia as crianças do sul da França. No inverno, viajava para as regiões de língua francesa da África. Os dois países em que teve mais sucesso foram a Argélia e o Mali, onde montava as suas coloridas tendas perto de Bamako.

Infelizmente, a colonização que destrói todas as coisas o matou como matou o resto, enquanto o gosto pelo circo diminuía e desaparecia no mundo.

Quando La Septième Merveille fechou definitivamente suas portas em 1995, Alix e Cristina não tiveram qualquer dificuldade de serem chamados pelo circo Barnum, nos Estados Unidos da América. Infelizmente, na véspera de sua partida, na festa de despedida, Cristina, que executava um número acrobático, teve um terrível acidente. Ela sobreviveu, mas ficou paraplégica. Alix e ela venderam tudo o que tinham na França e decidiram se refugiar no Mali, que tinham conhecido quando crianças com os pais.

Seus primeiros anos não foram um mar de rosas. Não gostavam da cidade onde viviam, uma mistura de tradições sustentadas e os excessos nascidos da sociedade de consumo. Além disso, Alix estava exausto, dividido entre o trabalho numa fábrica de cosméticos gerida por alemães e os cuidados constantes que dispensava a Cristina, de quem não deixava ninguém se aproximar. Depois de alguns anos teve um golpe de sorte, aconteceu. Ele descobriu uma fórmula original para fazer manteiga de karité e a vendeu para seus patrões a preço de ouro. Então, com sua mulher, comprou um pedaço do deserto e o transformou em oásis. Com muito amor, Alix conseguiu devolver a Cristina um pouco do uso de seus braços, mas isso foi tudo.

Ivan nunca foi próximo de pessoas brancas. Era uma espécie que ele observava de longe, em Guadalupe. Certamente ele não sentia nenhuma agressividade contra eles. Porque, apesar das lições do sr. Jérémie, para ele a colonização permaneceu uma noção abstrata. Então parecia-lhe que as pessoas da mesma cor foram mais os arquitetos de seu infortúnio. Os brancos eram simplesmente seres misteriosos que falavam francês com um sotaque estranho. Ávidos pelo sol, o sol que tanto faz mal, lotavam as praias a qualquer hora do dia e se enfileiravam nas calçadas para assistir aos desfiles carnavalescos. Pela primeira vez ele se viu na intimidade de um casal de brancos.

Primeiro, Cristina se sentia desconfortável com ele. Ela tremia ao ouvir o som de sua voz, de suas raras gargalhadas. Uma vez por semana, quando Alix ia a El Markham para renovar as provisões, ela não gostava de ficar sozinha com ele. Aos poucos, porém, esse gelo derreteu e ela se tornou mais acolhedora. Ivan ficou surpreso ao achá-la bela, com sua tez leitosa, sua magreza extrema e seus cabelos, que nem um fio branco ousava perturbar, um tom castanho que caía sobre seus ombros.

Sem compartilhar com Alix a intimidade de seus cuidados, ele começou a fazê-la comer e beber como um bebê. Ele descascava suas frutas. Empurrava sua poltrona até a galeria e descia ao jardim para lhe mostrar as flores que acabavam de desabrochar. Na hora da sesta, redescobrindo sem saber os gestos de seus ancestrais, ele a abanava para que não sentisse muito calor. Seus sentimentos por Cristina eram um misto de ternura e compaixão, ah, como ela tinha sofrido! E de desejo, sim de desejo, quando revelava partes aveludadas de sua pele.

Ele folheava com ela álbuns de fotografias que tinham imagens de quando ela era acrobata, seu corpo magnífico realçado por um maiô preto.

— Não sei dizer o que sentia – dizia ela – quando estava lá em cima pendurada, o salão do circo brilhando de luzes aos meus pés. Imagino que seja isso que se experimenta no momento da morte: o espírito voa para longe e abandona o corpo, um invólucro grosseiro e desajeitado. Eu me sentia como uma divindade.

É pouco dizer que Alix e Cristina se adoravam. Eles eram um pelo outro. Eram irmão e irmã, pai e filha e amantes, consumando essa fusão profunda que Ivan tinha sonhado ter com Ivana.

Uma tarde que tomavam a fresca na varanda, Cristina disse a ele:

— Você é o filho que eu e Alix não pudemos ter. Você é tudo aquilo que nos faltava.

Ele deu uma gargalhada.

— Seu filho? Eu, um negro? Vocês dois, brancos.

Ela o olha bem dentro dos olhos.

— Negro, branco! O que isso quer dizer? São palavras que dividem, que o ser humano inventou para se fazer mal. A cor não existe. Eu vou repetir, você é nosso filho, e isso é tudo.

A noite se lançou vorazmente sobre The Last Resort. Era todo dia o mesmo drama. O sol, mortalmente ferido, corria para se refugiar em um cantinho da abóbada celeste, não sem ter espalhado longas linhas escarlates. Sua rival, a lua, não conseguia substituí-lo. Ela inflava e inflava bem. Mas terminava sempre por desaparecer. Assim a escuridão se instalava.

Com frequência, Cristina pedia para passear ao longo do rio que corria não muito longe dali. Ela observava seus redemoinhos, certa de que eram causados pelas batalhas dos grandes peixes-boi vindos das águas frias do Norte, e ficava horas os observando. Alix tinha muita dificuldade em levá-la para casa, ele que não gostava da opacidade impenetrável que se espalhava por toda parte. Geralmente, em casa, antes de se separar, o trio bebia uma xícara de uma perfumada infusão de tamarindo que Alix preparava. Então Cristina e ele davam um beijo na testa de Ivan e se dirigiam para o quarto deles. Depois, Ivan voltava para o seu quarto pelas marquises.

Uma noite tudo mudou. Alix empurrou sua xícara ainda pela metade.

— Vamos parar de fingir – ele afirmou. – Ivan, você vem com a gente.

Então ele se levantou, empurrando diante de si a cadeira de rodas de Cristina. Ivan teve a franqueza de admitir para si mesmo que só estava esperando por esse momento. Sem fazer o menor protesto, se levantou e os seguiu. Se ouvimos críticas de pessoas sensatas que afirmam estar chocadas com esse *ménage à trois* é porque não sabem o quanto aquelas horas foram banhadas de poesia. Quanta ternura foi dispensada com as mãos. O corpo de Cristina era o de uma jovem com os seios empinados, a barriga lisa, as pernas harmoniosas como as colunas de um templo. O corpo de Alix, ao contrário, era poderoso e atarracado. Ivan era um jovem touro capaz de satisfazer toda a humanidade. Se amaram até de manhã sem se cansar. Daí em diante, isso se tornou um hábito.

Presa o dia todo em sua cadeira de inválida, incapaz de mover as pernas, Cristina sonhava com uma vida totalmente diferente daquela que ela realmente tinha. Todas as manhãs ela contava a história para seus dois amantes, que também eram seus dois filhos, pois ela lhes dava a maciez de seus seios surpreendentemente jovens e vigorosos.

— Meu corpo era tão leve, mais fluido que uma bola de sumaúma – ela dizia. – Eu ziguezagueava no céu. Às vezes, me sentava numa nuvem e me balançava para a frente e para trás. De onde me pendurava, eu via a terra rachada de sol. Por gosto, descia para pousar no topo de uma árvore. Gostava particularmente dos flamboyants ou dos jacarandás. Também gostava do cheiro de ilangue-ilangue, de rosa caiena e arbustos de arum. Às vezes, eu descia ainda mais baixo e ficava com vontade de correr com os beija-flores, os *foufou-phalle* verde. Toda vez que eu chegava bem por último, embora ele parasse em cada flor.

Quando estava sozinho com Ivan, Alix chorava muito.

— É culpa minha. Sim, é culpa minha o que aconteceu com ela. Eu nunca deveria ter me afastado. Em vez disso, deixei-a sozinha para explorar o espaço.

Ivan secava suas lágrimas.

— Não diga besteiras. O que aconteceu com ela certamente não é culpa sua.

Um dia, Alix olhou dentro de seus olhos.

— Você não sabe o que aconteceu naquela noite de gala quando ela sofreu aquele terrível acidente. Tínhamos que ter subido juntos nos trapézios, voar e jogar pétalas de rosas vermelhas nos espectadores. Mas antes do número eu me senti mal. Então eu a deixei ir sozinha. Você entende que eu sou culpado.

Desconcertado, Ivan o abraçou, sem saber o que dizer para consolá-lo.

Quatro semanas se passaram nessa felicidade perfeita. Ivan tinha a impressão de ter encontrado reunidas em Cristina, uma mãe, uma irmã e uma amante, enquanto Alix lhe parecia um duplo, um pouco assustador, despertando a selvageria de seu desejo. Apenas a ausência de Ivana o fazia sofrer. Ah! se ela estivesse presente seria a felicidade perfeita, a plenitude infinita.

O que ninguém esperava era que Alix encontraria o rastro de Rahiri e Ousmane. O que aconteceu por puro acaso. Uma terça-feira, quando estava no mercado de El Markham, viu dois homens perto da loja de tecidos da esquina, eles se pareciam exatamente com a descrição que Ivan tinha dado. Ele os ameaçou com a Mauser que carregava sempre, entre o corpo e a camisa. Na verdade, esse porte de arma era uma isca. Alix era pacifista. Em maio de 1968, quando as forças da CRS e estudantes travavam uma guerra de morte nas ruas de Paris, ele e Cristina fundaram uma associação chamada Sur les traces du Mahatma Gandhi. Eles também se opuseram ferozmente à guerra na Argélia e ficaram do lado dos rebeldes. Na verdade, a Mauser era apenas para causar seu pequeno efeito.

Rahiri e Ousmane sentaram-se à mesa. Admitiram ter roubado Ivan. Haviam vendido sua mala e suas roupas, que eram de boa qualidade, mas ainda guardavam seu passaporte, um passaporte francês com o qual esperavam obter uma fortuna. Rahiri e Ousmane concordaram com Alix que a polícia não deveria se envolver no caso e em troca de seu silêncio se ofereceram para levar Ivan a Niamey. Eles conheciam lugares na fronteira onde não havia delegacias ou postos alfandegários.

Ao ouvir aquela história, Ivan deu um pulo.

— Eles só vão querer me entregar à milícia e embolsar a recompensa! – gritou.

Alix sacudiu a cabeça com firmeza.

— Sob o risco de decepcioná-lo, vou lhe dizer que eles não sabem o que você fez em Kidal nem que você está sendo procurado pela milícia. As pessoas olham para a televisão sem assistir a nada. Eles vão levar você até Niamey, de onde você vai pegar seu avião tranquilamente para a França. Uma vez lá, você vai escrever para sua irmã ir ao seu encontro.

Tentando manter as aparências, o trio ficou arrasado. Então, Ivan estava partindo. O que seria de Alix e Cristina privados de sua juventude, de sua beleza, de seu ardor. O tempo que se seguiu passou na mais profunda desordem.

Na véspera do dia em que Ousmane e Rahiri deveriam vir buscá-lo, Alix levou Ivan para dentro de uma salinha cuidadosamente trancada a cadeado nos fundos da casa. Deslizou uma divisória de porta e descortinou um verdadeiro arsenal de guerra: metralhadoras, fuzis, pistolas. Como Ivan não escondeu seu espanto, ele explicou:

— Você sabe que eu sou pacifista. Mas eu não iria ficar num lugar como esse tão isolado sozinho com uma mulher deficiente. Em caso de agressão, eu devo ao menos ter como me defender.

Então, ele lhe dá uma Luger, que Ivan guarda cuidadosamente em seu estojo de couro preto.

— Toma – ele continuou entregando também um envelope bem cheio. – Você vai precisar.

O envelope continha um maço de dólares. Ivan se perguntou como encontrar palavras de agradecimento alegres o suficiente. Ele entendeu o que Adão provou quando foi expulso do paraíso terrestre. The Last Resort foi um refúgio de paz de onde o destino o empurrava pelos ombros para retomar o curso caótico e infeliz de sua vida.

Durante essas quatro semanas, ele conheceu a intimidade de dois seres fora do comum e tinha vivido com eles uma relação profunda e complexa. Alix e Cristina não sabiam nada sobre ele e, no entanto, tinham aberto seus braços para recebê-lo. Será que voltaria a vê-los um dia? Talvez nunca mais nesta Terra. Talvez no mundo invisível que nos promete a religião.

Na manhã seguinte, Rahiri e Ousmane bateram à porta de The Last Resort às 4 horas da manhã. Apesar de sua dor, Alix, sempre generoso, havia preparado sanduíches para eles levarem no caminho. Cristina soluçou e cobriu o rosto de Ivan com beijos.

No entanto, Alix estava errado o tempo todo. Rahiri e Ousmane sabiam perfeitamente quem era Ivan e estavam bem cientes do valor da recompensa por sua captura. Assim que estavam a uma boa distância de The Last Resort, eles se lançaram sobre Ivan, amarraram selvagemente seus punhos e tornozelos com cordas fortes de cânhamo, colocaram um capuz grosso sobre sua cabeça para que ninguém ouvisse seus gritos e pegaram a direção de Kidal para entregá-lo aos milicianos.

O que Alix também não sabia era que estes dois bandidos pretendiam revelar o esconderijo onde Ivan se refugiara e fizeram um esboço perfeito de The Last Resort para entregá-lo a Abdourhamane Sow.

E Ivana, você deve estar se perguntando? O que aconteceu com ela? Não sabemos nada sobre esse assunto. Perdão, amigo leitor. É que ela está menos envolvida que seu irmão nesses tristes eventos. Tememos compor uma história muito tediosa, baseada no horário do hospital Soundjata Keita, onde ela trabalhava. Seis horas da manhã: despertar os pequenos. Colocá-los no penico para que aprendam a usá-lo. Café da manhã: cozido de milho e biscoitos de sorgo. Longas horas de exercícios para despertar a mente. Almoço: cozido de milho, peixe defumado, ovos cozidos, bebida de gengibre. Sesta, fim da sesta, jogos educativos. Leituras de livros infantis. Tempo livre. Vinte horas: dormir.

Vocês enxergam que essa rotina não é lá muito atraente. No entanto, quando pensamos nisso, percebemos que há muitas lacunas em nossa história. Assim, não falamos sobre o comportamento de Ivana logo após a morte de Lansana. Ao contrário do irmão, Ivana era apegada ao pai. Ela até se deu conta de que ele tinha feito falta em sua infância, que ele era a causa do sentimento de vulnerabilidade e de precariedade que a tinha assombrado todos esses anos. Enquanto Ivan saía de casa quando queria brincar de pés descalços – brincadeiras que duravam horas e das quais ele voltava cheio de machucados e calombos, com a roupa rasgada – ela ficava perto da mãe para sabiamente ler os livros que pegava emprestados na biblioteca da escola. Além disso, ela o responsabilizava pelo estado de sua mãe, que chegava do trabalho exausta, com as pernas pesadas, se jogando em uma cadeira para tomar fôlego antes de se ocupar do jantar. Todo aquele rancor, todas aquelas tensões tinham desaparecido quando ela viu Lansana no aeroporto e ele a chamou carinhosamente de "minha filha". Desde então ela só tinha uma preocupação: ser fiel ao que ele esperava dela. Assim que quando de sua morte, ela chorou muito e recebeu com sofrimento as condolências de parentes e amigos.

Como homenagem, ela decidiu retomar suas atividades e criou, com ajuda da Fundação Jean Belucci, nome de um suíço que deixara sua considerável fortuna ao país, os arquivos sonoros, batizados de Sons do Mali. Não se tratava apenas de recensear os griôs vivos e de levantar seu repertório de canções de maior importância, mas também de procurar os falecidos que em seu tempo impressionaram suas comunidades e fizeram um trabalho valioso. Por isso, Ivana ia aos vilarejos mais remotos e se esforçava para buscar os talentos que se escondiam.

Falamos muito pouco de Ivana desde que seu irmão decidiu se meter com Aminata Traoré. Assim como todo mundo, ela também tinha ouvido a fofoca que circulava em torno de Ivan e, por causa disso, havia sofrido muito. Ela sabia que ele não era homossexual e podia ter explicado as razões de seu comportamento com as mulheres. Ela foi, no entanto, obrigada a ficar calada. Na verdade, o que é mais condenável aos olhos dos homens comuns? Ser homossexual ou incestuoso? Hipócritas que fingiam ignorar, como bem escreve François Mauriac, que toda família é um ninho de víboras! O pai deseja e estupra a filha. O filho cobiça a irmã. Quanto a mãe e filho, o caso é amplamente conhecido. A decisão de viver com Aminata pareceu-lhe um subterfúgio eficaz e, graças a isso, ela encontrou paz e felicidade por alguns meses.

Quando seu irmão decidiu se casar com Aminata, embora o pressionasse a consumar essa união, ela pensou em seu foro íntimo que ele estava fazendo demais. O fato de Aminata estar grávida não lhe parecia um argumento forte. Em Dos d'Âne, uma em cada duas crianças não conhecia o pai. Caso soubessem o nome, era como o de uma divindade que se reverenciava de longe.

O que lhe deu um golpe fatal foi a descoberta de que Ivan havia se tornado um terrorista e tinha, sem dúvida, participado do assassinato de El Cobra.

De repente tudo virou cinzas. Onde estava Ivan? Onde ele se escondia? Ele tinha conseguido chegar a Niamey para ir à França como desejava na carta que rabiscara para ela? Em desagrado extremo, ela foi até Malaika, uma famosa vidente, a fim de desvendar os segredos do destino. Malaika morava no distrito de Kisumu Banco, distrito que já conhecemos, e vinha do Benin, país apreciado por seus adivinhos e feiticeiros. Ela viveu por muito tempo na periferia de Paris e cuidou da carreira de conhecidos políticos de direita. Quando foram derrotados nas últimas eleições, ela se encontrou na miséria e teve que ir ao encontro de sua irmã que morava no Mali. Era uma mulher de formas volumosas, não longe dos cem quilos, e que mesmo assim se deslocava com grande leveza.

Como todos aqueles que afirmam desvendar os segredos do invisível, ela acendeu uma boa dúzia de velas ao seu redor, ficou um tempo em silêncio e depois declarou:

— Eu só vejo sangue, sangue ao meu redor. Para saber de onde ele vem, qual é a causa, você deve me trazer dinheiro.

Então, ela anunciou uma quantia tão considerável que Ivana deu um pulo. Como ela conseguiria dar um jeito, ela que só conhecia gente morta de fome, griôs sem dinheiro, ricos apenas em acordes musicais? Ela saiu cambaleando da casa de Malaika, determinada a nunca mais perguntar nada a ela.

Nós já descrevemos o bairro Kisumu Banco, populoso, sujo, barulhento com todas as músicas do terceiro mundo. Podiam ser ouvidas melodias de reggae e de salsa misturadas às batidas do hip-hop e às lúgubres declamações do rap. Homens em busca de aventura abordaram aquela linda jovem, que parecia não temer a noite.

Foi pela manhã que os policiais vieram prendê-la. Muito educadamente, eles a conduziram até a cela 4×4 onde Aminata já estava. As duas mulheres se abraçaram chorando, enquanto Aminata sussurrava:

— Aïssata bem que me disse para desconfiar dele, pois ele frequentava a companhia de gente estranha.

Na tarde de sua prisão, enquanto Ivana estava deprimida em sua cela, Abdourhamane Sow apareceu. Ela conhecia Abdourhamane. Ela não tinha feito nada que chamasse atenção desse aspirante que já possuía duas esposas, uma muito bonita, de Mogadíscio. Um dia em que ela foi até a caserna de Alfa Yaya para ficar admirando os exercícios militares dos milicianos, deixou seus olhos recaírem sobre ele. Ele insistiu que Ivana fosse a casa dele para tomar um copo de *bissap* com seu irmão Ivan: mobiliário luxuoso, divãs de couro branco se alternando com divãs de couro roxo, cortinas trabalhadas penduradas nas paredes.

— É um dos nossos melhores recrutas! – ele disse, dando a Ivan uma olhada lisonjeira.

Ivana, que sabia o quanto o irmão detestava posições militares, ficou surpresa com aquela observação. Abdourhamane Sow já ia para outro assunto e descrevia os anos que passara no Haiti:

— É uma ilha maravilhosa – ele afirmou – cuja criatividade não para de nos surpreender. Nos mercados de Port-au-Prince se vende arte naïf. Vocês sabem o que é pintura naïf?

Nem Ivan nem Ivana eram capazes de responder àquela pergunta. Em Guadalupe, eles conviviam com muitos haitianos que não eram pintores, mas pobres miseráveis, explorados, humilhados por seus líderes e que exerciam os ofícios mais servis para sobreviver. Vica, a companheira de Lansana, também pintara um quadro do sofrimento de seu povo.

Abdourhamane continuava:

— Para eles a arte é uma poção mágica que apesar das vicissitudes da vida dá força e coragem àqueles que a bebem.

Apesar de ter ficado muda durante essa visita, Ivana acabou se tornando um objeto de paixão para Abdourhamane. Ele chegou ao ponto de pedir sua mão à Lamine Diarra, que, desde a morte de Lansana, agia como a grande anciã na vila.

Naquela noite, quando Abdourhamane entrou na cela, tinha a cara muito séria.

— Você está livre – ele disse a Ivana, apontando a saída da cela.

Livre? Ela o olhava com espanto. Ele continuou, olhando-a com seus olhos em brasa:

— Eu te amo demais para te fazer mal. Vá para sua casa.

— Isso quer dizer que meu irmão é inocente? – perguntou Ivana.

— Não, ele é culpado, temos provas.

Ivana assim retornou à vila dos Diarra, onde ninguém a esperava e onde alguns já se regozijavam com o seu aprisionamento.

Desde então, ela vivia no limbo, se vestindo automaticamente, comendo sempre a mesma coisa e se ocupando das crianças de que cuidava sem vê-las. Para compartilhar sua solidão, todas as noites ela jantava com Aminata, que agora falava de Ivan com todas as suas qualidades. Segundo ela, era terno, carinhoso, sempre pronto para fazer amor. Ivana, que sabia que era tudo mentira, não se preocupava em contradizê-la. Assaltada por outros pensamentos, acabou por lhe perguntar:

— Você não notou nada de diferente no comportamento dele? Pareceu a você que ele se radicalizava?

Aminata fez um gesto de ignorância.

— Radicalizado? O que isso significa? Ele se comportava como um bom muçulmano, e isso é tudo. Não faltava jamais com suas orações, lia o Corão. Se você visse o exemplar que ele deixou, está todo anotado! Ele não fumava, não bebia, fazia caridade. É isso que é se radicalizar?

Ivana não sabia mais de nada. Voltava para casa pelas ruas escuras e desertas. Quando ela chegava na vila Diarra, ninguém dormia. Até as primeiras horas da manhã ela vivia uma vida pulsante e barulhenta. Alguns tocavam *kora* para acompanhar suas canções tradicionais. Outros jogavam dama e principalmente cartas. No jogo de belote, exclamações agudas atravessavam o ar:

— Belote! Rebelote! Trunfo!

Outros ainda debatiam tristemente o assunto que monopolizava a mente de todos: o estado da África com o êxodo dos migrantes para a Europa.

— E enquanto eles acolhem alguns de braços abertos, reclamam que não nos querem. Eles fingem que nossos países não estão em guerra. Mas qual é a diferença entre as granadas que caem do céu e a fome que te mata do mesmo jeito? É o racismo de novo e de novo.

Todas aquelas conversas paravam quando Ivana aparecia, porque as pessoas gostavam dela e sentiam pena. Infelizmente ela era insensível a esses sinais de respeito e carinho. Só pensava em se trancar em sua própria casa, esperando que um raio caísse e que mais uma vez sua vida ruísse. Foi bem o que aconteceu.

Uma noite, voltou para casa mais cedo do que o de costume, foi dormir sem jantar e procurava o sono. Para ela, o sono não oferecia nem repouso nem relaxamento. Não era mais do que uma proteção contra os terríveis sofrimentos de todos os dias. Devia ser perto da meia-noite, quando Magali, sua empregada, entrou no quarto e ligou a luminária de cabeceira e se inclinou sobre ela murmurando com uma voz urgente:

— Irmã mais velha, irmã mais velha, acorda. O sr. Abdourhamane Sow está aqui e quer ver você.

Estupefata, Ivana se vestiu novamente, abrindo os olhos confusos e incertos.

— Abdourhamane Sow? É isso, o Abdourhamane Sow?

A empregada baixou a cabeça em afirmativa:

— O que eu disse a você, irmã mais velha? – ela pergunta.

— Vá ver o que ele quer – continuou, Ivana, confusa.

Contudo, ela não teve nem tempo de vestir um robe e de se levantar, Abdourhamane já havia entrado no quarto e mandado Magali sair. Pela primeira vez, Ivana o viu sem o uniforme militar, vestido com um *gandourah* branca que expunha suas formas atléticas. Uma barba sedosa cobria suas bochechas. Seus cabelos se cacheavam levemente, herança talvez de algum ancestral Tuaregue. Ele era, por deus, um homem bonito e forte, ela se dava conta. Ele se sentou ao pé da cama.

— Estou com o seu irmão – ele disse.

— Meu irmão! – ela exclamou, atônita.

Abdourhamane aquiesceu:

— Dois bandidos acabaram de me ligar: eles o capturaram enquanto ele tentava fugir para Niamey. Vão entregá-lo a mim em troca do resgate prometido. Depois, eu o entregarei aos milicianos, para que eles lhe inflijam o castigo merecido. É isso que você quer?

Ivana começou a chorar e sacudiu a cabeça.

— Não, claro que não, você sabe, não é o que eu quero.

— Então? O que você quer? – disse Abdourhamane, olhando para ela com seus olhos negros.

Mais uma vez, possuímos poucas informações confiáveis sobre os eventos que se seguiram. A partida de Ivan e Ivana do Mali é assunto de tantas fofocas e invenções que não conseguimos ver com clareza. O que temos como certo é que no dia seguinte a essa visita, Abdourhamane Sow não apareceu na caserna de Alfa Yaya, fato que não era surpresa. Era uma sexta-feira e sabemos que, nos dias de mesquita, ele gostava de rezar muito, ler o Corão e fazer rondas pelos bairros pobres para ali distribuir a sua esmola. No início da tarde, três ou quatro jipes, carregados de milicianos armados, tomaram uma das estradas que levavam ao sul. Os passantes os observavam com inquietação. Para onde estava indo aquele comboio? Combater jihadistas? Ainda era preciso prever as mortes, sempre as mortes?

No dia seguinte, nas primeiras horas da manhã, foi a vez de Barthélemy, motorista particular de Abdourhamane Sow, pegar a estrada para o sul no volante de uma Range Rover. Como os vidros eram escuros, não se podia saber quem estava dentro do veículo. No entanto, temos certeza de que eram Ivan e Ivana.

Barthélemy não era apenas o motorista particular de Abdourhamane. Aquele haitiano, que estava ao seu serviço desde quando ele trabalhava para a MINUSTAH, em Port-au-Prince, tinha transportado suas amantes e entregado a ele as jovens que ele cobiçava. Veio junto quando o homem voltou para o Mali.

Barthélemy e seu misterioso carregamento, que não é misterioso para nós, rodaram por três ou quatro horas. Depois pararam para dormir em um desses caravançarás sem grande conforto que oferecem aos viajantes comida malfeita. Os clientes olhavam para Ivan, imaginando onde teriam visto aquele rosto. Ninguém o reconheceu com certeza. Então o bigode, a barba e as costeletas que ele deixou crescer não serviam para nada, a não ser para dar um ar um pouco marcado como Sese Seko em *Une saison au Congo*, de Aimé Césaire.

Estranhamente, em seu íntimo, Ivan estava profundamente desapontado. Ele teria gostado de se exibir de mostrar a todos que tinha se atrevido a atacar El Cobra e dizer aos quatro cantos do país. O anonimato em que foi obrigado a se esconder privou-o da bravura e da audácia do seu ato.

Nossos três viajantes cruzaram a fronteira no posto de Kifuma onde os policiais e aduaneiros carimbaram seus salvo-condutos com desenvoltura. Depois disso, chegaram a Niamey em algumas horas. Ao contrário de Tombucto, a Pérola do Deserto, Niamey nunca foi uma escala importante para caravanas. Nunca viu longas filas de camelos, com os flancos carregados de riquezas, que se dirigiam para os sultanatos do norte da África. Na verdade, sua prosperidade de origem recente data de um século atrás.

A Range Rover dos viajantes se dirigia ao aeroporto, pois Abdourhamane tinha recomendado a Barthélemy colocar Ivan e Ivana no primeiro avião que partisse para Paris. Infelizmente, uma surpresa os esperava. A companhia Air France, fiel aos seus hábitos, tinha começado uma greve. Sabemos quando uma greve começa, mas nunca quando termina. Nossos três viajantes tiveram então que se refugiar em um hotel chamado Waterloo, hotel bem detestável, uma estrela, pois seus recursos eram limitados.

Não descrevemos o comportamento de Ivan e Ivana desde que se reencontraram. O que não era nada de novo. Depois de tantas semanas de separação e de inquietude, depois de tanto desejo reprimido, a felicidade do reencontro os aniquilou. Eles só sabiam se abraçar e sussurrar palavras doces no ouvido um do outro. Barthélemy, que desconhecia a natureza do vínculo que os unia, tomou-os por um casal de namorados vivendo o início de sua paixão. Ironicamente, uma canção conhecida em todo o Caribe lhe veio à mente: *"Ah, n'aimez pas sur cette terre, quand l'amour s'en va il ne reste que des pleurs."* Ah, não se ama nesta terra, quando o amor acaba, só restam lágrimas.

Sob seus ares desmaiados, no entanto, Ivan e Ivana sofriam um martírio. Por um lado, para salvar a vida de seu irmão, Ivana teve que ceder a Abdourhamane. Ela se culpava pelo prazer que ele lhe arrancara, pelos gemidos e gritos que, a contragosto, ela soltara naqueles momentos de paixão carnal. Como o corpo é vil e miserável, ela repetia a si mesma. À noite, ela não conseguia dormir. Quanto a Ivan, ele não conseguia esquecer as horas passadas com Alix e Cristina, cuja memória ficara incrustada em sua carne.

O hotel Waterloo possuía um refeitório detestável como o resto do edifício, onde pela manhã se podia engolir um café da manhã frugal. Em três dias nossos amigos já se rastejavam por lá, se perguntando quando sua espera terminaria. Na manhã do quarto dia, um vendedor de jornal entrou no refeitório. O *Niamey Matin* tinha uma manchete que chamou a atenção de Ivan: "Operação espetacular: descoberto o esconderijo de Ivan Némélé." Se seguia um artigo que contava como os milicianos de Abdourhamane Sow tinham invadido The Last Resort, onde dois estrangeiros, Alix e Cristina Alonso, tinham escondido Ivan Némélé durante muitas semanas. Aqueles dois miseráveis tinham recebido a punição merecida e haviam sido mortos.

O jornal caiu no chão, enquanto as mãos de Ivan tremiam. Apunhalado pela dor, ele se apoiou na mesa, o corpo balançando com os soluços roucos e dolorosos como os de uma criança.

— Por quê? Por que eles os mataram? – balbuciou Ivan. – Alix e Cristina eram pacíficos, seus corações eram bons como um bom pão, ternos e compreensíveis.

Juntado o jornal, Barthélemy estendeu-o para Ivana que então o leu.

O assassinato de Alix e Cristina fez brotar em Ivan uma cólera que ele jamais tinha conhecido.

Se perguntarem a minha opinião, eu direi que foi neste momento que ele se radicalizou, como disseram. Todo o horror do mundo se revelou para ele. Parecia que estava dividido em dois campos: o dos ocidentais e de seus bons alunos, e o dos outros. Os primeiros se diziam vítimas e fingiam ser atacados sem razão, pois não tinham feito nada de mau a ninguém e estimavam todas as identidades, a liberdade de expressão, o amor entre as pessoas do mesmo sexo e permitiam aos homossexuais que adotassem crianças. Mas na realidade, isso não era a verdade. Era um jogo massacrante que acontecia. Os dois campos eram ferozes e implacáveis, um mais do que o outro. Só se sabia responder a essa violência com mais violência. Sem esforços para encontrar um diálogo, para elaborar compromissos. Em Genebra, conferências pela paz se abriam. Sem resultado. As bombas continuavam a cair ainda mais potentes.

Foi aí, eu creio, que Ivan decidiu destruir essa sociedade odiosa que estava ao seu redor. Na minha opinião, foi aí que ele decidiu mudar o mundo. Como? Ele ainda não sabia.

A greve da Air France terminou. Tinha durado uma semana. Uma semana durante a qual viajantes infelizes lotaram os hotéis. Aqueles que não podiam atrasar seus negócios tentavam chegar à Europa por todos os meios possíveis. Um dia antes de os deixar, Barthélemy convidou seus companheiros para jantar no conhecido restaurante Le Trigonocéphale, porque uma estranha simpatia tinha se desenvolvido entre eles.

A Trigonocéphale é uma cobra pequena e venenosa, nativa da Martinica. Por que ele deu seu nome a este restaurante administrado por franceses da região de Estrasburgo? Definitivamente um mistério!

Barthélemy zombou:

— É o irmão mais velho que convida vocês – ele disse. – Vou dar um jeito de ele pagar por esse jantar.

Ivan não tinha a menor vontade de ir com ele. Desde que soube da morte de Alix e Cristina, não tinha mais vontade de nada. A todo momento, a imagem deles lhe vinha ao coração e ele só faltava sufocar. Tinha apenas uma ideia na cabeça: fazer uma última peregrinação ao The Last Resort, encher os olhos com o que dele restou e mergulhar na memória dos que se foram. Mas as margens do Joliba, onde ficava The Last Resort, estavam a cerca de quinhentos quilômetros de Niamey. Ele não se atreveu a pedir a Barthélemy que fizesse uma viagem daquelas, o que ele certamente recusaria. Além disso, Ivan não queria se aproveitar da generosidade de seu carrasco. Foi preciso toda uma persuasão de Ivana, com os braços em volta de seu pescoço, para convencê-lo a seguir seus companheiros de viagem até o restaurante.

Apesar do nome incongruente, Le Trigonocéphale era uma construção magnífica e atrativa, situada nos arredores da cidade. A elite de Niamey frequentava o restaurante. As refeições tinham a particularidade de serem entrecortadas por apresentações da melhor qualidade. Dançarinas do ventre vindas do Egito e da Turquia, acrobatas vindos da Ucrânia, atiradores de facas que pareciam mirar no coração de seus parceiros, malabaristas e ventríloquos se sucediam. O destaque do jantar, no entanto, era fornecido pelas adivinhas da boa fortuna. Cabeças com turbante, vestidas com roupas brilhantes, elas agarravam as mãos das pessoas e fingiam ler o futuro. Uma delas se plantou diante de Ivan, que lhe estendeu a palma da mão com indiferença. Ela mal o olhou, recuou e o questionou com pavor.

— Quem é você? Ao teu redor eu vejo rios de sangue, choro, assassinatos. Você não é um desses terroristas temidos, é?

Ivan lhe respondeu calmamente:

— Eu sou quem eu sou.

Depois disso ele jogou uma nota que tinha deixado separada para ela.

No dia seguinte, às 17 horas, irmão e irmã pegaram o avião para Paris. Os raios do sol se pondo desenhavam grandes Vs escarlates no céu: V de Vingança. Sim, pensava Ivan, era preciso vingar Alix e Cristina. Mas como?

FORA DA ÁFRICA

Ivan e Ivana desembarcaram no aeroporto de Roissy numa manhã que, aos seus olhos ainda incendiados pelas cores do Mali, pareceu cinza e suja. Muito embora fossem os primeiros dias de setembro, ainda fazia bastante frio. Por sorte, uma de suas "mães" da vila dos Diarra tinha tricotado para eles alguns suéteres aconchegantes, infelizmente, de um chocante verde-espinafre para Ivan, e de um rosa-salmão para Ivana. Hugo, um primo do Pai Michalou, que por muito tempo apertou os parafusos nas fábricas de automóveis da ilha de Seguin e agora desfrutava de uma magra aposentadoria, veio para ajudá-los. Ele tinha muito orgulho de ter um carro, um Ford de um modelo antediluviano que ainda rodava com alegria. Ao sair do aeroporto, eles rodaram ao longo de uma estrada já cheia de veículos. Depois de um túnel, entraram em Paris. Ivan e Ivana nunca tinham visto prédios tão altos e enegrecidos, maciços, formando ao longo da calçada uma formidável muralha. Plantadas em intervalos de distância regulares, as lâmpadas emitiam uma luz fantasmagórica e amarelada. Apesar de ser muito cedo, as ruas não estavam desertas. Já havia homens e mulheres e até mesmo crianças se dirigindo até a boca do metrô, enquanto os carros lúgubres como rabecões se impacientavam diante dos sinais vermelhos. Essa atmosfera pouco convidativa penetrava bem no fundo do coração. Ivan, que não gostava de Kidal, imediatamente sentiu que não gostaria de Paris. Por que esse epíteto de Cidade Luz que lhe fora atribuído? Se lembrou que o Pai Michalou a comparou a uma bela odalisca que fulminava aqueles que a admiravam.

Percorreram quilômetros até chegarem em uma das entradas de Paris, pois Hugo morava em Villeret-le-François, uma parte da periferia que, aos recém-chegados, pareceu ser onde Judas perdeu as botas. Hugo repetia orgulhosamente que em Villeret-le-François estavam reunidas pessoas de todas as nacionalidades:

— Temos indianos – ele dizia –, paquistaneses e até japoneses. Logo os brancos serão uma minoria entre as pessoas de outros lugares.

Ele mantinha um forte sotaque de Guadalupe e, ao ouvi-lo, Ivan reviveu sua infância e seus momentos de felicidade.

Depois de um trajeto que pareceu longo, o carro parou enfim em Villeret-le-François. Estacionou à frente de uma Cité, uma espécie de conjunto habitacional de periferia, detestável, quatro ou cinco torres de muitos andares, cercadas por um muro decrépito.

— Pronto, chegamos – disse Hugo. – É a Cité André Malraux. Antigamente, esse lugar era chamado Mamadou. Foi na época do Chirac, que muito se orgulhava disso. Ele não hesitou em mandar instalar eletricidade e água encanada para os lixeiros que trouxe da África.

— O quê! – exclamou Ivan, colocando os pés no chão. – Trouxeram africanos para tirar o lixo das lixeiras francesas!

Aparentemente Ivan nunca tinha ouvido a célebre canção do bravo Pierre Perret:

> *On la trouvait plutôt jolie Lily*
> *Elle arrivait des Somalies.*
> *Dans un bateau plein d'émigrés*
> *Qui venaient tous de leur plein gré vider les poubelles à Paris!**

Hugo não parecia nada chocado.

— Chirac tratava esses lixeiros como a menina dos olhos dele. Hoje está tudo degradado. Elevadores nem sobem mais aos andares. Um bando de traficantes vende drogas nas grades das escadas.

Hugo dividia seu apartamento de três cômodos e sua vida com Mona, uma mulher da Martinica, envelhecida, mas bem bonita e atraente, que já se apresentara no La Cigale, em Paris. Ela até conseguiu um grande sucesso ao adaptar os sucessos de Luis Mariano: *La vie est un bouquet de violettes.*

> *L'amour est un bouquet de violettes*
> *L'amour est plus doux que ces fleurettes*
> *Quand le bonheur en passant vous fait signe et s'arrête*
> *Il faut lui prendre la main*
> *Sans attendre à demain.***

Agora ela trabalhava na cantina do colégio de Villeret-le-François e era incansável sobre o comportamento deplorável dos jovens que ali encontrava.

— Eles são mal-educados – afirmava ela. – Agressivos, sempre prontos para retrucar. Não é de admirar que eles acabem indo para o jihad, na Síria ou em outro lugar.

---

* "A gente acha sempre linda, a Lily/ Ela veio da Somália/ Num barco cheio de migrantes/ Que vieram todos por livre vontade para esvaziar/ As lixeiras em Paris." [N. T.]
** "O amor é um buquê de violetas/ O amor é mais doce que essas florezinhas/ Quando a felicidade passageira acena e para/ É preciso que a peguemos pela mão/ Sem esperar o amanhã." [N. T.]

No dia seguinte de sua chegada, enquanto Ivana corria para a escola de polícia onde ela estava inscrita, Ivan tomava preguiçosamente a direção do estabelecimento onde deveria acontecer sua aprendizagem. Durante os meses que passaram no Mali, a perspectiva dessa aprendizagem lhe pareceu cada vez mais inverossímil: fazer chocolate! Não era ridículo? Como a empresa ficava em outra parte da periferia, ele tinha que tomar um RER lotado com gente malcheirosa, para sua grande surpresa. Na véspera, no carro de Hugo, ele não tinha inalado os odores daqueles corpos mal lavados, daquelas brilhantinas e daqueles perfumes baratos. Aproveitando-se da multidão, homens de rostos carmesim e ar falsamente indiferente agarravam-se às partes arredondadas dos corpos das jovens. O que deixou Ivan chocado foi a abundância de árabes. As garotas, com os cabelos cobertos por um véu de cor escura, os garotos, com as bochechas cobertas por barbas frisadas. Que rosto surpreendente tinha a França, disse a si mesmo. Ele se perguntou se um dia ele teria um lugar.

Os edifícios da chocolataria Crémieux, fundada em 1924 por Jean-Richard, que tinha o mesmo sobrenome, não tinha vista para a rua; mesmo assim, um cheiro forte de chocolate invadia as calçadas. Era preciso entrar por um corredor e atravessar um pátio calçado, onde lixeiras transbordantes ficavam de guarda. No vestíbulo pouco iluminado, Ivan se apresentou ao recepcionista, um homem pouco amável, que procurou em vão seu nome numa pilha de registros.

— Você não está em lugar nenhum – concluiu ele de modo seco.

Ivan explicou a ele que estava inscrito como aprendiz há mais de um ano e que a direção havia permitido aquele atraso. Como ele não tinha nenhuma carta, nenhum papel para provar, o homem sacudiu a cabeça depois a mão e lhe indicou uma cadeira para se sentar.

— Você se explica com o sr. Delarue – ele disse.

Ivan se sentou. Aos poucos o vestíbulo se enchia de homens de todas as idades compartilhando o mesmo modo inseguro.

É com eles que vou trabalhar?, se perguntou Ivan. Aquela perspectiva o repelia. Parecia-lhe que era um prisioneiro decifrando nos rostos cada condenação.

Depois de uma hora de espera e apesar disso, ele se levantou, saiu para o pátio e se encontrou na calçada. Chovia, uma chuva penetrante, fina, sem violência, mas que adicionava uma profunda tristeza ao dia. Foi para chegar ali que ele primeiro tinha saído de Guadalupe e depois do Mali?

Se sentou novamente no RER e voltou a Villeret-le-François, onde deu uma volta para se familiarizar com o bairro. O que ele viu não o alegrou muito: edifícios sem beleza que mereciam todos uma boa demão de tinta. Praças de quadrados gramados decadentes. Um terreno baldio onde crianças jogavam futebol. Ele se perdeu no labirinto de ruas estreitas no caminho de volta para a Cité André Malraux. Quando entrou no salão da torre A, se deparou com dois mastodontes que avançaram rapidamente em sua direção.

— Quem é você? Aonde vai? – perguntou um deles com a voz arrogante.

A resposta de Ivan não lhe agradou, pois disseram a ele com frieza:

— Vem com a gente. Você vai explicar ao chefe o que está tramando aqui.

Ivan só pôde obedecer e subir a escada poeirenta. Os dois homens o precederam até um apartamento no terceiro andar e lhe mostraram um assento onde podia se sentar. Depois de quase uma hora, uma porta se abriu e Ivan se viu diante da última pessoa que esperava encontrar: Mansour, seu amigo Mansour que morava na mesma vila em Kidal. Era um Mansour impossível de se reconhecer. Vestido como nunca o vira. Ele, que sempre estava malvestido com *boubous* e saruel desbotados, tinha se tornado um verdadeiro ícone da moda. Usava um elegante terno azul-escuro. Seu pescoço estava encerrado em um alto colarinho branco. Seus cabelos bem penteados pareciam abundantes. Enfim, ele parecia uma versão africana de Karl Lagerfeld. Mansour e Ivan se abraçaram.

— Mansour, Mansour – exclamou Ivan. – O que você está fazendo aqui? Eu achei que estivesse na Bélgica.

O outro sacudiu a cabeça em negativa.

— Sim, eu fui até lá, mas não fiquei. Nada de bom, nada de suculento naquele país. Nada do que a gente esperava. Decepcionado, vim para na França e aqui encontrei a felicidade. E você? Me conta de você. Parece que você se tornou o que eles chamam de "terrorista". Eu achei que você estivesse preso em Kidal. Me conte, me conte.

Ivan fez um gesto evasivo. Não gostava de voltar àquela parte da vida que o obrigava a se questionar sobre a conduta de sua irmã. Como ela tinha conseguido sua libertação?

— Me conte – disse Ivan –, o que você está fazendo em Villeret-le--François?

— Me ouça direitinho, se fizer o que eu digo, vai se sair como eu, eu me dei bem.

A partir daquele dia, Ivan trabalhou para Mansour. Bem, trabalhar é um modo de dizer! Antes julguem. Ele acordava ao meio-dia. Como dormia em um colchão num canto da sala de jantar, aquilo obrigava Hugo e Mona a táticas elaboradas quando tomavam café da manhã, para não o incomodar. Depois, ele ia para o minúsculo banheiro, que inundava sem nunca se preocupar em limpar e organizar. Depois, ele se vestia como nunca antes. Sendo que nunca se importou com o que vestia, agora ele se punha a imitar Mansour. Eram gravatas-borboleta, plastrão de seda, gravatas de bolinhas ou listras, camisas justas, ternos Giorgio Armani. Ele passou a gostar de tergal, fio a fio, linho, comparando materiais tão diferentes entre si. Foi assim que conseguiu comprar uma jaqueta de couro vermelha que usava como um toureiro e uma roupa de couro preta que poderia tê-lo feito passar por homossexual. Você deve se perguntar de onde ele tirava os meios para se vestir dessa maneira. É que agora o dinheiro corria pelas mãos de Mansour e pelas suas.

Seu trabalho consistia em encher os saquinhos de uma droga que chegava em pacotes de quatrocentos ou quinhentos gramas, antes de entregar por pagamentos exorbitantes no bar La Porte Étroite, cujo dono era Zachary, um servo-croata. Em troca, Zachary lhe entregava maletas cheias de dinheiro cuidadosamente contado com antecedência, que ele levava de volta para Mansour. Nada de cartão de crédito, nada de cheque. Dinheiro, somente dinheiro. Os cabeças desse tráfico eram invisíveis, sem dúvida abrigados em seus luxuosos apartamentos em Paris ou nos subúrbios ricos. Ivan dava o seu melhor, tendo apenas uma esperança no coração: ganhar bastante dinheiro para encontrar um apartamento onde pudesse viver sozinho com Ivana. Mansour tinha prometido a ele.

A atitude de Ivan perante as drogas era a de pétrea indiferença. Ele não tinha a consciência de estar fazendo mal ao se tornar um traficante. Não podia acreditar que aquele pó branco, aparentemente inofensivo, como a farinha de trigo dos pastéis de Simone, fosse capaz de liberar a imaginação, atiçar os impulsos e destruir os seres humanos. Continuou seu tráfico sem o menor remorso, nem um sobressalto sequer de consciência.

À noite, ele seguia Mansour. Para um rapaz como ele, que não bebia e que, principalmente, não namorava, os encantos da vida noturna eram os mais limitados. Mansour frequentava, no centro de Paris, La Baignoire, uma boate que antigamente atraía os homossexuais mais célebres. Diziam que Marcel Proust adorava tomar banho na piscina que ela abrigava no terceiro subsolo e que ele organizava suntuosas viagens com seus companheiros de passagem. Mansour era muito ocupado. Preferia donzelas loiras e peitudas. Era chocante, considerando como as garotas de seu país o tratavam no passado. Agora, em Paris, o dinheiro que ele torrava lhe dava acesso direto à posse dos corpos dessas belas estrangeiras.

Ivan, que primeiro se entediou muito com La Baignoire, pouco a pouco foi tomando gosto pelo jogo. Ele não se contentava mais em apenas ficar mexendo nas alavancas das máquinas caça-níqueis do primeiro andar. Se iniciou na roleta e especialmente no bacará. Gostava do charme aristocrático dos salões onde as mesas eram dispostas; o imprevisto dos jogos era uma fonte de entusiasmo para ele. A voz do crupiê, sombria e fatídica, parecia pronunciar os ditames do destino. Ao seu redor, aos jogadores não faltava originalidade. Por exemplo, Ivan fez amizade com uma velha condessa sem dinheiro que se denominava Gloria Swanson e a seu amante Hildebert, um pintor de paredes, quarenta anos mais novo que ela. A condessa e Hildebert frequentemente o convidavam para seu apartamento no Boulevard Suchet para tomar uma taça de champanhe porque tomavam uma caixa por dia. Ainda que Ivan não bebesse álcool, ele gostava da companhia deles. Infelizmente, nada daquilo durou. Depois de alguns meses desse comércio, a condessa entrou em um coma alcoólico do qual não saiu mais e ele teve que ir ao Père Lachaise pelas vielas repletas de túmulos com nomes variados. Assim, ele descobriu que era possível enfrentar o anonimato da morte. Alguns dos seres cujos nomes estavam nas sepulturas, Ivan nunca ouvira falar. Quem foi Jim Morrison? O que ele tinha feito para merecer um longo epitáfio? Quando Hildebert lhe explicou o porquê, ele foi tomado por novas ideias. Por que ele também não poderia transcender o destino? É fato que ele não era músico, nem pintor, nem escritor e não tinha nenhum dom. Mas poderia assinar um ato extraordinário que mexeria com o mundo e assim vingaria Alix e Cristina, ele sempre voltava a isso. A morte de Alix e Cristina nunca saiu de sua mente. Às vezes, dizia a si mesmo que era o responsável por aquilo, que havia manchado a vida generosa deles. Então seu peito se rasgava e ele começava a chorar.

Um dia, ao sair de La Baignoire, quando estava neste estado de depressão, Mansour perguntou a ele intrigado:

— O que há com você? Por que chora?

Ivan conta o episódio que viveu no The Last Resort. Quando se calou, Mansour encolheu os ombros.

— Esse Alix e essa Cristina eram brancos, não eram?

— Por que essa pergunta? O que quer dizer? – indagou Ivan.

Mansour explicou:

— Quero dizer que eles pertenciam a outra espécie que não a nossa. Eu, se vir um branco caindo na água, vou ajudá-lo a se afogar.

Era contra essas teorias ineptas que Alix e Cristina se levantaram. Aos seus olhos, a cor não existia. No entanto, Ivan não expressou seus pensamentos, ele sabia que o outro não o entenderia.

Quando a manhã amarelada se erguia sobre os telhados de Paris, eles geralmente iam tomar café da manhã em um bar chamado L'Éteignoir. Ivan esvaziava várias xícaras de café, ouvindo Mansour falar de suas lembranças:

— Na Bélgica, eu fazia parte de uma célula H4, encarregada de preparar os atentados nos aeroportos, nas estações de trem ou no metrô. Depois de um tempo, matar essas pessoas que não entendiam por que estavam morrendo e a quem o mundo dava o nome de mártir me parecia um absurdo. Desde então, me recusava a obedecer às instruções que recebia e fui tomado por covarde. Tive que fugir para a França para preservar minha vida e então eu conheci Abou. Ele era traficante de drogas. Um africano como você e eu, nem mais bonito nem mais educado. Ele me abriu os olhos. Ao lado dele, compreendi o verdadeiro mecanismo do mundo. O dinheiro é o mestre absoluto. É preciso ganhar dinheiro e todos os meios são válidos.

No domingo, Ivan não acompanhava Mansour. Ele se dedicava à irmã, que levava uma vida bem diferente da dele, estudiosa e organizada. Às 7 horas da manhã, ela já estava de pé, limpa e vestida. Às 8 horas, descia as escadarias do bloco A do prédio e atravessava rapidamente o trecho lúgubre de terra que a separava da rua. Depois, se sentava em um RER que a conduzia ao bulevar Brune, em Paris. Era então que se preparava para se tornar guardiã da paz, como havia sempre sonhado. Os professores, encantados com seu rosto, não paravam de elogiar aquela linda martinicana (os franceses sempre confundiam Martinica e Guadalupe, perdoai-lhes), tão talentosa e que iria longe.

Quando Ivan entrava em seu quarto, no domingo de manhã, sentada em sua escrivaninha, ela já preparava os deveres do dia seguinte. Ivana nunca deixava de dar um sermão sério em seu irmão.

— Você abandonou os estudos – ela lhe dizia – e é uma pena. Mamãe e eu estamos de coração partido. Preste atenção nesse Mansour, não se envolva em histórias obscuras. Ouvi dizer que ele está metido com o tráfico de drogas que acontece aqui na nossa Cité. É daí que vem o dinheiro dele.

Ivana não exagerava. Simone ficou muito zangada quando, pelas indiscrições do Pai Michalou, soube o que Ivan estava tramando. Seu filho era um traficante de drogas! Nunca! Ela pensou em ir ela mesma até a França para dar um sermão nele e fazê-lo ficar com vergonha de sua condição. Simone falava furiosa. Cansado de ouvi-la, Pai Michalou acabou contando o que estava fazendo:

— De que adianta essa viagem? – ele perguntou. – Esse rapaz nunca te escutou e sempre fez o que dava na telha. Fique tranquila, é um bom remédio, como diz o provérbio.

Desde então, Simone não falou mais em pegar um avião. Limitou-se, dia após dia, a mandar e-mails e dar telefonemas ao filho, que eram tanto de desculpas quanto de ameaças.

No domingo, ao meio-dia, ele convidou a irmã para almoçar em seu restaurante favorito, Le Pavillon Lenôtre, que ficava no meio do Bois de Boulogne. Esse elegante pavilhão datava de 1920 e sua especialidade era robalo servido com purê de castanhas. Às vezes, ele também convidava Hugo e Mona, mesmo que não se dessem tão bem os três. Hugo e Mona não escondiam que achavam as companhias de Ivan duvidosas, até mesmo perigosas. Esse Mansour era um notório traficante procurado pela polícia.

Essa vida durou mais ou menos três meses. No fundo, Ivan estava cada vez mais insatisfeito. Em que se transformaram suas ambições e sonhos, seus projetos?

Uma tarde, quando estava indo até Mansour, como de costume, para pegar o seu carregamento de drogas, encontrou o apartamento vazio, as portas escancaradas, os móveis virados e o conteúdo das gavetas espalhado pelo chão como em filme policial americano. Ele foi correndo ao térreo para saber explicações. O hall estava vazio. Ninguém. O que estava acontecendo?, ele se perguntou. Teve então a ideia de correr para La Porte direto, e na pressa derrubou duas crianças que jogavam bola lá embaixo. A grade de ferro da La Porte estava abaixada, o que era estranho, considerando que já passava das 13 horas. Felizmente, Ivan conhecia a entrada do depósito que servia como quarto dos fundos. No terceiro toque da campainha, Zoran, primo de Zachary, acabou por abrir.

— Você! - ele exclama com os olhos arregalados de estupefação. - Você é louco de vir aqui.

— Quero ver o Zachary – respondeu Ivan febril.

O outro ficou olhando, olhos esbugalhados.

— Você ainda não sabe? De manhãzinha, policiais vieram prender Mansour. Eles certamente vão atacar sua rede. Então, Zachary foi logo embora. Neste momento, Mansour deve estar no Fleury-Mérogis.

Na realidade, Zoran estava errado. Mansour tinha sido levado para a prisão de La Santé. Vacilante, Ivan voltou a Cité André Malraux, convencido de que, de uma hora para outra, policiais viriam sobre ele para prendê-lo.

Mas os dias se passaram e nada disso aconteceu.

Vocês se perguntam por qual razão Ivan não foi preso também. Não sabemos e não podemos fornecer qualquer explicação. De toda forma, ele continuou em liberdade, apesar do medo que o atormentava e fazia com que ficasse enfiado na casa de Hugo.

Foi aí que ele recebeu uma carta de sua mulher, Aminata Traoré, de quem ele tinha se esquecido completamente. Ela lhe informava que o filho deles tinha nascido e se chamava Fadel, bonito como um astro. E se ele tinha um computador e um endereço de e-mail para que ela enviasse a ele fotos da maravilha que os dois tinham feito. Havia revirado o céu e a terra para encontrar seu endereço e se preparava para ir buscá-lo assim que tivesse os meios. Isso aumentou o estado de pânico no qual Ivan vivia. O que ele faria com uma mulher e um filho, ele que não tinha nada de nada? Onde os abrigar? Como os alimentar? O dinheiro ilícito tem a particularidade de ser logo gasto. Ivan não guardou nada das consideráveis somas que passaram pelas suas mãos e ficou reduzido a viver à custa da irmã que, por causa de sua brilhante educação, recebeu uma bolsa de estudos de Guadalupe. Mona procurou e encontrou um trabalho para ele. Detestável, para dizer a verdade! Lavar a louça na cantina do colégio onde ela trabalhava. Apesar de sua repugnância, Ivan dizia que, se a situação não melhorasse, ele se resignaria a aceitar aquela oferta.

Dezembro trouxe um inverno excepcionalmente frio. Todos os dias os gramados decadentes da Cité André Malraux ficavam cobertos por um espesso tapete branco, enquanto um vento glacial e insano circulava entre as torres. Nenhuma criança jogando bola nos estacionamentos. Entrouxados de roupa até os olhos corriam para o hall dos prédios e tentavam manter as portas fechadas para se protegerem das correntes de ar. Com exceção de Mona e Ivana, ninguém mais saía do apartamento. Para lutar contra a depressão, Hugo secava copos e copos de rum Depaz, e, meio bêbado, ficava falante, ele que geralmente era taciturno. Contava a Ivan, que também não punha nem o nariz para fora de casa, que aquilo ali o fazia lembrar do terrível inverno de 1954. Ainda jovem, ele trabalhava na ilha Seguin. Os pássaros tombavam do céu congelados nos pés dos transeuntes. Nessa época, foi criada a associação dos chiffonniers do Emaús, essas pessoas que recolhiam trapos e pedaços de tecido, e o abade Pierre, um jovem padre até então desconhecido, deu voz a favor dos sem-teto. Mona, por sua vez, estava feliz porque tinha três netos para os quais, com a aproximação do Natal, montou uma árvore. As estrelas e as luzinhas multicoloridas lembravam a Ivan os natais ternos de sua infância. Ele ia com sua mãe e avó à igreja de Dos d'Âne, cuja feiura ficava momentaneamente borrada. Naquela ocasião, ela vibrava como um navio. Vestidos de branco, os integrantes do coro que ensaiaram semanas inteiras se sentavam em bancos à esquerda do altar, com os filhos entre as pernas. Sob as abóbadas, o hino "Meia-noite cristãos" explodia e enchia o público com seu fervor.

— Por que você se converteu ao Islã? – Mona perguntava a ele com frequência, enquanto decorava sua árvore de Natal. – As cerimônias da nossa religião são tão belas.

Ivan confessava que não sabia mais o que o tinha empurrado na direção daquela conversão. Hoje o Islã tinha se tornado uma parte integrante de sua vida. Ele, que raramente abria um livro, nunca se cansava de ler e reler suratas. Avançou hesitante:

— É que essa religião me pareceu tolerante e generosa também.

Mona o olhou zombeteira.

— É próprio de todas as religiões – ela afirmou.

Sem dúvidas, Mona tinha razão.

Tiveram um Natal branco. Ah, os Natais brancos, quando a canção insidiosa de Bing Crosby pairava no ar:

> *I'm dreaming of a white Christmas,*
> *Just like the ones I used to know,*
> *Where the treetops glisten*
> *And children listen*
> *To hear sleigh bells in the snow.**

Para o ano-novo, Ivana usou um vestido assinado por Jean-Paul Gaultier, que seu irmão tinha lhe dado no tempo de seu esplendor. Que linda ela estava com aquele vermelho e aquele ouro! Ela superava de longe a esposa do filho de Mona, uma mulher cabila que se levava a sério, porque havia estudado enfermagem e trabalhava em um grande hospital. Mona estava de folga do trabalho. Tinha preparado uma morcela bem temperada, bolinhos, empadas de carne e a maravilha das maravilhas, um *pâté en pot*, uma especialidade martinicana que requer todos os miúdos do carneiro. Essa suntuosa refeição foi naturalmente acompanhada por uma grande variedade de ponches e durou até altas horas da madrugada. Todo mundo estava rindo e brincando, especialmente o filho de Mona, vindo para a ocasião de Montpellier, onde morava com a família.

---

* "Estou sonhando com um Natal branco,/ Igualzinho aos que eu conheci,/ Em que a ponta das árvores brilha/ E as crianças param/ Para ouvir o sino dos trenós na nave." [*N. T.*]

Somente Ivan estava sentado isolado e não conseguia partilhar do bom humor geral. Agora ele não comia mais porco nem bebia álcool. Mais do que nunca, a lembrança de Alix e Cristina o assombrava. Parecia que podia respirar o cheiro deles, mergulhado nas delícias de seus seres. Um doloroso pressentimento o aturdiu. Ele sentia que o céu lhe concedia uma última trégua antes do golpe fatal. O que o futuro ainda lhe reservava, ele não cansava de se perguntar, com angústia.

Dois dias depois, o carteiro lhe entregou uma carta registrada. O diretor da prisão de La Santé o convocava com urgência, que fosse munido de seu documento de identidade. Permita-nos dar uma olhada mais de perto nessa missiva bastante surpreendente. Fora datilografada em papel timbrado comum e trazia um grande selo como assinatura. O que significava? O que queriam com Ivan?

— Nada – assegurou Hugo. – Se quisessem prender você por causa das suas ligações com Mansour, já teriam feito isso há muito tempo. A polícia já teria caído em você com força e o levado com eles.

Segundo Nathaniel Hawthorne, a prisão é uma flor obscura do mundo ocidental. A prisão de La Santé não se enquadrava nessa descrição. Localizada no coração do 14º arrondissement de Paris, é uma ampla construção sem grandes peculiaridades. Seus muros maciços de pedra são caiados de branco. Uma porta em arco dá acesso a um grande pátio pavimentado. Apesar dessa aparência comum, o pressentimento que preenchia o coração de Ivan tornou-se mais intenso. Ele sentia uma força maléfica que o esperava dentro daquele edifício. Como um animal, ela se lançaria sobre ele e o destroçaria. Foi conduzido a um escritório onde ficava uma foto majestosa do presidente da república. Três homens o esperavam. Dois eram policiais uniformizados, rostos arrogantes e pálidos sob seus quepes achatados. O terceiro, um civil de rosto agradável, a pele um pouco bronzeada sob os cabelos castanhos e crespos, esse sorriu afavelmente e se apresentou:

— Me chamo Henri Duvignaud. Sou advogado do seu primo, Mansour. Meu pai era de Guadalupe como vocês – completou.

Cortando aquelas amabilidades, sem perder sua irritação, um dos policiais puxou um fichário azul e o abriu.

— Temos uma péssima notícia para lhe dar. Se demoramos para entrar em contato com você, foi porque primeiro o procuramos em Guadalupe e depois no Mali.

O segundo começou a falar e com os olhos baixos disse:

— Seu primo, Mansour Diarra, se suicidou em sua cela. Ele deixou uma carta para você.

Se suicidou? Ivan se recusava a compreender o sentido daquela palavra. Aqui está o texto da carta de Mansour para Ivan, que, por esforços de pesquisa, acabamos por descobrir. Ela não é muito longa, mas está carregada de emoção:

Meu querido Ivan,

Você se lembra do que eu disse: "Basta ter dinheiro. É preciso ter dinheiro e todos os meios são válidos."

Veja, me enganei, porque aqui estou na ponta da corda. Talvez você tivesse razão. Para mudar o mundo, é preciso atacar o coração e o cérebro das pessoas. Mas como conseguir isso? O coração e o cérebro se tornaram duros como pedra e estão escondidos no interior do corpo.

Se estou escrevendo para você, é porque você é mais do que um irmão, você é a única pessoa nessa terra que me estimava e me levava em consideração. Tenho certeza de que nós nos veremos em algum lugar.

Com carinho,
Mansour.

Não vamos nos deter nas penosas formalidades que Ivan teve de enfrentar. Antes, insistiremos no imenso desânimo que se apoderou dele. Ia e vinha como um zumbi. Sem a ternura da irmã, sem as atenções de Mona que, sob seus ares de harpia, escondia um coração maternal de ouro, ele teria perdido o juízo. O momento mais doloroso foi, sem dúvida, o enterro de Mansour, pois o jogaram em uma vala comum, no cemitério municipal de Villeret-le-François.

Henri Duvignaud insistiu em estar presente. Embora não tenha deixado de aludir às suas origens, não conhecera o pai, nem nunca esteve em Guadalupe. Crescera com sua mãe no luxuoso apartamento de seus avós maternos. Por gerações, os Duvignaud foram advogados de negócios pagos por sua rica clientela em dinheiro vivo. Eles se casavam com mulheres talentosas, pianistas, violonistas ou violoncelistas que se contentavam em encantar os amigos da família. Apenas uma delas, Araxi, de origem armênia e que inflamou o coração de Joseph Duvignaud, oitavo do nome, ficou conhecida e foi convidada a fazer um solo de violino no Carnegie Hall. Henri foi o primeiro dos Duvignauds a se interessar por problemas sociais. Ele criou uma associação para defender os *sans-papiers* que agora pululavam.

Depois do enterro do Mansour, enganchou seu braço no de Ivan.

— Eu poderia ver você novamente? – perguntou com um ar sedutor.

Se cochichava que ele era homossexual e, com frequência, amante de quem defendia. De todo modo, isso não podia ser provado. Ivan andava por uma névoa espessa, tentou se recompor e encontrou forças para responder:

— Me daria muito prazer rever você.

Então, Henri Duvignaud desliza por sua mão um cartão de visitas. Ele dividia com dois outros advogados, também interessados em problemas sociais, um escritório localizado na praça do Châtelet. Ivan foi até lá no dia seguinte.

— Como você está se sentindo? – perguntou Henri, sempre muito afável. – O que tenho a dizer a você é de extrema gravidade. Eu acho que o seu primo não se suicidou, como a polícia diz. Mas que ele foi torturado e morto pelos golpes que recebeu.

Ivan se recompôs e gritou:

— Torturado!

— Você não notou os hematomas que cobriam seu rosto e as enormes feridas mal cicatrizadas em sua cabeça?

Não, Ivan não tinha notado nada disso, porque a dor o cegava. Henri recomeçou com veemência:

— Você não sabe como esses interrogatórios acontecem. A polícia não está nem aí para esses pequenos traficantes, esses pequenos *dealers* como o seu primo. O que eles querem é ter os nomes dos barões, das potências que trazem as drogas dos países mais longínquos e que as encaminham para onde querem. Para isso, qualquer coisa vale.

Ivan tinha a impressão de estar ouvindo uma história digna de um filme policial.

— O que vamos fazer? – implorou.

— Agora, tentar obter provas – respondeu Henri. – Peço que procure pessoas que testemunharão sobre a doçura de caráter do seu primo. É preciso que todos saibam que ele foi uma vítima que foi levada à morte.

Terminada aquela conversa, Ivan se encontrou na beira do Sena, ao lado de um alfarrabista, que vendia edições originais do romance de André Gide, *Os frutos da terra*. Como tinha chegado ali? Como seu corpo tinha-lhe obedecido? Como ele pôde evitar todo aquele trânsito e entrar na faixa de pedestres, ele não sabia. Sentiu como se tivesse levado um golpe na cabeça que o deixara semimorto.

Como de costume, o dia estava cinza e chuvoso. Ivan se sentou dentro de um ônibus cheio que, com muitas paradas, deveria levá-lo ao Boulevard Brune. Ao se lembrar das boas lições de sua mãe, ele deu seu lugar a uma velha senhora com quem ninguém estava se importando.

— Eu lhe agradeço – ela diz.

Depois, sacudindo a cabeça de um jeito triste, ela continuou:

— Antes, as pessoas não eram assim como hoje, indiferentes, ocupadas consigo mesmas e sem empatia por aqueles que as rodeiam. Assim que me viam, se levantavam e ofereciam seu assento. Agora, vivemos numa época em que ninguém sabe para onde olhar. E todos esses atentados...

Ivan não pôde responder a ela, pois foi empurrado para mais longe por uma jovem que entrava no ônibus vitoriosamente, com um carrinho de bebê.

Como em toda vez em que era ferido, só considerava um refúgio: os braços de sua irmã. A École Nationale de Police, no Boulevard Brune, ficava em um edifício elegante e moderno, todo de vidro e concreto. Ivan atravessou um vestíbulo cujas paredes estavam forradas de fotos de policiais em ocupações pacíficas: uns conduziam crianças pela rua, outros empurravam cadeiras de rodas de deficientes, outros ainda ajudavam famílias de regiões alagadas a entrar em barcos. Um grupo até compunha uma orquestra.

Ao saber do motivo da visita, olhos brilhando, o recepcionista, um branco sem graça, elogiou Ivana Némélé, tão charmosa e tão bem-educada. Depois de alguns instantes a própria Ivana apareceu e é verdade que ela estava adorável com a jaqueta verde-escura que usava por cima do uniforme.

— Está tudo como você deseja, Branca de Neve? – o recepcionista perguntou a ela com um sorriso malicioso.

— Está tudo bem – respondeu Ivana, pegando pelo braço seu irmão que, estupefato, perguntou a ela em voz baixa:

— Você deixa ele te chamar de Branca de Neve?

— É uma brincadeira nossa – ela respondeu calmamente. – Uma brincadeira inocente. Não caia na armadilha de quem vê racismo em tudo.

Ela o conduziu até um bar, não muito longe, que se chamava Le Bastingage. Uma vez lá dentro, o significado daquele nome tão estranho ficou evidente. As paredes eram cobertas de fotografias de viajantes sorridentes e felizes no convés de transatlânticos em alto-mar. Na verdade, Le Bastingage pertencia a um ex-funcionário da Compagnie Générale Transatlantique, que o abriu depois de sua aposentadoria. Era cheio de frequentadores regulares. Uns jogavam dardos, outros cartas ou dominó. A atmosfera familiar lembrava Ivan daquelas dos bares de Dos d'Âne, onde os clientes estalavam os dedos nas mesas de madeira branca. Um dos garçons perguntou para Ivana:

— O que você quer? Um pretinho, como sempre?

Dessa vez, Ivan não se deu ao trabalho de levar como ofensa e guardou seus pensamentos para si. Ele explicou o melhor que pôde sobre a conversa que acabara de ter com Henri Duvignaud. Depois de ouvi-lo, Ivana balançou a cabeça com firmeza.

— Não se meta nesses assuntos – ela recomendou. – Eu vi logo que esse advogado está apenas tentando fazer as pessoas falarem sobre ele, e você corre o risco de ser levado a um território muito perigoso. Tortura? E depois o quê? É como estar no meio da guerra da Argélia quando a polícia obedecia e seguia as ordens de um governo em pânico que não sabia a quem recorrer. A polícia, ao contrário, é feita para apoiar, ajudar os desvalidos, protegê-los de todos os perigos.

Ivan não se atreveu a protestar, pois, desde que morava na França, ele sentia que sua irmã se afastava dele. Ela estava cada vez mais absorvida por seus cursos, seus novos colegas e seu novo modo de vida. Ele estava seguindo seu próprio caminho, com as mãos cheias de cinzas.

Depois de um tempo, um trio entrou no bar: dois jovens, uma garota, vestida como Ivana, de jaqueta verde-escura e com o mesmo uniforme. Eles se sentaram à mesa com eles sem nem pedir permissão e ela os apresentou a Ivan.

— É você o famoso irmão gêmeo? – perguntou Aldo, um dos garotos, cara larga e quadrada sob cabelos escuros e lisos. – Eu também tenho uma irmã gêmea, mas é bem diferente. A gente se detesta desde a barriga da nossa mãe, dá pra dizer. Aos dezesseis anos, ela conheceu um indiano de Goa que veio aperfeiçoar seu francês em Paris. Eles se casaram e foram embora. Ninguém tira da minha cabeça que ela não o amava e só queria colocar oceanos de distância entre a gente.

Todo mundo riu. Depois a conversa descambou para os fatos corriqueiros da escola. Os alunos policiais estavam entusiasmados com a simulação de um atentado que acabara de acontecer.

Ivan se esforçava para mostrar uma expressão interessada. Mas não estavam falando do que era real. Era um simulacro, uma ficção, um jogo. A morte de Mansour, sim, era muito real. Nada o faria ressuscitar.

Um dos membros do grupo propôs que fossem jantar. Eles foram a um restaurante coreano do bairro. Uma sala despretensiosa lotada de clientes visivelmente preocupados com suas despesas. Prazer simples na imagem dessas pessoas simples. Ivan, que já havia comido nos restaurantes mais sofisticados, achou a comida insípida. No entanto, ele foi forçado a fingir que estava com apetite e a participar da conversa. Pareceu-lhe, à parte ele mesmo, que Ivana era tratada com uma familiaridade protetora que o chocava. Aldo flertava abertamente com ela, e Ivan sofria por ser excluído dessa intimidade, por não entender as piadas, por não rir dos trocadilhos.

Perto das 22 horas, ele pegou o RER com Ivana. Nos assentos, homens e mulheres dormiam curvados de cansaço. Era isso então a vida? Ah sim, era preciso destruir o mundo e o refazer conforme quisessem.

E, se Ivana esperava que Ivan se livrasse de Henri Duvignaud, ela estava enganada. Dois dias depois, o advogado telefonou de novo para Ivan para que ele o acompanhasse ao campo de refugiados de Cambrésis. Há anos, Cambrésis era como Calais, uma praia purulenta na face da França. Tanto os governos de direita como os de esquerda tinham tentado fazê-lo desaparecer sem sucesso. Se aglomeravam ali eritreus, somalis, comorianos e também africanos ocidentais, todos possuídos pelo sonho de ir para a Inglaterra, onde encontrariam, eles acreditavam, trabalho e abrigo.

— Por que você quer que eu o acompanhe até um lugar desses? – Ivan se surpreendeu.

Henri Duvignaud não se deixou demover e explicou:

— O governo quer porque quer evacuar o campo e transferi-lo para um acampamento a alguns quilômetros de distância. Lá, dizem eles, tudo é seguro; há escolas para as crianças e um centro de saúde. Àqueles que pedirem asilo político na França, será oferecido trabalho.

Eles dizem que esse novo acampamento é mais digno de verdadeiros seres humanos.

— Tudo isso me soa bem – afirmou Ivan. – O que você tem a dizer?

— Quero que você veja por si mesmo a separação que existe entre o que é dito e o que é feito – afirmou Henri. – A polícia vai se encarregar de evacuar os imigrantes de Cambrésis, eles querendo ou não. À força, se preciso for. Então, você entende que o que aconteceu com o seu irmão não é fruto da minha imaginação perturbada.

Ivan preferiu não contar nada sobre esses projetos à Ivana e, depois de uma noite em claro, decidiu aceitar o convite de Henri Duvignaud. No volante de um Renault Mégane, bem-vestido e usando um chapéu Fedora cinza-escuro, o advogado veio buscá-lo às 8 horas da manhã na Cité André Malraux. Isso lhe deu a oportunidade de receber das mãos de Mona uma xícara do café jamaicano Blue Mountain, que ela afirmava ser o melhor do mundo. Como sempre, ela voltava ao passado. Envolta em seu quimono de listras amarelas, se deteve longamente nos belos dias de sua juventude e chegou até a cantar uma cançãozinha de Francis Cabrel: *"Chez la dame de Haute-Savoie."* Quando ela decidiu ficar quieta, Henri Duvignaud a encheu de elogios.

Finalmente os dois homens conseguiram se liberar.

— Eu odeio autoestradas – disse Henri, saindo do estacionamento. – Nosso trajeto pelas nacionais será mais longo e mais monótono.

Aquilo não desagradava a Ivan, que desde sua chegada à França nunca tinha saído da região parisiense. Apesar disso, ele desfrutou plenamente daquele passeio inesperado. A despeito do inverno, algumas árvores permaneciam enfeitadas de verde. Os vilarejos e cidades pelas quais eles passavam eram pobres, mas lhes pareciam acolhedores. Não chovia excepcionalmente. Um sol inesperado brilhava em meio a um céu azul pálido.

Um pouco antes do meio-dia, eles chegaram a Cambrésis. Subitamente, o vento se ergueu e expulsou todas as nuvens. Cambrésis se resumia a duas ou três ruas paralelas ladeadas pelas fachadas de imóveis em mau estado. Ao longe se podia ver o mar manso e sem relevo, cujas ondas vinham morrer nos quilômetros de praia salteados de dunas onduladas como seios de mulheres envelhecidas. Em contraste, Ivan se lembrou das praias ensolaradas e vibrantes de sua infância, às quais ele tinha prestado tão pouca atenção. Infelizmente, tinha sido assim. Ele não dava qualquer importância ao que possuía. Por causa de sua imprudência e leviandade, Alix e Cristina haviam sido assassinados. Às vezes se lembrava do corpo de Cristina abrindo-se contra o dele e desejava desaparecer também.

No passado, o campo de refugiados de Cambrésis se limitava a dois ginásios graciosamente oferecidos pela municipalidade. Hoje, ele se estendia por quilômetros e quilômetros, e nada parecia poder conter sua expansão. Sob o céu de inverno, fileiras de casebres de madeira ou chapas de metal remendadas estavam plantadas tortuosamente ao longo de vielas estreitas, cheias de uma lama avermelhada que grudava nas solas dos sapatos. Os imigrantes se vestem aleatoriamente, obviamente graças à gentileza de seus simpatizantes. Os policiais, tão numerosos quanto eles, iam e vinham sempre com ar ameaçador. No entanto, Ivan não testemunhou nenhum ato de brutalidade. Os policiais se comportavam mais como mentores, carregando crianças pequenas nos braços, ajudando homens e mulheres idosos a caminhar.

Henri Duvignaud e Ivan logo foram notados.

— Quem são vocês? – disse um policial, correndo na direção deles. – Não queremos jornalistas aqui.

— Não somos jornalistas – protestou Henri, e explicou que ele era o presidente e fundador da La Main Ouverte, a mão aberta, uma associação de amparo.

A sede da associação La Main Ouverte dava para uma pequena praça curiosamente chamada de Aux Bourgeois de Calais, aos burgueses de Calais. Em uma sala suscintamente mobiliada, muitos franceses cercados por um punhado de migrantes ocupavam seus lugares em cadeiras dispostas em semicírculo ao redor de uma longa mesa. Ao ver Henri Duvignaud, um francês de cabelos brancos e barba de Papai Noel, se levantou rapidamente e disse em tom de reprovação:

— Esperávamos que viessem bem mais cedo. A maioria de nossos protegidos não pôde fazer nada a não ser obedecer à ordem de deixar o campo.

Henri Duvignaud se sentou à mesa e começou a falar. Tomado por seu constante sentimento de rejeição, Ivan encontrou uma cadeira na última fileira. Ele não entendia quase nada do que estava acontecendo ao seu redor. De repente, o jovem que estava perto dele se apresentou com um sorriso:

— Me chamo Ulysse Témerlan. E você?

— Ivan Némélé e sou de Guadalupe.

— De Guadalupe? Tem imigrantes que vêm de Guadalupe? – perguntou. – Eu sou da Somália. De um vilarejo chamado Mangara. Meu pai era diretor de escola, o que explica o meu nome, Ulysse, e também o do meu irmão, Dedalus.

Esses nomes, Ulysse, Dedalus, não traziam nada ao espírito de Ivan, que nunca tinha ouvido falar de James Joyce. A beleza de seu vizinho não deixou de impressioná-lo. Ulysse era alto, tinha quase dois metros de altura. Cabelos cacheados coroavam seu rosto de traços simétricos. Apesar de seu traje surrado, uma espécie de parca de cor bege e calças verdes curtas demais, sua aparência era resplandecente.

Como Henri Duvignaud não parava de falar de coisas incompreensíveis e de abrir pastas e pastas, depois de um tempo Ivan e Ulysse preferiram sair. Em um bar perto dali, Ulysse pediu uma cerveja.

— Você bebe álcool? – disse Ivan com um tom de reprimenda. – Então você não é muçulmano?

Ulysse deu de ombros.

— Sim, eu sou muçulmano, mas você sabe, eu sei, todas essas bobagens e tal. Eu adoraria conhecer Guadalupe. Acredita que, quando eu era pequeno, tive uma professora que vinha de Vieux Habitants. Ela nos ensinou a recitar: "Nasci em uma ilha apaixonada pelo vento, onde o ar reflete açúcar e canela" ou qualquer coisa assim. Conhece esse poema?

Não, Ivan não conhecia o poema de Daniel Thaly. Porém, Ulysse não ouviu sua resposta, pois era um falador e já estava perdido em suas lembranças:

— Mangara, o vilarejo de onde eu venho, era uma verdadeira maravilha. Datava do século XVI. À noite, eu ainda sonho com ele. Imagine as casas escavadas na falésia, os burros levando suas cargas por ruelas íngremes. No sábado, tinha feira de animais, e nós, crianças, íamos lá provocar as vacas enormes de olhos vermelhos. Infelizmente, quando eu tinha dez anos, meu pai morreu. Contam que ele foi envenenado por vizinhos invejosos. Nunca saberei a verdade. Tudo o que eu sei é que depois disso minha mãe, que não tinha nenhum recurso, foi obrigada a partir para Mogadíscio, pedir abrigo à sua irmã. Foi ali que as dificuldades começaram. Meu irmão, meus primos e eu tentamos conseguir dinheiro de todas as formas possíveis e imagináveis. Roubávamos tudo o que encontrávamos. Uma vez roubamos estrangeiros que estavam dando a volta ao mundo em seu iate de luxo e tinham parado por conta de uma avaria no motor. Eles tiveram pena de nós e passaram a nos comprar frutas e legumes regularmente. Cansados de miséria, meus primos emigraram para a Europa. Depois de dois anos de tribulações, chegaram na Inglaterra e nos contaram do milagre. Nos convidaram para ir se juntar a eles, porque tinham encontrado trabalho. Trabalhar! A partir dali, meu irmão e eu só tínhamos uma ideia na cabeça: era nossa vez de ir embora. Dedalus e eu pegamos a estrada para a Líbia, de onde diziam que centenas de barcos saíam para as cidades da Europa. Infelizmente, a Líbia estava um verdadeiro caos. Ao sair de um bar, durante uma rixa, meu irmão foi morto e eu tive que enfrentar o mar sozinho. Faz três anos que ando em círculos em Cambrésis. Não sei dizer quantas vezes eu tentei ir para a Inglaterra, mas sempre fui rejeitado. Só que isso não vai mais acontecer, porque eu desisti da travessia.

— Então, decidiu ficar na França? – disse Ivan surpreso. – Você vai pedir asilo político?

Ulysse fez uma careta.

— Não sei ainda.

Por que Ivan teve a impressão de que Ulysse escondia seus projetos? Essa impressão se acentuou quando voltaram para a sala de reunião da associação e Ulysse pediu que Henri Duvignaud o levasse até Paris.

— Paris? – se surpreendeu Henri Duvignaud.

— Sim – respondeu Ulysse com desenvoltura. – Uns amigos me convidaram para passar alguns dias com eles. Eles moram no Boulevard Voltaire, mas, pode me deixar em qualquer lugar, eu me viro.

Algum tempo depois, apesar de sua falta de entusiasmo, Ivan teve que aceitar a oferta de Mona e trabalhar para o colégio Marcellin Berthelot. Em vez de cuidar da cantina como tinham falado, ele foi alocado nos serviços mais duros, os de limpeza. Era preciso esfregar o chão das salas de aula, esvaziar os cestos de lixo, encher de giz as caixas, passar uma espécie de verniz nos quadros-negros. O pior era varrer os pátios de recreação glaciais, que a geada deixava escorregadios e perigosos. Como todo o trabalho tinha que ser concluído antes da chegada dos alunos e da abertura dos portões às 8 horas, isso significava que Ivan se levantava de madrugada todos os dias, bebia uma xícara de café Blue Mountain ou não, atravessava os estacionamentos ventosos da Cité André Malraux tremendo e caminhava a pé até o colégio pelas ruas que iam aos poucos despertando.

Quando ele olhava para sua própria vida, não a compreendia. Mais uma vez se perguntava se era porque tinha se recusado aprender a ser um chocolateiro que estava naquela situação deplorável. Quando ele vivia em Guadalupe, seu coração batia numa antecipação feliz. O que tinha acontecido? Por que o azar não parava de persegui-lo? Ele não tinha amigos. Ninguém com quem contar, ninguém com quem compartilhar sua angústia. Ivana parecia cada vez mais distante. Ela mal lhe dava um beijo apressado na testa, pela manhã e pela noite, antes de se trancar em seu quarto. Ele não aguentava mais as críticas constantes de Hugo e principalmente de Mona que, tendo conseguido um emprego para ele, achava que podia dizer qualquer coisa.

Às sextas-feiras, Ivan ia piamente à mesquita, chamada Mesquita Radogan, por causa do nome de seu imã. Ele não ia lá apenas para rezar, pois estava em constante conversa com esse deus que o havia criado e agora parecia tê-lo esquecido. Por que ele tolerava o mal e a maldade dos vivos? Essa pergunta ficava girando em sua cabeça. Se gostava de ir à mesquita, era porque gostava de se misturar à humilde multidão de homens que se prostravam em direção a Meca. Naqueles momentos, seu sentimento de solidão desaparecia. Tinha a impressão de encontrar irmãos tão desamparados, tão vulneráveis quanto ele, para quem, talvez, a felicidade pudesse chegar.

Numa sexta-feira, apareceu um novo imã.

Ao contrário do imã Radogan, um personagem sem sal, que mal falava francês, o novo imã tinha muito carisma. Ele se parecia bastante com Ulysse: pele marrom, cabelos pretos e lisos como os dele, olhos brilhantes, a voz forte e poderosa. Ivan não demorou a ter informações a seu respeito, porque não se imagina o falatório que são os lugares de oração. No refeitório da mesquita os fiéis, enquanto bebericavam seu chá de hortelã, conversavam sobre tudo. O novo imã se chamava Amiri Kapoor. Era do Paquistão e tinha passado muito tempo em Kano, uma cidade sagrada no norte da Nigéria.

Ivan ficou comovido com seu sermão:

— Tome seu destino em suas próprias mãos – ele declarou com uma voz vibrante. – Não aceite mais ser desprezado, esnobado como se fosse uma criança que não serve para nada. Devemos por todos os meios, quero dizer todos os meios, destruir o mundo ao nosso redor e, em suas ruínas, construir um refúgio mais acolhedor para a humanidade.

Não era a primeira vez que Ivan ouvia aquele tipo de discurso. Mas, naquele dia, ele ressoou de um modo particular dentro dele. Se sentiu investido de uma energia nova, pronto para enfrentar tudo. Como ele gostaria de falar com esse imã. Infelizmente, quando empurrou a porta de sua sala de espera, uma dúzia de fiéis já havia ocupado o lugar e ele se retirou decepcionado.

Naquela mesma noite, ele recebeu um telefonema de Ulysse, convidando-o para ir jantar com ele. Ulysse tinha mantido sua palavra: havia deixado o campo de Cambrésis e tinha encontrado trabalho em Paris. Ivan ficou com inveja daquilo. Encontrar trabalho em Paris e um trabalho bem pago, aquilo era um milagre. Para ele tal sorte não sorria! Embora não desejasse continuar sua associação com esse mau muçulmano que se envolveu com o álcool, aceitou o convite, ciente de como suas noites eram tristes na Cité André Malraux. Ivana se trancava em seu quarto com suas anotações datilografadas e seus livros do curso. Hugo não demorava a se juntar a um de seus amigos guianenses. Ele ficava limitado à companhia de Mona, que não parava de sorrir e ficava cantarolando. Ou então ele ficava assistindo a filmes estúpidos na televisão.

Contra todas as probabilidades, Ivan passou a gostar de Paris. Ele sabia que aquela cidade nunca seria dele. Ele nunca encontraria um lugar ali. No entanto, sua vivacidade em todas as horas, dia e noite, era benéfica como uma droga. Cada uma de suas avenidas lhe soprava aos ouvidos uma melodia cativante que despertava o desejo de dançar. Tudo era diferente da melancolia de Villeret-le-François. Os passantes pareciam mais abertos e alegres. Era como se estivesse apaixonado por uma mulher cuja beleza, inteligência e qualidades tornavam-na inacessível.

Ulysse morava no coração de Paris, bem no Boulevard Voltaire, num prédio que parecia bem bonito, mas com séria desvantagem: não tinha elevador. Ivan teve que mexer os quadris subindo seis lances íngremes de escada cobertos por um carpete bastante surrado. Quando Ulysse veio abrir a porta, pareceu-lhe que não o reconhecia. Tinha desaparecido o imigrante embrulhado na parca surrada e calças horríveis que vira há algumas semanas. Ulysse estava vestido com a maior das elegâncias, cuidado, como Mansour nos velhos tempos, de terno de risca, o colarinho amarrado com um grande lenço de seda azul. De onde vinha essa transformação? Como explicar? Ivan deteve suas perguntas e seguiu seu anfitrião por um labirinto de quartos bem decorados até um lindo aposento com uma cama coberta por rico cobertor marroquino.

— Bem, bem! Você ganhou na loteria? – perguntou a Ulysse, fingindo uma brincadeira.

Ulysse sacudiu a cabeça em negativa:

— Eu te falei, achei um trabalho.

Acendeu um cigarro, pois aquele mau muçulmano não apenas bebia como também fumava.

— É que é um trabalho um tanto especial, que vou te explicar, pois eu penso que um cara como você, constituído assim, poderia tirar proveito disso. Você não sabe o horror que era o campo de Cambrésis, onde passei três longos anos. Não estou falando da sujeira dos chuveiros e banheiros que tínhamos que compartilhar com dez ou doze. Vou poupar você de falar da comida nojenta que era servida em bares que se intitulavam restaurantes. Falo da promiscuidade que ali reinava, dos estupros cometidos diariamente contra mulheres, adolescentes e às vezes até crianças. Enfim, contra todos aqueles que eram vulneráveis. Tive sorte de sair de lá, porque conheci um casal que me ajudou muito.

Depois de um silêncio, ele continuou com um tom um pouco envergonhado:

— Eles propuseram que eu me tornasse um acompanhante.

— Acompanhante? – repetiu Ivan confuso. – O que isso quer dizer?

O tom envergonhado de Ulysse se acentuou. Ele fez um gesto vago.

— Eu acho que é uma palavra inglesa ou espanhola, não sei. Não tem importância. Sabe, as mulheres não são mais o que eram antigamente. Elas também não são nada do que diziam no nosso país. Elas têm vontades, as mulheres. Elas têm energia. Elas têm desejos. Quero dizer dos desejos carnais. Elas sabem o que querem e querem homens capazes de satisfazê-las e de lhes fazer provar dos prazeres da vida. Todos os prazeres, entende?

Não, Ivan não entendia nada.

— O que você está dizendo? – perguntou de novo.

Ulysse decidiu pôr as cartas na mesa.

— Quero dizer que você pode fazer milhares de euros por mês, se você souber se servir das armas que o destino lhe deu. Quanto mede seu pênis?

— O quê? – exclamou Ivan, acreditando ser um mal-entendido.

Ulysse ergue uma mão apaziguadora.

— Estou brincando, estou brincando. Vamos falar sério. No momento, **estou acompanhando** três mulheres: uma delas dirige uma agência de publicidade; outra é uma atriz conhecida, cujos primeiros filmes são promissores; a terceira é uma médica especializada em cirurgia estética. Nenhuma delas reluta em me dar todo o dinheiro de que preciso.

Aos poucos a verdade surgiu para Ivan, pois ele não era completamente ingênuo. Pior do que tudo que ele podia imaginar, Ulysse ainda entregava seu corpo às mulheres por dinheiro. Ele não valia mais do que um prostituto. Um fluxo de bile escaldante encheu sua boca. Quase vomitou, se levantou e caminhou em direção à saída.

— Não seja ridículo – disse Ulysse, tentando impedi-lo.

Ivan não o ouvia mais. Descendo as escadas de quatro em quatro degraus, aterrissou na calçada e com seu pulo quase derrubou um casal. Sem saber direito o que estava fazendo, atravessou o boulevard e se pôs a correr adiante, como há anos não corria, e as pessoas assustadas paravam para deixar passar aquele negro grande, mais rápido que o mítico Thiam Papagallo. Ele empurrou o portão de uma praça, que de dia era cheia de bebês em seus carrinhos, crianças pedalando em seus triciclos, mas naquela hora estava deserta, e deixou-se cair num banco cuja frieza o agarrou através da espessura de suas roupas. A vontade de vomitar não o deixava. Sentia-se degradado, sujo. Ele gostaria de ser criança novamente quando Simone ensaboava seu corpo com sabão de Marselha e derramava cabaças e cabaças de água morna em sua cabeça. Enquanto ele permanecia imóvel imerso em seu desgosto, um jovem parou na frente dele e lhe deu um sorriso inequívoco.

— Você não está com frio? – ele sorriu.

O sangue de Ivan correu em suas mãos, que ele não pôde controlar, e elas pularam na garganta do sedutor. É isso que o mundo oferece: prostituídos, homossexuais e acompanhantes. Tudo o que é torpe.

Conseguimos reconstruir com exatidão os eventos dessa noite fatal. Empregamos a palavras "fatal" propositalmente, pois, aos nossos olhos, é neste momento que se completa a radicalização de Ivan, que estávamos tentando acompanhar e compreender ao longo da narrativa. Até agora, alguns acontecimentos de sua vida, particularmente a morte de seus amados Alix e Cristina, não o tinham conduzido a uma mudança radical. De repente todas essas peripécias ganham um novo relevo espantoso. A morte de Mansour, a degradação de Ulysse assumiram um caráter determinante.

Os gritos do homem que ele segurava pelo colarinho chamaram atenção de uma multidão de passantes que se dirigiam ao Bataclan, onde naquela noite aconteceria um show. A socos e pontapés, eles conseguiram libertar a vítima. Mas Ivan era tão grande e tão forte que escapou deles e conseguiu fugir. Entrou em um táxi que estava passando pelo Boulevard Voltaire. Esse táxi era conduzido por um negro, um negro de Guadalupe, Florian Ernatus que, ao ver um homem de sua raça em dificuldade, perseguido por um bando de brancos, só pôde ir ao seu auxílio. Tal conduta tem se tornado cada vez mais rara e merece ser destacada. Os brancos, por outro lado, sempre se mataram. Tomando como exemplo os nazistas e os judeus. Mas os negros, ao contrário, motivados por suas teorias da negritude, da solidariedade racial, acreditavam que deveriam sempre se ajudar. Tais ideias não prevalecem mais hoje.

— Para onde você vai? – perguntou Florian Ernatus a Ivan, pisando no acelerador.

— Eu não sei... Sim, eu vou para Villeret-le-François – balbuciou Ivan.

Prostrado no assento, enquanto em volta do carro, lançado a toda velocidade, desfilavam as luzes dos bares e prédios, ele, que nunca falava de si, começou a contar sua história de vida.

— É a mesma coisa em todo o mundo – diz Florian erguendo os ombros. – Você acha que as coisas são melhores para mim? Primeiro que nunca conheci meu pai. Questionando minha mãe, ela acabou me dizendo que ele se chamava Bong. Era um filipino que limpava cabines a bordo do navio de cruzeiro *Empress of the Seas* quando a companhia Crosta fazia escalas nas Antilhas. Minha mãe era babá do caçula de uma família de mulatos ricos que estava viajando para comemorar seu décimo aniversário de casamento. Será que ela estava falando a verdade? Eu não sei de nada. Durante anos, andei de pés descalços ou de tênis, porque não tinha dinheiro para comprar um bom par de sapatos. Por um tempo trabalhei nas plantações Filipachi. Infelizmente, um belo dia, uma rajada de vento derrubou as bananeiras e fiquei desempregado. Então trabalhei na suinocultura Salomon, mas os porcos pegaram dengue e tiveram que fechar. Foi só em Paris que encontrei trabalho. Este táxi não é meu, sou apenas o motorista.

O que Florian não dizia era como tinha procurado e procurado seu pai. Ele tinha ido à Jamaica, onde a companhia Crosta tinha suas instalações e por três vezes havia sido contratado para as cozinhas. Mas, entre as centenas de filipinos que limpavam as cabines, ele nunca encontrou o que se chamava Bong.

Só podemos elogiar a maneira como Florian Ernatus se comportou com Ivan. Ele o levou a Villeret-le-François e, sem levar em conta as voltas e desvios que foi obrigado a fazer apesar do seu GPS, não lhe pediu um tostão. De graça. Chegando na Cité André Malraux, ele ajudou Ivan a subir as escadas da torre onde morava. Entrou com ele no pequeno apartamento de Hugo, abriu seu futon e colocou-o na cama como faria uma mãe. Podemos afirmar com certeza que, a partir daquele momento, o comportamento de Ivan mudou visivelmente. Ficou mais taciturno. Nunca mais houve um sorriso e muito menos uma gargalhada. Sempre pronto para dissecar os menores acontecimentos de sua vida cotidiana.

Passou a semana enrolado em seu futon, a testa coberta de compressas. Ivana perdeu dois dias de aula para cuidar dele. Embora Mona continuasse dizendo que era apenas uma gripe e que o médico não deveria ser chamado, ela estava preocupada. Finalmente, Ivan abriu os olhos, se vestiu e foi para a mesquita, determinado a falar com o imã Amiri Kapoor. Ele sentia, aquele homem transformaria sua vida.

O imã Amiri Kapoor o recebeu em seu escritório que embasbacava por seu luxo todos aqueles que ali entravam. Naquela mesquita miserável, um antigo ginásio doado pela municipalidade à sua população muçulmana, que crescia sem parar, ele conseguiu arrumar um espaço de beleza. Caligrafias pretas ou douradas cobriam as divisórias, bem como fotos dos principais locais de oração do mundo: Meca ficava ao lado do Gólgota, Notre Dame de Paris com a abadia de Westminster. O imã tinha um perfil muito interessante. Era filho e neto de imãs, dois rigoristas que haviam levado muito além o nome de deus na pequena aldeia de Ragu, localizada a poucos quilômetros de Lahore. Ele tinha quinze anos quando seu pai o obrigara a enviar uma carta cumprimentando o Aiatolá Khomeini, que acabara de anunciar uma *fatwa* contra Salman Rushdie. Assim devem perecer os maus muçulmanos, trovejou seu pai. Passara então três anos em Medina, cidade austera, onde ressoam desde cedo os chamados do muezim. Quando ele morou em Kano, fez maravilhas, tirando a poeira, reorganizando as instituições da cidade sagrada onde muitas vezes a oração não passava de um recitativo monótono.

Amiri Kapoor repousa sobre Ivan seu olhar penetrante.

— Primeira pergunta: por que você se converteu ao Islã? Eu sei que no lugar de onde você vem, o cristianismo é rei. Por que essa conversão?

Ivan pensou por um instante:

— Não sei muito bem. Eu morei no Mali. Na vila onde morava com minha irmã, nós éramos os únicos católicos e eu me sentia sempre estrangeiro, pisando em falso. Eu acredito que quis me aproximar do meu pai, com quem me dava bastante mal.

O imã se surpreende:

— Então você tem uma irmã?

— Uma irmã gêmea – respondeu Ivan, tomado, contra sua vontade, pela paixão que o dominava quando se mencionava de Ivana. – Saí do ventre de nossa mãe antes dela e sou um garoto. Por essas duas razões, eu deveria me considerar superior. Mas não é assim. Ela é tão talentosa e eu tão inferior a ela, eu a adoro.

— Devemos adorar apenas a Deus – cortou secamente o imã.

Aquela reprimenda brutal doeu em Ivan.

O imã continua com mais doçura:

— A sua fé em Deus é tão cortante quanto uma arma? Você é capaz de matar por ela?

Ivan hesita de novo. É certo que ele tinha feito parte do esquadrão que matou El Cobra, mas apenas obedecendo por medo ou covardia a ditames do Exército das Sombras. Aquele ato não tinha nascido de uma vontade pessoal.

— Sim – ele afirmou, no entanto. – Eu sou capaz.

O que se segue é uma longa troca de olhares. Amiri Kapoor compreendia que aquele garoto, ainda inocente, incapaz de enxergar claramente dentro de si, era, no entanto, feito de uma matéria excepcional, aquela que gera discípulos de primeira linha. Bastava ajudá-lo, livrá-lo de algumas escórias, por exemplo, esse amor intempestivo pela irmã.

Ele remexeu nas gavetas de sua escrivaninha, tirou dali um volumoso dossiê e o abriu.

— Você está livre na terça e na quinta à noite? – perguntou ele. – Se sim, eu te encarrego de ajudar os alunos da escola do Corão. Você vai ler os deveres deles, vai fazer anotações, vai tentar fazer com que se aproximem de Deus, pois você é capaz, eu sinto.

Depois de um silêncio, ele continuou:

— Preciso dizer que, em troca dos teus serviços, posso apenas oferecer uma pequena remuneração. Você conhece a situação financeira das mesquitas na França...

Ivan fez um gesto rápido.

— Não é questão de dinheiro. Eu faria de graça se o senhor me pedisse.

Como a vida é surpreendente! Na mesma semana, Ivan encontrou duas formas de atividades honrosas. O diretor do colégio Marcellin Berthelot, que nunca tinha prestado atenção nele, o chamou em seu escritório. Para sua grande surpresa, ele lhe ofereceu um trabalho para substituir o vigia que um infeliz acidente de carro tinha levado ao hospital por longos meses.

— Não tem nada de mais para você fazer – ele garantiu. – Simplesmente vigiar os alunos que ficam para estudar. A senhora Mona Hincelin me informou que você fez excelentes estudos secundaristas e que eu poderia conseguir facilmente seu histórico na secretaria da educação de Guadalupe.

Ivan deu graças a Deus que por uma vez parecia se preocupar com ele.

A partir dali ele compartilhou seu tempo entre o colégio Marcellin Berthelot e a escola do Corão da mesquita. Tinha um fraco pelas horas que passava na mesquita, pois lá ele ficava rodeado de jovens pelos quais ele tinha, sem saber por quê, uma profunda afeição. Ele, que não conhecia a expressão segunda ou terceira geração, compreendeu logo seu significado. Aqueles adolescentes jamais chegariam ao país de seus ancestrais. Eles não os conheciam. Nascidos na França, acreditavam que eram franceses, orgulhosos de terem edificado a torre Eiffel e escavado o canal Saint-Martin. Alguns deles eram netos de *harkis* e não sabiam que seus avós tinham dado uma boa ajuda à França, quando ela precisou. Viviam numa ignorância abençoada. Até que o inesperado insulto "árabe sujo" irrompesse por um apontador de lápis perdido ou um livro escolar rasgado. Certamente tinham cabelos crespos e tez caramelo. Mas eles eram árabes, se perguntavam? A propósito, o que é um árabe? Aqueles que levavam a investigação adiante descobriam os culpados principalmente por sua religião: o Islã. Eles não conseguiam superar. Aquela baboseira a que nem davam muito valor os fazia culpados: responsáveis por atos cometidos em países desconhecidos e tão distantes quanto o Paquistão ou a Indonésia.

Pela primeira vez, Ivan foi forçado a pensar o que era o Islã. Religião de guerrilha, diziam uns. E não estão todas as religiões fazendo proselitismo e se regozijando com o número daqueles que elas convertem? Religião misógina, diziam outros. O cristianismo não é também assim?

Não faz muito tempo, se perguntavam se as mulheres eram dotadas de uma alma eterna como a dos homens.

Ao contrário dessa ocupação, Ivan não gostava de suas novas funções no colégio Marcellin Berthelot, onde não apreciava os alunos, que considerava pretensiosos, com os olhos fixos nas Grandes Écoles. Lá ele passava a maior parte do tempo impedindo que os colossos da terceira série intimidassem os pequenos da sexta série. Ele dispersava as brigas na saída e colocava ordem no que antes dele não passava de caos. Muito rapidamente, estava sendo chamado de Batman pelas costas. Ao saber desse apelido, questionou Serge, um menino com quem tinha feito amizade.

— Batman? Por que vocês escolheram me chamar assim? – disse surpreso.

Sem hesitar, Serge respondeu:

— É porque você sempre vem em socorro dos mais fracos.

Ivan não ficou satisfeito com aquela resposta. Não era o que ele queria, ele queria mudar o mundo. O único problema é que ele não sabia como começar. Esperava que o imã Amiri Kapoor pudesse vir em seu auxílio, mas nada tinha acontecido ainda. Às vezes tinha a impressão de que o imã o observava e se dava o tempo de uma reflexão.

Não é preciso dizer que Ivan e Ivana não tinham lá muita coisa em comum e que cada dia mais viviam em planetas diferentes. Se Ivan sofria muito com essa situação, Ivana parecia não se dar conta. Ela estava feliz, até realizada. Tinha passado nos exames e entrado no segundo ano da École Nationale de Police. Ela já se encarregava de pequenas atividades, das quais estava orgulhosa: fazer parte das patrulhas nos bairros pouco seguros, ficar perto das escolas e ajudar os pais acompanhados de crianças pequenas a atravessar as ruas, às vezes mesmo organizar o trânsito. No domingo, ela era invisível. Não era mais uma dúvida se Ivan almoçaria com ela. Ivana visitava lugares como a Notre Dame de Paris, Montmartre e principalmente os castelos do Loire, em particular o castelo de Chambord, pelo qual tinha uma predileção. "Construído no coração do maior parque florestal fechado da Europa, se trata do mais amplo castelo do Loire. Tem um jardim ornamental e um parque de caça, considerado um monumento histórico." Tinha uma grande amiga chamada Maylan. Era uma aluna da academia de polícia, loira, de origem búlgara, e dotada de uma bela voz. Já se achando uma Sylvie Vartan, ela cantava solos em concertos organizados por diversas associações de caridade. Ivana e Maylan eram inseparáveis. Quando não estavam juntas, tinham conversas intermináveis ao telefone, o celular deslizando pela orelha. Por todos esses motivos, Ivan a detestava.

Por que ele tinha aceitado ir até Fontainebleau, onde ela se apresentava na fazenda dos pais? Sem dúvida foi por conta do início da primavera que tinha lhe dado asas. Um sangue mais alegre parecia correr nas veias. No lugar do gordo sol de Guadalupe seguido de longos períodos de chuva, no lugar do calor sufocante que reinava todo o ano no Mali, aquela diversidade era abençoada. A mesma paisagem se transformava de um mês para o outro como se um feiticeiro a tivesse tocado com sua varinha mágica.

Os pais de Maylan moravam numa fazenda espaçosa, localizada não muito longe da floresta de Fontainebleau. Para o concerto da filha, eles não tinham deixado nada ao acaso. Dispuseram no pátio principal grandes gazebos brancos que abrigavam mesas redondas e cadeiras. Não fossem os odores desastrosos advindos de um chiqueiro próximo dali, que o vento levava em intervalos, tudo teria sido perfeito. Ivan se sentou com a irmã que muito rapidamente encontrou os amigos, cuja companhia parecia lhe agradar. No palco, homens executavam um dueto: *"Perrine était servante, Perrine était servante chez monsieur not' Curé. Diguedondaine."* São canções antigas locais, explicaram a Ivan. Aparentemente conquistado, o público aplaudiu num rompante. Ivan não. Depois de uma hora, ele não suportava mais o tédio daquela reunião e os murmúrios insípidos da plateia. Partir, ele tinha que partir.

Se levantou, cochichando no ouvido de sua irmã, surpresa:

— Já volto. Não se preocupe.

Ele saiu e se encontrou numa estrada de terra. O sol atirando raios cada vez mais fortes, o suor começando a escorrer em seu rosto. Ele não sabia onde ficava a estação de Fontainebleau e para chegar lá resolveu pegar carona. Teve que esperar o quinto veículo para que um motorista parasse. Um loiro dirigindo um Volkswagen colocou a cabeça para fora da porta.

— Para onde tu vai? – ele perguntou com um sorriso.

Vindo de um perfeito desconhecido, aquele "tu" mais direto surpreendeu Ivan.

— Vou para a estação de Fontainebleau. É pra lá que quero ir.

O loiro deu uma gargalhada.

— Tu tá no caminho certo. Se andar mais uns vinte quilômetros, vai chegar.

Diante da cara desconcertada de Ivan, ele continuou:

— Estou brincando. Sobe. Eu também estou indo para a estação. Eu te deixo lá.

Continuou com a mesma familiaridade:

— Me chamo Harry. E tu? Onde trabalha?

Ivan foi incapaz de responder àquela pergunta. O outro insistiu:

— Nos La Pallud? Nos Dumontel? Em qual haras?

— Eu não trabalho em um haras – Ivan contestou. – Fui convidado para um concerto.

— Para um concerto? Pensei que trabalhasse nos Dumontel. Eles empregam muita gente como tu.

Como tu? O que aquilo queria dizer? Será que Harry não tinha notado nem o seu elegante terno de seda selvagem, nem sua bela camisa de colarinho engomado, nem seus sapatos de boa qualidade, últimos vestígios da sua elegância dos tempos de Mansour. Ele só tinha notado sua cor. Ele só havia visto o homem preto, o negro, como se dizia antigamente, e, a seus olhos, ele só podia ser um subalterno. Antes de dar partida no motor, Harry remexe nos CDs que tinha no carro.

— Boto um Coluche pra ti? Tu quer ouvir? São regravações dos melhores esquetes.

Ivan foi pego de surpresa e só conseguiu gaguejar uma resposta:

— Coluche? Não conheço.

Ele tinha uma vaga lembrança de um homem gordo de macacão, com uma franja na testa. Mas nunca havia prestado atenção nos discursos.

— Não é possível – exclama Harry, arregalando os olhos azuis. – Tu nunca ouviu falar de Coluche nem de Restos du Coeur?

> *Aujourd'hui on n'a plus le droit,*
> *Ni d'avoir faim ni d'avoir froid.*
> *Dépassé le chacun pour soi,*
> *Quand je pense à toi je pense à moi.**

O que eu fiz de errado?, se perguntou Ivan quando o carro começou a andar. Harry sabia o nome dos grandes percussionistas de Guadalupe e da Martinica? Felizmente, o trajeto foi rápido. Ivan desceu na estação e gaguejou alguns agradecimentos.

Quando ele chegou em Villeret-le-François, Mona tirava cartas para ela mesma na sala de estar.

— Você já voltou? – disse surpresa. – Onde está Ivana?

Então ela continuou sem esperar resposta:

— Hoje as cartas só me dizem de tristeza. Escuridão sobre escuridão. Valete de espadas sobre valete de espadas.

A curva no relacionamento de Mona e Ivan tinha mudado significativamente. No começo, ela juntava suas críticas às de Hugo e o considerava um malandro. Ela constantemente o comparava a seu filho, um simples e bem-conceituado professor de história em sua faculdade provinciana. Pouco a pouco, ela começou a tratá-lo de maneira diferente.

---

* "Hoje não temos mais o direito,/ Nem de passar fome nem de passar frio./ Ultrapassado o cada um por si,/ Quando penso em você, penso em mim." [N. T.]

Poderíamos sugerir que talvez a boa aparência de Ivan tenha muito a ver com isso. Seu sexo, apertado nas calças e que parecia sempre a ponto de transbordar, lembrava a Mona o tempo em que, apaixonada por belos homens, acumulava amantes e amantes. No entanto, vamos descartar essa calúnia. Digamos apenas que o caráter e a solicitude de Ivan a conquistaram. Foi com ela ao mercado da Croix Nivert, empurrando o carrinho pesado de provisões que depois ele levou para cima pela íngreme escadaria do prédio.

Ivan se sentou na frente da televisão, decidido a esperar a volta da irmã para conversar com ela. Que prazer Ivana tinha na companhia que a rodeava? Teria se esquecido das ambições que a guiavam quando morava em Guadalupe? Infelizmente, por volta das 22 horas, Ivana ligou para Mona dizendo que passaria a noite na casa de Maylan. Ivan, cada vez mais deprimido, desdobrou seu futon e tentou dormir.

No dia seguinte, ele foi novamente até o imã Amiri Kapoor, para conversar com ele e obrigá-lo a cuidar de seus problemas. Ele estava mergulhado em seu Corão, enquanto bebia uma xícara de café.

— Que bons ventos o trazem? – perguntou caloroso. – Só ouço coisas boas a seu respeito. Os jovens dizem que você é um educador sem par.

Ivan se encolheu em sua poltrona e respondeu, lúgubre:

— Não é a impressão que tenho. Na minha opinião, tudo vai mal.

Então ele se pôs a narrar, nos mínimos detalhes, as experiências que vivera nas últimas semanas, sem silenciar sobre os contratempos que teve com Ulysse.

O imã o ouvia com extrema atenção, sem interromper. Quando Ivan se calou, surpreso consigo mesmo daquele mergulho nas águas do mal-estar que carregava em si, sem suspeitar abertamente o imã tirou uma folha datilografada de uma gaveta de sua escrivaninha e a estendeu para ele.

— Primeiro leia – ele disse. – Leia. Só o conhecimento salva. Muitas das perguntas que você se faz não estão sem resposta.

Ivan dá uma olhadela na lista de livros. Ele encontra ali nomes, títulos que Ismaël tinha indicado a ele quando era membro do Exército das Sombras e, bem antes dele, o sr. Jérémie quando ele estava na escola em Dos d'Âne: Frantz Fanon, Eric Williams, Walter Rodney, Jean Suret--Canale... Ele nunca tinha se dado ao trabalho nem de comprar nem de estudar aqueles livros, do que agora ele se arrependia.

— Espere – diz ele –, eu não lhe expliquei o mais sofrido. Você não imagina o quanto eu me importo com a minha irmã gêmea. Eu diria até que ela é tudo para mim. Mas agora ela está cada vez mais longe. Está absorta em seus estudos e na vida que leva na França. Não sou nada para ela e isso me causa muita dor.

O imã deu de ombros.

— A mulheres são espíritos pequenos, deixe isso para lá. Eu lhe digo francamente que você ama demais a sua irmã. Isso é um sentimento pouco saudável. Se ela está se afastando de você, deixe-a partir. É pelo bem de vocês dois.

Ninguém nunca tinha falado de forma tão brutal com Ivan. Que menosprezo, que masmorra, que prisão sua vida se tornaria se Ivana não mais a iluminasse. O imã continuou:

— Agir, é disso que você precisa. Passar ao ato. Vou lhe encaminhar a um grupo de jovens que lhe ajudarão a se tornar um homem. Um verdadeiro homem. Eu entendo você. A sociedade ocidental na qual nos encontramos imersos perecerá, pois está muito segura de si e acumula erros sobre erros. Só nos importa que ela não nos leve para sua perdição.

Nas semanas seguintes, Ivan se sentiu cada vez mais sozinho, apesar das promessas que o imã lhe havia feito. Ivana multiplicava as ausências: cursos de idiomas no exterior, férias em países ensolarados. Foi assim que, com Maylan, ela foi a Portugal, a Faro, uma pequena estância à beira-mar. Ela conseguiu até mesmo a proeza de ficar três dias inteiros sem telefonar ao irmão.

Durante esse tempo, Hugo e Mona, apertados na Cité André Malraux, encorajavam os dois jovens a procurar sua própria acomodação. Mona, que sempre dava um jeito em tudo, encontrou um apartamento, mal localizado, é verdade, de frente para o mercado Croix Nivert. Da manhã à noite, se podia ouvir os gritos dos vendedores, elogiando tal artigo ou produto. Era também todo o dia um fedor de frutas, legumes, carne e peixe. Infelizmente, o negócio não deu certo, o dinheiro dos gêmeos não era suficiente. Isso se somou ao sentimento desencorajador que Ivan experimentava. Ele sabia, não havia lugar para ele naquele país que se proclamava tão generoso, pátria universal de todos os homens. Se ele desaparecesse, quem perceberia? Ivana talvez. Então, ela apoiaria a testa no peito de Maylan e se consolaria.

Foi no dia 2 de outubro que Ivan conheceu Abdel Aziz Isar, recomendado a ele pelo imã. Guardem bem essa data de 2 de outubro, pois ela é fatídica e, aos nossos olhos, marca o começo do fim. Abdel Aziz Isar morava em Villeret-le-François, em um prédio um pouco mais agradável que o de Ivan. Lá, os elevadores funcionavam e o pátio não estava cheio de traficantes. Ele recebeu Ivan com frieza como se desconfiasse dos fracassados que Amiri Kapoor vivia mandando até ele. Embora fosse muçulmano, Abdel Aziz tinha nascido em Varanasi, na Índia: na margem esquerda do Ganges, o rio sagrado, onde seu pai, Azouz, tinha uma loja bem elegante de roupas femininas. Em 1948, aconteceu a dolorosa divisão da Índia, Azouz se recusou a deixar o país natal, pois acreditava que todas as religiões poderiam conviver harmoniosamente. Quando sua loja foi incendiada pela terceira vez e ele foi deixado para morrer numa calçada, decidiu voltar para Dhaka com sua família. Abdel Aziz, portanto, cresceu com essas histórias de violência e terror. Ele perguntou secamente a Ivan:

— O que você espera de mim? O que quer fazer da vida? Quer ficar na Europa ou partir para um dos nossos países?

— Eu prefiro ficar em Paris – respondeu Ivan, pensando em Ivana, de quem ele não queria nunca se separar. – Mas o que importa? Eu vou executar as missões das quais você vai me encarregar, do jeito que você achar melhor.

Abdel Aziz escrutinou Ivan da cabeça aos pés.

— Você sabe manejar uma arma? Explosivos?

— Sim – afirmou Ivan. – No Mali, eu fazia parte da milícia nacional, onde aprendemos esse tipo de coisa.

O olhar de Abdel Aziz se tornou mais penetrante.

— Você já matou um homem? – perguntou abruptamente.

Ivan hesitou, depois repetiu sua explicação costumeira:

— Sim, mas eu fazia parte de um comando, cujos membros foram designados. Eu não agia de acordo com uma escolha pessoal.

Apesar de sua rudeza, Abdel Aziz não deixou de lhe oferecer um chá de hortelã, servido por uma jovem de cabelos castanhos cobertos com um lenço preto, e de sorriso devastador.

— Minha mulher, Anastasie – ele a apresentou.

E, com um lirismo inesperado, complementou:

— Nos conhecemos em Falloujah. Sim, aquele desolado campo cheio de pedras foi o cenário do nosso amor, um amor vigoroso que resistiu bem a muitas armadilhas. Nós temos três crianças. Três meninos.

Quando terminou o chá, Ivan se dirigia até a porta, Abdel Aziz disparou uma flecha:

— Você não tem barba.

Com a mão na maçaneta da porta, Ivan parou.

— Barba? – ele repetiu um pouco surpreso.

De fato, a barba de seu interlocutor, bonita e bem-cuidada, dava maturidade a seu rosto ainda juvenil.

Ivan continuou com um tom de desculpas:

— É uma recomendação do Corão e não um mandamento.

A partir daquele dia, porém, ele deixou crescer uma barba que Ivana e Mona foram unânimes em criticar. Apesar dos óleos essenciais com que ele passava em suas bochechas, a barba permaneceu rala, escassa e não o ajudou em nada. Depois de algumas semanas, ele se resignou a raspá-la por inteiro.

O que Abdel Aziz não disse foi que durante suas muitas estadas em Falloujah, ele passou com os mais altos dignitários do regime. Trabalhava para o conselho que administrava a cidade. Era responsável por fazer cumprir suas decisões em matéria jurídica. Então, ele era ativo em todas as execuções públicas. Dava tiro na cabeça de mulheres adúlteras. Cortava as mãos de ladrões. Marcava com ferro quente aqueles que mereciam. Em resumo, era um assassino! O que Abdel Aziz também não disse foi que sua esposa Anastasie era filha de um dos generais de Saddam Hussein.

Ivan não deve ter visto Abdel Aziz por duas ou três semanas, a ponto de pensar que o outro o havia esquecido. Quando recebeu um SMS, convocando-o para uma reunião, conheceu uma dezena de rapazes, alguns muito jovens, outros ainda adolescentes, de dezessete ou dezoito anos no máximo. A maioria vivia na Síria, no Líbano, Irã ou Iraque e tinham tomado parte em diversas ações punitivas. Estavam em Paris apenas para cumprir ordens do comandante supremo que projetava os atentados. De qual natureza? Ninguém sabia ainda. O que chocou Ivan foi a presença de duas garotas, duas irmãs gêmeas, Botul e Afsa. De origem turca, elas tinham vivido em Bruxelas e chegado havia pouco tempo na França. Em Bruxelas, tinham feito parte de um conjunto, as Amazones, e um dia esperavam se tornar cantoras de sucesso. A menos que a morte chegasse antes. Uma eventualidade que não lhes dava medo. A morte não era o arrebatamento supremo? Botul e Afsa vieram a ter uma influência considerável na vida de Ivan. Ele se tornou um amigo e ia vê-las cotidianamente no apartamento que elas ocupavam num flanco de Villeret-le-François. Os sentimentos que elas lhe inspiravam eram os mais complexos. Ele admirava suas formas esbeltas, seus olhos brilhantes e seus lábios superiores muito curtos que revelavam dentes de esmalte deslumbrante. Admirava acima de tudo a inteligência delas. Queria que a irmã se parecesse com elas. Que ela fosse rebelde e zombeteira como elas. Que tivesse olhar crítico sobre a sociedade ao seu redor. Que manifestasse a todo momento sua desconfiança com o Ocidente. Em vez disso, Ivana se tornava cada dia mais submissa e hipócrita. Com Maylan, ela ia ao cinema, a shows e se entusiasmava com filmes e livros nada interessantes, que ela julgava excelentes.

— Nada te interessa – dizia ao irmão. – Você não gosta de nada. Se queixa de tudo.

Ela tinha razão, Ivan dizia a si mesmo. Suas reprimendas eram certamente merecidas. No entanto, como fingir ser outro?

Como Botul e Afsa tinham oferecido a ele ingressos para o espetáculo de um grupo que tinha um nome surpreendente, Les Berbères Chantantes, as berberes cantantes, ele foi logo convidar Ivana, que para sua surpresa se recusou categoricamente a acompanhá-lo.

— Você não quer ir? – ele se surpreendeu. – Por quê?

Ela fez um ar de desaprovação.

— Eu acho que a plateia vai ser quase toda de magrebinos. E não vou esconder que eu não gosto muito dos árabes.

— Você não gosta de árabes! – exclamou ele abismado. – Como você ousa dizer uma coisa assim? É como se alguém dissesse que não gosta de pretos. Os árabes são nossos amigos. E digo mais, eles são nossos irmãos – ele se corrige ao lembrar das lições do sr. Jérémie. – Eu até considero que são os modelos, os mestres do pensamento. Foram colonizados como nós. Na Argélia, eles se libertaram com o preço de uma guerra terrível.

Ivana não se deixou intimidar.

— Talvez você esteja dizendo a verdade – ela disse. – O que eu sei é que os homens árabes não podem ver uma mulher sem dar uma cantada e sem fazer avanços grosseiros. As garotas com seus lenços ridículos estão sempre lá, olhando para eles como se fossem deuses.

As gêmeas não tardaram em confiar a Ivan a parte mais secreta de suas vidas. Até os vinte anos, no meio de uma família cegada por problemas de sobrevivência, pai vigia noturno, mãe faxineira, foram amantes. Não gostavam nem de homem nem de mulher. Elas dormiam nos braços uma da outra, fazendo amor com paixão. Apenas o desenho de seus corpos as satisfazia. Uma noite seu sono foi bruscamente interrompido. Elas viram o anjo Gabriel sentado, chorando, ao pé de sua cama. Erguendo a cabeça, as fitou com seus olhos cheios d'água e lhes explicou como a natureza de sua relação ofendia a Deus. Era um crime o que elas cometiam, ele lhes fechou para sempre as portas do Paraíso. Aquela cena teve nelas um efeito devastador. Elas então tiveram consciência de seus atos e não pecaram mais, pondo um fim em sua relação.

Duvida-se do efeito que tal confissão produziu em Ivan. Certamente ele sempre soube que os sentimentos e o desejo que sentia por Ivana não eram naturais, gêmeos ou não. No entanto, ele nunca os considerou uma ofensa contra Deus. Ivan se confortava com o pensamento de que não estava fazendo nada de errado. Nunca havia tocado o corpo da irmã de forma indecente. Ele estava voluntariamente se iludindo e escondendo a verdade? Ivana era realmente uma causa de danação?

Agora, o mal-estar de Ivan ficava mais agudo. Em todos os momentos, o medo de sua culpa o obcecava. Ele repetia a si mesmo que, fora aquilo, sua vida era exemplar. Fazia suas cinco orações, jejuava durante o Ramadã, nunca deixava de ir à mesquita às sextas-feiras. Além disso, apesar da modéstia de seus recursos, fazia caridade sempre que possível. Lia e relia piamente seu Corão.

Se alguém se deu conta da radicalização de Ivan, foi o advogado Henri Duvignaud, que soube de seu desentendimento com Ulysse. As razões pareciam evidentes para ele. Então ele decidiu convidar Ivan para jantar, a fim de tirar a história a limpo. Henri Duvignaud era um adepto fervoroso dos prazeres noturnos. Para ele, a vida começava depois do pôr do sol. Paris era uma sucessão de bares onde o álcool era generoso, de restaurantes onde a comida era boa, de lugares onde encontravam-se indivíduos sofisticados e muito curiosos. Ele levou Ivan ao Caravansérail, que ficava em Porte Maillot, e cujo chef havia vivido muito anos no Japão, depois na China, antes de se fixar em Paris.

Por baixo de suas maneiras efusivas e seu sorriso de estrela perpetuamente pendurado nos lábios, Henri sabia julgar os homens. Ele sentia que Ivan pertencia à espécie de que são feitos os rebeldes mais perigosos.

Logo que foi servida a entrada, delicadas vieiras recheadas, ele perguntou abruptamente a Ivan:

— Parece que você não está mais indo ver Ulysse?

Ivan esvaziou seu copo de granadina e respondeu negativamente à pergunta.

— Pelo que você o culpa? – insistiu Henri. – É um garoto gentil e também muito merecedor.

— Merecedor? – exclamou Ivan. – Você sabe o que ele faz?

Ivan deixa escapar seu furor:

— Ele se prostitui com mulheres por dinheiro.

Henri olha Ivan nos olhos.

— Você preferiria que ele ficasse no campo de Cambrésis, que ele continuasse a ser estuprado por conta de seu belo rosto, ser insultado por causa de sua cor, que ele continuasse a correr atrás de uns poucos euros por tarefas humilhantes e, por fim, que fosse espancado até a morte como Mansour? Preferiria isso? Você preferiria isso? Ficar no inferno? O mundo é um negócio sujo do qual, como diz o provérbio africano, ninguém sai vivo.

Ivan empurra seu prato e Henri Duvignaud continuou com firmeza:

— Não julgue! Não julgue, eu te peço. Vire as costas a mim também, porque você não consegue ouvir a verdade.

Ivan se inclinou para a frente e as palavras sibilaram por seus lábios.

— Então você dá sua bênção a todas as torpezas que acontecem no mundo? Para mim, você é tão desprezível quanto Ulysse. E a palavra de Deus, para você ela não conta?

— Se Deus existe, o que não é certo – zombou Henri –, Ele é Amor. Você nunca pensa nessa característica.

Ivan se levantou e disse num tom involuntariamente teatral:

— Eu acho que nós não temos mais nada para conversar.

Então, ele saiu do restaurante a passos largos e foi pego pela noite. Ele caminhou em frente sem saber para onde estava indo. O bairro ao seu redor era elegante e intensamente iluminado. A contragosto, ele olhava os passantes com ressentimento, como se fossem culpados. Culpados de quê? De se sentirem bem na própria pele quando ele se sentia tão mal na dele. Depois de um tempo, com raiva, se sentou em um banco.

Ao vê-lo, um casal de amantes ocupados em se beijar se levantou rápido como se estivessem com medo e foram embora. Ivan ficou imóvel por um longo tempo. Quando decidiu retomar seu caminho, se deparou com uma entrada de metrô que o conduziu ao RER. Ao falar com ele sobre o amor de Deus, Henri o tocou mais fundo. De repente pensou que tinha sido injusto com Ulysse, uma vítima como ele, e que buscava sobreviver da melhor maneira possível.

Naquela hora, o RER estava quase deserto. Mulheres do Leste Europeu, usando longos vestidos floridos, cantavam para desviar a atenção dos raros viajantes que jovens batedores de carteira furtavam sorrateiramente. Ivan sentia a mesma repulsa toda vez que entrava naquele lugar fedorento e cheio de correntes de ar.

Por fim, ele chegou a Villeret-le-François. Na noite morna, Ivana, ladeada pela inevitável Maylan, estava sentada num dos bancos dispostos nos arredores da Cité. As duas mulheres tinham acabado de ver um filme que, tagarelas, tentaram explicar a ele, porque já não se lembravam do título exato: *Les Bronzés do ski*? elas se perguntaram. Enquanto subiam as escadas empoeiradas, Ivana pegou Ivan pelo braço.

— Eu ainda não contei a você a notícia boa. Estou tão feliz – ela afirmou. – Entre tantas candidaturas, a polícia da municipalidade de Villeret-le-François escolheu a minha. A minha, imagina! É aqui que vou fazer meu estágio no mês que vem!

— Se você está feliz, eu também estou – respondeu Ivan. – Mas o que isso mudará?

— Estarei a dois passos do meu local de trabalho – ela respondeu. – Não vou precisar me levantar ao amanhecer como agora, não vou ter que engolir meu café da manhã sem mastigar, não vou precisar pegar esse RER horrível, sempre lotado.

Chegando no terceiro andar, quando Ivan se dirigia ao quarto de sua irmã, como de costume para conversar, ela o parou:

— Estou morta de cansada. Te dou boa noite. Que a tua noite seja cheia de bons sonhos.

Surpreso, ele a observou fechar a porta atrás de si.

Ivan então passou a semana mais terrível de sua existência. Ele observava os mínimos sorrisos e gestos de Ivana para entender o que estava acontecendo. O que ela estava escondendo dele?

Uma noite, ao voltar do colégio Marcellin Berthelot, ele esbarrou em um homem que estava esperando na minúscula sala de estar. Jovem, pele tão marrom quanto a de um mestiço, bastante bonito. O estranho se levantou rapidamente e exclamou:

— É você o irmão! O gêmeo! Estou feliz de conhecer você. Sou Ariel Zeni, o melhor amigo da sua irmã, se me atrevo a dizer.

Ivana então saiu de seu quarto, arrumada e perfumada. E, ao vê-la, Ariel cantarolou zombeteiramente na direção de Ivan a melodia da conhecida canção de Adamo:

— Você me permite, senhor, que eu leve sua irmã?

O casal desapareceu com uma gargalhada. Ariel Zeni, esse nome de sonoridade estrangeira, não era o de um judeu? Ivan, que nunca assistia às imagens que a televisão transmitia em loop, não sabia grande coisa sobre o conflito entre Israel e Palestina. Às vezes, algumas cenas de casas destruídas ou de mulheres chorando ao lado de seus filhos machucados o comoviam, mas isso era tudo. Agora ele não tinha nem simpatia nem antipatia pelos judeus. Ele nunca tinha entendido por que os nazistas os atacaram e tinham buscado a solução final. No momento, ele não compreendia muito pelo que os culpavam. Por formar uma comunidade unida e solidária, isso é um crime? Subitamente, ser judeu tomava a aparência de ser rival. Ariel era um rival?

Ivana voltou um pouco antes da meia-noite com a cara alegre, de quem tinha se divertido.

— Tu ainda tá de pé? – ela exclamou com surpresa ao ver Ivan, seus olhos fixos na tela da televisão.

Ivan esbravejou:

— Quem é esse Ariel? É um judeu, não é?

Ivana revirou os olhos:

— Ah tá, agora você tem alguma coisa contra os judeus?

Ivan agarrou-a pelo pulso.

— Faz quanto tempo você o conhece? O que há entre vocês? Onde vocês foram?

Ivana disse secamente:

— Você não tem o direito de me fazer nenhuma pergunta. Por isso, não vou responder.

No dia seguinte, quando já tinha praticamente se perdido nos tormentos pelos quais vivia, recebeu um novo SMS de Abdel Aziz Isar, o convidando para ir vê-lo. Neste dia, Abdel Aziz estava sozinho, estava um pouco menos frio e duro do que na visita anterior.

— Os contornos do atentado estão se desenhando – ele afirmou. – Provavelmente vai acontecer na noite de Natal, para causar impacto. A forma que assumirá será diferente, as diretivas vão mudar. Os atentados em massa que faziam sessenta ou oitenta vítimas não são mais apropriados. Os líderes preferem pequenos eventos produzidos simultaneamente no mesmo dia e em locais diferentes. Assim, eles estão prevendo um sequestro com reféns em uma casa de repouso da polícia municipal, outra em uma escola judaica, outra provavelmente em uma igreja.

Abdel Aziz estendeu a Ivan um envelope bem cheio com páginas cobertas de inscrições datilografadas. Ele estava encarregado de ir a Bruxelas para pegar uma carga de armas de fogo.

— Você vai até essa garagem, a garagem Keller – declarou. – Vai perguntar por Séoud e vai alugar um carro por três dias. Dá e sobra tempo para ir e voltar de Bruxelas. Você não vai dar seu nome de verdade, é claro. Vai apresentar essa carteira de identidade. Em Bruxelas, você vai ficar no número 13 da rua d'Ostende, onde mora o meu primo Zyrfana. Lá você vai pegar o lote de armas que ele terá escondido em estojos de instrumentos musicais. Você não tem nada a temer. Se a polícia parar você na estrada, está dito na carteira de identidade que você é *luthier* e que faz o comércio de violões, violoncelos, guitarras... Você vai me trazer essa carga que usarei quando for a hora.

No estado de espírito em que ele se encontrava, essa missão na Bélgica teve o efeito de uma feliz escapada para Ivan. Dois dias depois, ele pegou a estrada com um sentimento de liberdade. Deixava para trás suas preocupações e angústias relativas à irmã, e tinha a impressão de reviver. O sol, que havia nascido, lhe sorria convidativo do meio do céu. Seu sangue voltou a correr nas veias, vivo e quente. Ele dirigiu por horas e depois parou para descansar e comer em um posto de conveniência da rodovia. Com um ruidoso fundo de jazz, os convivas comiam batatas fritas e esvaziaram canecas de uma cerveja chamada La Mort Subite, nome que primeiro o encantou e depois o fez refletir. Morte súbita, morte imediata. Não era isso que os jihadistas procuravam? Se destruir e depois ser arrebatado para o Jardim de Alá e gozar da suculência das virgens. De repente, essas ideias lhe pareceram absurdas, infantis. Como podiam se satisfazer com elas? É assim que queriam mudar o mundo? Se matando? Não seria melhor aguçar a mente e fortalecer os músculos para uma revolução? Ele não sabia mais, ele não compreendia mais o que o tinha guiado. As objeções do sr. Jérémie lhe voltavam confusamente à memória. Infelizmente, ele as tinha ouvido mal e não se lembrava de nada. Percorreu os últimos quilômetros que o separavam de Bruxelas mergulhado em devaneios profundos.

Bruxelas não deve ser comparada a Londres, Paris ou Nova York. Menor, parece uma prima do interior diante de parentes mais sofisticados. No entanto, emana dela um charme um tanto antiquado. Ivan gostou de dirigir por suas avenidas, menos congestionadas que as de Paris e ladeadas por árvores bem aparadas.

Se perdeu sem querer e levou quase uma hora para encontrar a rua d'Ostende, uma ruela tranquila em um bairro onde as lojas só ofereciam objetos de outros lugares: tapetes de oração, bolsas de água quente, ponchos, *hijabs*, burcas, rosários, o Corão e buchas multicoloridas. A Europa havia de repente desaparecido, substituída por culturas distantes. Os passantes também vinham de outros lugares: do Magreb, da Turquia, da Índia e do Paquistão.

Zyrfana era um brutamonte de nariz adunco, muito agradável e jovial, diferente de seu primo. Abraçou Ivan como se o conhecesse há tempos.

— Fez boa viagem? – perguntou. – Não tinha muitos policiais na estrada? Depois do último atentado, eles estão por toda parte.

Ivan respondeu que para sua surpresa não havia visto nenhum. Zyrfana tinha um apartamento bem bonito e levou Ivan até um quarto mobiliado com bom gosto, coberto de fotos de Mohammed Ali.

— Chorei como uma criança no dia de sua morte. É o meu herói – explicou a Ivan. – Não apenas porque ele se converteu ao Islã. Mas porque fez de seu corpo um templo. Devemos imitá-lo e cada um de nós deve fazer de seu corpo a mais bela obra. Eu estava mesmo indo para a academia. Quer vir comigo?

Ivan retrucou que não tinha nada para fazer exercícios com ele. Nem mesmo roupa de banho.

— Não tem problema – disse Zyrfana que correu até seu quarto e voltou com um short listrado.

Os dois desceram as escadas. A noite caiu e o ar começava a ficar mais frio. Os passantes cada vez mais numerosos enchiam as calçadas. Uma a uma as vitrines se acendiam e uma espécie de intimidade reconfortante emanava daquele bairro cosmopolita. Ouvia-se uma música vinda sabe-se lá de onde. Zyrfana e Ivan foram para o Centre Équinox. Por quase duas horas, apesar da fadiga da viagem, Ivan pedalou, saltou, ergueu pesos e se esticou em todas as direções. Aquela exaustão do corpo era estranhamente benéfica. Ivan se tornava novamente o menino que havia sido quando ia nadar em Dos d'Âne, indo até o alto-mar. Quando enfim ele chegava à praia, exausto, se aconchegava na irmã.

Zyrfana se revelou um excelente cozinheiro: fez uma torta de frutos do mar e uma torta de damasco. Quando Ivan o cumprimentava pelo jantar, ele disse com tristeza:

— Se você tivesse vindo comer aqui no mês passado, era a minha mulher que você cumprimentaria, Amal. Ela tinha mãos de fada.

Ivan sentiu que Zyrfana só estava esperando para falar desse assunto:

— Onde ela está agora? – perguntou.

— Ela me deixou – explicou Zyrfana, com uma voz lúgubre. – Quando ela soube que tinha sido eu a fornecer as armas do último atentado no aeroporto, ela não disse nada, só partiu. O pior é que levou nosso pequeno Zoran com ela. Desde então, estou completamente sozinho.

— Partiu? – se espantou Ivan. – Então ela não era uma verdadeira muçulmana?

— Era melhor do que você – respondeu Zyrfana, seco e com veemência. – O pai dela era um imã bem conhecido em Lahore. Ela tinha catorze anos quando ele a levou para sua primeira peregrinação a Meca. Ela recitava o Corão, que conhecia de cor. Mas ela dizia que não tínhamos entendido nada de sua mensagem. Que tínhamos um método ruim para mudar o mundo. Não compreendíamos as palavras de Deus que ordenavam: "amai-vos uns aos outros" e não vos matai uns aos outros.

Essas eram as dúvidas que acometiam Ivan! Como suas preocupações eram próximas!

Talvez Amal tivesse razão? Quem sabe?

Zyrfana se levantou e correu até seu quarto, ao voltar tinha os braços carregados de álbuns de fotografias de um bebê rechonchudo, depois um garotinho solidamente plantado sobre seus pés, Zoran, em todos os lugares Zoran. Não é preciso dizer, era uma criança bonita.

— Você ainda não é pai! – apontou Zyrfana. – Você não sabe o que é ter uma criança, um filho. É isso que dá vontade de mudar o mundo, a tiros de Kalashnikov, se preciso for. Para que ele não seja relegado ao último assento da classe por causa da cor de sua pele ou por qualquer outra razão tão fútil quanto. Que não seja zombado por seus colegas, nem transformado em saco de pancadas. Que não tenha diante de si um futuro de desemprego, mas, ao contrário, as mais belas perspectivas. Antes de Zoran, eu não prestava para nada. Foi ele quem fez de mim o que sou: um combatente, um soldado de Deus.

Ivan não respondeu nada, mesmo que compreendesse perfeitamente o que tinha acontecido com Zyrfana. Era a sua vida que o outro contava. Ele também tinha sido ignorado. Ele também havia sido ignorado pelos professores e professoras. Ele também fora ridicularizado por seus companheiros. Ele também se viu desempregado aos vinte anos.

Dois dias depois, ele retomou o caminho à França. Na volta, assim como na ida, ele não encontrou nenhum policial na estrada. Ele entregou a Abdel Aziz três violoncelos, três violinos e um número incalculável de guitarras cujos estojos tinham fundos duplos e estavam cheios de armas de fogo.

— Com isso, faremos um belo "noturno" – debochou Abdel Aziz.

Evidentemente que Ivan não pegou a alusão a Mozart, mas estava perfeitamente ciente de que seu interlocutor pensou que estivesse fazendo uma piada das boas.

Nós sabemos o que você está pensando. Mais uma vez, você vai nos criticar por não falarmos o suficiente sobre Ivana, por não retratarmos seus estados de espírito tão minuciosamente quanto fazemos com os de Ivan. Perdão! Vamos tentar reparar esse erro.

Ivana tinha mudado consideravelmente ao longo dos últimos meses. A menina corpulenta e sorridente tinha dado lugar a uma jovem mulher cuja beleza era estonteante. Seu olhar, cheio de uma melancolia profunda, ia direto ao coração. Ivana estava rasgada. Se encontrava na posição de um piloto em alta velocidade dirigindo por uma estrada acidentada e sabendo que o resultado da corrida seria fatal. Ela, assim como Ivan, nunca tinha ignorado que os sentimentos que ela e o irmão experimentavam não eram naturais. Mas Ivana sempre fez o que estava ao seu alcance para dominá-los. Agora, já não podia mais e tinha recorrido a medidas drásticas. Não, é claro que ela não gostava de Ariel Zeni. Então, como ela o tinha conhecido? Do modo mais banal: ele era monitor na École Nationale de Police, onde ela fazia seu curso. Tendo vivido longos anos em Israel, Ariel era especialista em luta antiterrorista. Pois, se Tel Aviv não havia se tornado uma cidade segura, ao menos não era mais o lugar de todos os perigos como antes. Seus ônibus não eram mais armadilhas mortais.

A brancura do corpo de Ariel lhe dava nojo, lembrava aqueles pratos baratos de manjar-branco que Simone adorava. Acostumada à firmeza do irmão, ela achava o desenho de seu sexo, olhando através do uniforme de polícia, achatado e sem relevo. No entanto, estava bem decidida a casar-se com ele, a ir viver com ele em um apartamento modesto que ele tinha em Clamart e a dar-lhe filhos.

Num dia em que estava particularmente desesperançada, deixou que ele a beijasse. Apesar de sua boca lhe parecer sem graça e sem gosto, ela aceitou se casar. Chegou a marcar a data para uma cerimônia de noivado para a qual convidariam amigos e na qual ele colocaria em seu dedo uma aliança de lápis-lazúli que, se vangloriava, tinha pertencido à mãe.

Como confessar seus projetos a Ivan? Como ele reagiria? Em seu desconforto, decidiu se aconselhar com Mona. Se Hugo e Mona sempre manifestaram pouca consideração por Ivan, se o julgavam não prestar para nada, talvez até um mau sujeito, eles adoravam Ivana. Era a filha que não tiveram. Apreciavam sua doçura e sua extrema gentileza.

Uma noite em que estavam sozinhas, Ivana perguntou a Mona:

— Você nunca achou nada estranho nos sentimentos que eu e Ivan temos um pelo outro?

Mona largou a xícara de chá de jasmim e balançou a cabeça:

— Vocês são gêmeos. Quer dizer, uma só pessoa cortada em duas e partida em corpos diferentes. Não devemos julgar como todo mundo, como pessoas normais. Não, eu nunca achei nada de chocante na atitude de vocês.

— Como eu vou confessar a ele que estou noiva de Ariel? – seguiu Ivana. – Como ele vai lidar com a notícia? Será que não corro o risco de levar uma bofetada ou um golpe mortal?

Para ganhar tempo, Mona tomou um gole de chá e então se decidiu, falando devagar:

— É claro que Ivan não vai ficar contente de saber. Mas você deve dizer a verdade logo a ele. Quanto mais demorar, mais difícil será.

Mas nem no dia seguinte, nem no outro, nem nos dois dias que se seguiram, Ivana encontrou forças para revelar seus projetos ao irmão. Ela se reprimia. Se culpava pela manhã quando subia as ruas que começavam a ficar frias e eram percorridas por rajadas de vento, quando se dirigia à delegacia municipal de polícia. Se culpava à noite, quando voltava para a Cité André Malraux. Aquilo a desgastava, a deixava ansiosa, a tornava mais desejável, e Ariel Zeni não conseguia tirar os olhos dela.

Durante esse tempo, Mona a pressionava com perguntas:

— Já contou a verdade para Ivan? – perguntava todos os dias.

Ivana sacudia a cabeça:

— Não, ainda não – dizia. – Você já viu a cara dele esses dias?

De fato, Ivan só pensava no atentado, cuja data se aproximava. Abdel Aziz tinha dado todas as instruções. Mas ainda faltavam alguns pontos a se precisar: agiriam nas primeiras horas da manhã ou esperariam a noite? O plano era o seguinte: ajudado por três cúmplices, Ivan deveria invadir a casa de repouso do centro municipal de polícia. Os quatro homens tinham que abater o máximo de vítimas que conseguissem, voltar rapidamente para o carro estacionado na rua du Chasseloup-Laubat e correr para a Bélgica. Dessa vez, não era para voltarem a Zyrfana, mas se refugiarem na casa de um certo Karim, que morava na pequena cidade de Molenbeek. Tudo aquilo apavorava Ivan, que não estava nada pronto. De jeito nenhum. Ele não tinha vontade de assassinar policiais idosos afligidos por todos os males da velhice e alguns completamente acamados. Como um ato assim mudaria o mundo?

O centro municipal de polícia era composto por dois edifícios iguais, ligados por uma galeria cheia de entulho junto à calçada: de um lado era a casa de repouso, batizada Rene Colleret, nome de um obscuro secretário da Habitação do Estado, e a outra era o centro de formação, intitulado La Porte Étroite, a porta estreita, homenagem ao romance de André Gide. Ivan se perguntava por que não davam preferência para atacar esse segundo edifício, cheio de policiais e estagiários, jovens e vigorosos. Claro, eles não estavam armados, mas aqueles ao seu redor eram e seriam bem capazes de se defender.

Esse tempo de hesitação durou quase uma semana, até a noite que antecedeu o atentado, pouco antes da meia-noite, Ivan arrebentou a porta do quarto da irmã com um chute magistral. Estava fora de si e parecia bêbado, ele que nem tocava em álcool. Transpirava um suor grosso. Seus olhos estavam vermelhos e esbugalhados.

— Sabe o que eu ouvi?! – ele berrou. – Você é amante daquele bosta?!

Ivana colocou devagar a mão sobre a boca dele como já tinha feito centenas de vezes quando de suas brigas de criança.

— Espera, eu te explico o que está acontecendo.

Sem ouvi-la, Ivan atirou-a sobre a cama com o joelho e, jogando-se sobre ela, arrancou-lhe as roupas, despindo-lhe o corpo sedutor. Ao passo que se despia das suas roupas também, arrancando a cueca Calvin Klein de cor azul que usava. Suas mãos apertavam a garganta e os seios de Ivana, que começou a gemer.

— Vai, vai, se é isso que você quer!

Selvagem, ele respondeu:

— Eu já devia ter feito isso há muito tempo.

Mas ali, no momento de penetrá-la com sua ereção monstruosa, ele se levantou, olhou para ela como se estivesse se desculpando e saiu correndo do quarto.

Ivana conseguiu se sentar na beirada da cama. Ela murmurou como um apelo:

— Volta, volta!

As lágrimas escorriam grossas de seus olhos, traçando vincos luzentes em sua face. Pelo que ela chorava? Pelo ato carnal que tanto desejavam os dois e que pareciam incapazes de realizar? Ivana chorou a noite toda. Pela manhã, vestiu tristemente seu uniforme de policial municipal e foi para a casa de repouso, onde chegou às 6h30. Todas as manhãs, antes de começar suas aulas no prédio de La Porte Étroite, ela passava uma ou duas horas trabalhando com as cuidadoras que a adoravam e a tinham apelidado de "Pequena Madre Teresa".

Mas nós sabemos o que atormenta a mente de vocês. Vocês querem saber o que aconteceu com Ivan, com sua monstruosa ereção. Voltemos então. Arrumando suas roupas como podia, Ivan saiu do quarto da irmã, atravessou a sala de estar como uma bola de fogo e a parou no corredor do prédio bem na hora que sua vizinha Stella Nomal, voltando de uma sessão de cinema, abria a porta do seu apartamento de dois cômodos. Stella Nomal era uma jovem da Guiana, que tinha vindo a Paris estudar direito. Infelizmente, o direito não lhe serviu bem e, aos vinte e dois anos, ela se encontrou desempregada. Ivan e ela se conheciam, pois durante mais de um ano, no colégio Marcellin Berthelot, lado a lado, eles tinham limpado as salas sujas e varrido as folhas mortas dos pátios. Uma época, Stella se sentia muito atraída por Ivan, um negro bem bonito, mas, diante de sua indiferença, ela se resignou a olhar para outros lugares. Quando ela o viu no corredor, metade vestido, se esforçando para fechar sua braguilha, ela exclamou perplexa:

— O que foi que te aconteceu?

Ivan não pareceu ouvi-la e bruscamente a arrastou para dentro do apartamento. Sem uma palavra, ele a jogou sobre o sofá e a penetrou violentamente. Espíritos amargos vão dizer que se tratava de um estupro, pois é assim que chamamos todas as relações sexuais não consensuais. Não vamos discutir esse ponto. Estupro ou não, Stella sentiu prazer. Mas de repente, Ivan começou a chorar.

— O que foi que te aconteceu, meu querido? – murmurou Stella com doçura. – Parece que você tem uma tristeza tão grande.

Ivan enxugou os olhos com punhos fechados e pela primeira vez em sua vida se lançou em uma confissão que nunca tinha feito a ninguém.

— Você deseja a sua irmã? – ela exclamou chocada e excitada ao mesmo tempo. – Como é possível?

Ele não a ouviu e continuou falando. Stella e Ivan passaram o resto da noite abraçados um ao outro, dormindo, sonhando, fazendo amor, conversando sobre coisas íntimas. Ivan chorava muito e Stella o consolava.

— Se você a deseja desse jeito – ela perguntou –, por que você não fez o que ela te pediu?

— Ela era ao mesmo tempo o meu sol e minha danação – Ivan continuou, triste.

Quando Stella acordou, às 6 horas, ela se viu sozinha na cama. Mecanicamente, se vestiu e, como todos os dias, pegou o caminho do colégio Marcellin Berthelot.

Na manhã seguinte, quando o rosto de Ivan apareceu na primeira página de todos os jornais, acompanhado dos comentários menos lisonjeiros: "bruto", "assassino", "monstro", Stella acreditou ter sonhado com aquela noite. Seria o mesmo homem? O ser frágil e machucado que ela abraçou, que pegou seu seio como se fosse uma criança, seria ele esse bárbaro impenitente? Em desespero, foi procurar uma unidade de apoio psicológico, criada pela prefeitura de Villeret-le-François. A psicóloga que a atendeu era uma mulher bonita e de aparência fútil, que não tinha cara de psiquiatra. Ela ouviu sem dizer uma palavra, depois perguntou:

— Você se deu conta de que esteve muito perto da morte? Ele podia ter te matado.

— Ele! – exclamou Stella, encolhendo os ombros. – Ele não faria mal a uma mosca.

— No entanto, ele assassinou sessenta pessoas na casa de repouso – replicou a psiquiatra.

Anjo ou demônio? Ivan estava definitivamente na segunda categoria.

Os detalhes do atentado de Villeret-le-François são conhecidos, bem conhecidos. Eles foram publicados nas primeiras páginas dos jornais do mundo inteiro, mesmo nos mais baixos jornalecos da Indonésia e da Turquia. Se esse atentado pareceu particularmente hediondo, era porque tinha como alvo funcionários aposentados, velhos que haviam consagrado sua existência para defender sua sociedade e que agora eram vítimas do peso dos anos. Porém, há um aspecto que só o advogado Henri Duvignaud teve a intuição e que ninguém saberia compreender, se não lesse *A balada do cárcere de Reading*, do célebre autor irlandês Oscar Wilde. Reproduziremos aqui alguns versos desta balada:

> *Pourtant chacun tue ce qu'il aime*
> *Salut à tout bon entendeur*
> *Certains le tuent d'un œil amer*
> *Certains avec un mot flatteur*
> *Le lâche se sert d'un baiser*
> *Et d'une épée l'homme d'honneur.**

Damos aqui a descrição dos fatos como pudemos reconstituí-los. Quando Ivan e seus três cúmplices desceram do carro, estacionado na esquina da rua du Chasseloup-Loubat, visto o horário matinal, o bairro dormia, quase deserto. Só erravam os cães sem dono revirando as lixeiras. Ivan e seus companheiros assassinos desceram na casa de repouso René Colleret às 7 horas em ponto. Uma hora antes, uma campainha estridente tinha soado para acordar os pensionistas e os informar de que o tempo de dormir tinha terminado e que o dia estava começando. As cuidadoras logo subiriam pelas escadas, para tomar conta dos andares e conduzir ao banheiro os aposentados que não conseguiam mais se controlar. A escuridão lhes dava medo. Eles a preenchiam com criaturas vindas de sua imaginação, cada vez mais ameaçadoras e apavorantes. No dormitório do segundo andar, o ex-sargento Piperu, que havia sempre provocado a Musa, escrevia fervorosamente seu sonho da noite num caderno de espiral, como fazia todas as manhãs. O que ele não sabia era que em alguns minutos uma bala atravessaria seu peito e que seu

---

* "Porém todos matam o que amam/ Cumprimento a todos os bons entendedores/ Alguns matam com um olhar de amargura/ O covarde se serve de um beijo/ E de uma espada, o homem honrado." [N. T.]

caderno cairia de suas mãos com um texto inacabado. No subsolo, os encarregados da cozinha se ocupavam de preparar os pratos do café da manhã, que seriam levados para os quartos.

A tarefa de Ivan e de seus companheiros era das mais simples. Ela consistia em entrar nos quartos e atirar em tudo o que se mexia. Ivan estava calmo e resoluto, pois não era o momento de nutrir qualquer escrúpulo, nem de se perguntar se aquilo era um modo de mudar o mundo. Precisava cumprir sua tarefa.

Porém, sabemos que um grão de areia sempre pode enguiçar a engrenagem da máquina mais bem lubrificada. Dessa vez, o grão de areia se chamava Élodie Bouchez, a última recruta do contingente de cuidadores. Antes, Élodie Bouchez sonhava em ser enfermeira, mas não havia passado no concurso para entrar na profissão. Recorreu então à profissão de cuidadora, primeiro com um pouco de desprezo, mas depois, aos poucos, passou a amá-la e a dedicar-se com a maior diligência. Nesse dia, devido aos atrasos do RER, chegou mais tarde ao trabalho. Da calçada, ela ouviu os tiros das Kalashnikovs e os gritos dos feridos e se perguntou o que estava acontecendo. Um atentado? Não era impossível, pelos tempos em que viviam. Ela correu então para dar um alerta em um bar ali perto, chamado À Verse Toujours. O bar tinha acabado de abrir e o garçom, um jovem árabe de cabelos cacheados, esfregava o chão com moleza. Os dois correram para o telefone e chamaram reforços na prefeitura.

Enquanto isso, Ivan e seus companheiros assassinos tinham chegado no terceiro andar da casa de repouso. Era ali que Ivana estava, debruçada sobre o guarda Rousselet, envergonhado de mais uma vez ter feito suas necessidades nas calças. Ivana e o guarda Rousselet se davam muito bem: durante anos Rousselet tinha prestado serviços em Deshaies, na Côte sous le Vent, e para ele Guadalupe não tinha segredo nenhum. Os dois sabiam descrever a areia clara das praias, o mar suntuoso, a vista que, de um certo ponto, se estendia até a ilha de Antigua, as amendoeiras de folhas largas e lustrosas, verdes e vermelhas. Em suas descrições, eles não esqueciam nem as casas de madeira, risonhas sob o sol, apesar de sua miséria, e as crianças de todas as cores que brincavam nos arredores.

Com o barulho que fizeram os assassinos ao entrar no dormitório, Ivana ergueu os olhos e se deixou cair sobre a cama do guarda Rousselet, abraçando o velho pelas costas ossudas. Ela olhou Ivan no fundo dos olhos. Todo o amor e o desejo que eles sentiam um pelo outro passaram por essa troca. Eles reviveram suas vidas inteiras, como aqueles que estiveram perto da morte o fazem. Ivan e Ivana se veem novamente desde o momento em que saíram do ventre de Simone, numa noite quente e perfumada de setembro, até aquela manhã cinzenta de outono, já marcada pela geada. Algumas imagens flutuavam luminosas. Quando eles começaram a ficar em pé, Simone os media apoiados no batente da porta da casa. Por muito tempo foram do mesmo tamanho. De repente, um ano, Ivan se meteu a crescer e em poucos meses tinha ultrapassado sua irmã por uma cabeça. Aquilo a deixava pasma, admirada com aquele corpo que crescia ao lado do seu. Que belo invólucro para conter seus músculos. Durante muito tempo, eles acompanharam a mãe no coral e cantarolavam com a mesma voz infantil que ninguém notava. Um belo dia, um milagre aconteceu. Inesperado, como todos os milagres.

Na igreja de Dos d'Âne, bem como em toda Guadalupe, todo dia 15 de agosto acontece uma cerimônia chamada "o coroamento da Virgem". Nessa ocasião, os padres caçam as crianças de pele mais clara que podem encontrar, as mestiças mais bonitas, as enfeitam com um par de asas de anjo, com um vestido esvoaçante azul cor do céu e as fazem subir no altar para coroar uma estátua de gesso, representando a Virgem Maria.

Enquanto isso, em um canto da igreja fica um coro de crianças que canta cantigas e cantigas. Ivan e Ivana fizeram parte desse coro. Um dia, a voz de Ivana sai de sua garganta e explode soberana, preenchendo a nave com sua harmonia. Ivan a escuta e se pergunta que maravilhas o corpo de sua irmã continha. A partir desse momento, Ivana foi chamada dos apelidos mais diversos "a sereia", "o rouxinol", e foi convidada a se apresentar sozinha em todas as igrejas de Guadalupe. Depois de um concerto na catedral de Pointe-à-Pitre, um escritor que acabara de receber o Prêmio Carbet a batizou "a flauta mágica". Essas qualidades provavam que Ivana era alguém fora do comum.

No dia do atentado, Ivan não pensou nem uma nem duas vezes. Sem hesitação ele apontou seu fuzil para Ivana e atirou. Era a única coisa a se fazer, o único ato sensato a se fazer. Ivana compreendeu perfeitamente. Então ela abriu seu peito para melhor receber as balas, com reconhecimento. Mortalmente ferida, desabou ao pé da cama. Depois desse ato, a intenção de Ivan era a de voltar sua arma contra si e se suicidar. Infelizmente, as coisas aconteceram de outro modo.

A prefeitura tinha alertado o GIGN, o Grupo de Intervenção da Guarda Nacional, que mandou dois esquadrões de atiradores de elite, comandados pelo sargento Raymond Ruggiani. A prefeitura tinha recomendado que tentassem capturar os jihadistas vivos. Desse modo, tentariam fazê-los falar para obter informações sobre aqueles que davam as ordens de execução. Antes que Ivan tivesse tempo de agir como pretendia, Raymond Ruggiani puxou suas pernas. Ivan caiu, derrubando seus companheiros assassinos. Banhados em sangue, foram jogados em uma ambulância e levados rapidamente para o hospital Villeret-le-Francois.

A quilômetros dali, por conta da diferença de fuso horário, Guadalupe estava mergulhada na escuridão. Uma noite atravessada pelos espíritos habituais de Ti Sapoti, a besta Man Hibè e Masala Makalou: uma noite bem banal, oras! Não para Simone que, sempre teve um sono de bebê. Fora para a cama ardendo em febre, como se estivesse com malária, dengue, zika, enfim, uma dessas doenças frequentes em países onde os mosquitos são reis. Se levantou três vezes para tomar um galão d'água e fazer com que seus dentes parassem de bater e seu barulho não acordasse Pai Michalou, deitado ao seu lado. Depois que tinha se casado com ele, Simone estava feliz. Ela só reclamava de uma coisa, que ele gostava de rabiscar contas e reclamar que não tinha dinheiro. Ao menos, não o suficiente para pensar em passar as férias de Natal em Villeret-le--François, afirmou categoricamente. Cansada de ouvi-lo repetir sempre as mesmas coisas, Simone, que há tanto tempo não via os filhos, passou por cima dele e concordou com Ivana. Ela havia obtido um empréstimo no trabalho para trazer a mãe e o padrasto no próximo Natal.

Em seu sono febril, Simone via sua mãe em prantos e sabia que ela lhe trazia uma notícia terrível. Qual? Angustiada, ela acordou antes do dia nascer e saiu da cama com cuidado para não incomodar Pai Michalou, que sempre dormia um sono pesado depois do sexo. Na sala de jantar exígua, ela ligou mecanicamente o botão do rádio e ficou sabendo das primeiras notícias. Mais um atentado na metrópole! Dessa vez em uma casa de repouso da polícia, anuncia a voz da locutora. Aquela notícia a teria feito dar de ombros, o terceiro atentado em menos de dois anos, quando uma dor inesperada lhe cravou o peito. Dessa vez, ela sentia, as coisas eram de uma natureza particular. E teriam consequências muito próximas dela.

Não se enganava. Estava prestes a beber seu café quando três homens de terno e gravata irromperam atormentados e gaguejantes:

— Simone, a sua filha foi morta no atentado.

— Morta! – exclamou Pai Michalou, que naquele momento preciso saía de seu quarto.

— Rápido, rápido! Você precisa ir à metrópole! – berram os três homens que tinham sido enviados pela prefeitura.

— Onde vocês querem que arranjemos dinheiro para isso? – disse Pai Michalou.

— Mas somos nós que pagaremos – responderam os três homens.

Não é surpresa se naquele momento só tivessem falado de Ivana. A identidade de Ivan, assim como a dos outros terroristas, ainda não havia sido descoberta e demoraria vários dias para que isso acontecesse. Por outro lado, foi fácil descobrir quem era Ivana Némélé, de Guadalupe, policial municipal, voluntária da equipe de cuidadores.

Então, a partir das 14 horas, a Guadalupe inteira soube que ela havia dado à luz a uma mártir. Na verdade, aquilo não surpreendia ninguém. Se Bernadette Soubirous e outras Madres Teresas tinham a pele branca, nós sabíamos que a ilha regurgitava mulheres negras não canonizadas, sem marido, sem dinheiro, mas que tinham criado seus filhos no respeito dos mandamentos de Deus e da Igreja. Uma equipe de televisão foi entrevistar Simone. Infelizmente, ela chorava muito e não serviu de nada. Ela repetia sem parar:

— *Pitite an mwen!* Minha pequenina!

Sem poder falar com ela, filmavam Pai Michalou, que teve tempo de vestir seu melhor terno e se embelezar. Todos terão direito a seus quinze minutos de fama, declarou Andy Warhol. Foi o que aconteceu com Pai Michalou. Diante das câmeras, ele explicava complacentemente que, se Ivana não era sua filha biológica, certamente era sua filha espiritual. Ele a conhecia desde que nascera. Foi em suas mãos que a parteira a colocou quando ela saiu do ventre de sua mãe. Para corroborar suas afirmações, foi procurar na cômoda os álbuns de fotos de Simone em que Ivana aparecia em todas as idades: um bebê dando os primeiros passos, uma menininha mostrando seus primeiros incisivos, uma adolescente exibindo seu primeiro penteado com cabelos alisados.

Em todo o país, conforme a notícia do ataque se espalhava, as pessoas invadiam ônibus e convergiam para o aeroporto Pôle Caraïbes, de onde souberam que Simone deveria partir, no final da tarde. Os que tinham a possibilidade se reuniram por um momento na igreja. Não era o clima de carnaval que reinava. Ao contrário. Nada de máscaras *goudron*, feitas de alcatrão, nada de máscaras *conns*, com seus grandes chifres, nem de música *akiyo*. Não havia lugar para a alegria. Planava uma grande dor, misturada com orgulho, porque finalmente uma pessoa de Guadalupe chegava à primeira página dos jornais. No avião da Air Madinina, a tripulação, inquieta, levava à Simone uma taça de champagne atrás das outras, camarões, caviar, salmão que ela não conseguia engolir e que deixava intocados para Pai Michalou. As oito horas de voo passaram tão rápido que pareceram alguns minutos.

Quando Simone chegou ao aeroporto de Orly, a febre caiu brutalmente. Em pé, num canto, dois homens sacudiam uma placa, a cara formal.

— Você é a mãe de Ivana Némélé? – perguntou um deles com uma frieza chocante.

Com seu colega, ele foi enviado pela prefeitura de Villeret-le-François. A atitude dos dois homens, tão diferente do calor que ela havia deixado em Guadalupe, gelou o coração de Simone. Felizmente, Pai Michalou estava lá. Ela se apoiou com mais força nele.

Os dois emissários da prefeitura não tinham nem mesmo um carro, precisaram se enfiar em um táxi da companhia G7, que pegou a estrada para Villeret-le-François. Embora fossem apenas 9 horas da manhã, perto da prefeitura, uma bela construção de aspecto imponente, uma multidão se acotovelava: curiosos, uma junção de jornalistas da imprensa escrita e da televisão. Flashes crepitavam. Cidades mais distantes que Marselha, Nice e Estrasburgo mandaram seus repórteres. Em uma sala triste do primeiro andar, o sofrimento era indescritível. O prefeito, um homem branco, grande e sem graça, com um bigode atravessado no rosto sem cor, se esforçava para dominar o barulho e fazer sua homilia:

— A França está aflita – afirmou – com essa nova tragédia, horrorizada com o que acaba de acontecer, esta monstruosidade que se soma a tantas outras. A França está em prantos, aflita, mas ela é forte, ela será sempre mais forte, eu garanto a vocês, do que os fanáticos que hoje querem golpeá-la.

Ninguém prestava atenção em Simone e Pai Michalou. Ninguém tinha a mesma cor que eles, e eles se sentiam perdidos e isolados. Onde estava Ivan? – se perguntava febrilmente Simone, que esperava vê-lo no aeroporto. Tinha telefonado, mas só ouviu grunhidos ininteligíveis em resposta. Onde ele poderia estar quando tal tragédia se abateu sobre sua família? Sem contar seus sentimentos particulares pela irmã, ele sempre foi um filho amoroso e atencioso. Não deixaria a mãe sozinha em um momento de tamanho sofrimento. Quanto mais tempo passava, mais a angústia crescia no coração de Simone e mais as premonições sombrias sobre o filho a invadiam. Hugo e Mona não lhe serviram de ajuda alguma e ficaram tão surpresos quanto ela com a ausência de

Ivan. Não havia ninguém para responder às perguntas angustiadas que ela fazia a si mesma.

Neste momento de desespero extremo, dois golpes a abalaram muito. O primeiro foi quando, no dia seguinte à sua chegada, teve que ir reconhecer oficialmente o corpo de sua filha. O hospital Villeret-le--Francois contava com uma equipe de especialistas cuja reputação era inigualável e chamada de Les Pareurs de Mort, os curtidores da morte. Não é que fossem embalsamadores propriamente ditos, porque a arte de embalsamar é pouco praticada na França. Eram verdadeiros ourives que sabiam devolver o caráter aveludado à carne lavrada pelas feridas, redesenhar um sorriso nos lábios ofegantes, numa palavra, recriavam o aspecto de vida. A equipe de curtidores da morte ainda não havia feito seu trabalho quando Simone se viu frente a frente com sua filha, a tez terrosa, o pescoço escondido sob uma grande bandagem, enrolada em um roupão branco no fundo de uma das gavetas do necrotério.

O outro golpe veio no dia seguinte, quando ela foi se prostrar na capela construída na catedral de Saint Bernard du Tertre. Ela quase desmaiou na frente de todos aqueles caixões com flores de perfume forte que murchavam lentamente. Ela precisou esperar vários dias e várias noites antes de ouvir qualquer explicação sobre a ausência de Ivan.

Uma manhã, quando engolia tristemente seu café da manhã no modesto apartamento de Hugo e Mona, o advogado Henri Duvignaud chegou acompanhado do prefeito que vinha pessoalmente prestar suas condolências. Henri Duvignaud tomou a mão gelada de Simone entre as suas.

— Tenha coragem, madame Némélé – disse ele. – O que tenho para dizer é terrível.

Ele afirmou que Ivan se encontrava gravemente ferido no hospital de Villeret-le-François e que tinha feito parte do comando dos jihadistas.

— Os testes de balística ainda não foram feitos – seguiu Henri. – Mas de acordo com as minhas deduções, eu posso afirmar que ele foi o assassino da irmã dele.

Somos agora forçados a chafurdar no *páthos* mesmo que amemos tão pouco. Ao ouvir essas palavras, Simone caiu desmaiada. Ela poderia até ter passado da vida para a morte, caso Mona não tivesse uma eficiente caixinha de remédios que foi buscar às pressas no banheiro. Derramou álcool de menta entre os dentes cerrados da infeliz. Esfregou suas têmporas com bálsamo de tigre. Fez a mulher respirar óleos essenciais. Depois de uma hora de agitação, de choro e de soluços, Simone voltou a si e murmurou com uma voz moribunda, olhando Henri Duvignaud com seus olhos vermelhos:

— Você está completamente louco! Ivan não tem nada a ver com esses jihadistas. E sobre matar a irmã, ele seria incapaz. Ele a adorava!

— É precisamente por isso – respondeu Henri Duvignaud, antes de se lançar em uma longa história, empregando toda a habilidade de um advogado experiente em batalhas de oratória.

Quando ele se calou, Simone, que não parou um minuto de olhá-lo com seus olhos de fogo, exclamou:

— Você não entendeu nada! Nada! Meus filhos não são perversos e eu vou repetir que Ivan nunca poderia ter matado Ivana!

No silêncio glacial que se seguiu, o prefeito se apressou a declarar que o estado estava cuidando das passagens aéreas para Guadalupe da falecida Ivana, de Simone, Pai Michalou e de uma delegação da prefeitura liderada por um funcionário público chamado Ariel Zeni. Apesar da regra da separação de poderes, o estado se comprometia também a pagar as despesas da cerimônia religiosa que aconteceria em Dos d'Âne. Simone conhecia esse Ariel Zeni? Ela sabia que ele era o noivo de sua filha? Ele viria no decorrer da tarde para apresentar-lhe seus respeitos e condolências.

Seria um grave erro acreditar que todas as pessoas caribenhas, em maior parte, de Guadalupe e da Martinica, padecem desse complexo de *lactification*, de embranquecimento, denunciado por Frantz Fanon em sua famosa obra *Pele negra máscaras brancas*, e que se sintam lisonjeadas com as menores marcas de admiração e estima que os brancos lhes dispensam. Com frequência, é o contrário que acontece. Ariel Zeni percebeu quando foi cumprimentar Simone e quem a cercava. Assim que ele entrou no apartamento, ondas de ódio o atingiram no rosto. Ele mudou de identidade. De repente se viu como um traficante de escravos na costa de Moçambique, um partidário do trabalho forçado na Costa do Marfim, um colono-proprietário de hectares de cana-de-açúcar em uma ilha nas Antilhas. Tinha acabado de mutilar duas pernas e cortar um membro de um de seus escravos. Ele, cujos avós foram vítimas de *pogroms* na Polônia, cujos pais escaparam por pouco do campo de concentração de Auschwitz, ele que se considerava a grande vítima do Ocidente. Não é necessário recordar aqui a solução final defendida pelos nazistas, todo mundo sabe bem.

No entanto, Ariel e Simone entraram em acordo muito rápido, pois partilhavam o mesmo amor imenso pela falecida Ivana. Sobretudo, partilhavam a mesma tenacidade cega, recusando-se a se dobrar ao que se tornava a verdade inapelável a cada dia. Para eles, Ivan não era um terrorista. Não conseguiam explicar o que ele estava fazendo entre os que estavam na casa de repouso em Villeret-le-François naquela manhã. Ele não tinha matado a irmã: essa ideia não era verossímil.

— Eu não conhecia muito Ivan – Ariel repetia. – Mas era um garoto alegre, aberto, equilibrado.

— Tinha a boca suja – acrescentou Simone. – Mas seu coração era bom. Quando ele era pequeno, não queria comer as galinhas que criávamos no nosso quintal, os coelhos que vinham das nossas tendas. "Eles são meus irmãos", ele dizia. "Somos iguais."

Para Ariel e Simone, aquilo era um imenso engano que se dissiparia um dia. Juntos, pediram para ir ao hospital Villeret-le-Francois para ver Ivan, que diziam estar entre a vida e a morte. Ariel estava convencido de que sua condição de policial lhes abriria todas as portas. Infelizmente, receberam uma recusa. Os jihadistas, um dos quais agora falecido, restando apenas três, não estavam autorizados a receber visitas. Um cordão de policiais guardava ferozmente a entrada do pavilhão onde eles estavam.

Em sua tristeza, Simone não estava inteiramente sozinha. Todos os dias, Henri Duvignaud ia vê-la, mas eles acabaram brigando de novo e ela o proibiu de ir ao apartamento. Simone também recebeu a visita de Ulysse. Pobre Ulysse! Desistiu do seu trabalho lucrativo de acompanhante. Na verdade, ele se apaixonou por Céluta, uma garota do seu país, que o vento e a miséria tinham arrastado até Paris, onde ela fazia faxinas, e se amontoou com ela em um miserável apartamento *chambre de bonne*, pequeno como um quarto de fundos. Desde então, suas atividades de acompanhante, que para ele eram apenas um trabalho, tinham mudado de natureza e se tornado uma traição a seu coração e seu corpo. O pior é que ele não sabia que, para arredondar as contas do mês, Céluta se entregava por algum dinheiro para os burgueses com quem ela trabalhava. A vida é surpreendente, não é? Ela tem um senso de humor do qual nem todo mundo ri.

Foi de braços dados que Ariel e Simone foram ao aeroporto de Orly para embarcar para Guadalupe. Pai Michalou andava atrás, de cara feia, porque aquele branco metido tinha-lhe roubado a cena. Era para ele que corriam os jornalistas, para ele que estendiam os microfones. Ariel, que tinha a fisionomia bastante frágil, se endireitava e estufava o peito, dando ao seu rosto jovem uma expressão exaltada.

— As palavras cor e raça deveriam ser banidas do vocabulário – ele clamava com fervor. – Elas fizeram mal demais à humanidade. Por causa delas, partes inteiras do mundo foram mergulhadas no obscurantismo e na servidão. Por causa delas, povos foram assassinados, enquanto outros se diziam os descobridores, os vencedores, os que davam lições sobre as sociedades que tinham o direito de dominar. Eu nunca nem tinha visto que a cor de Ivana era diferente da minha. Para mim, apenas sua alma importava.

Não vamos nos alongar muito nesta estada em Guadalupe. Apenas apontaremos alguns fatos. Uma multidão considerável aguardava a chegada deles no aeroporto Pôle Caraïbes. Um cortejo composto de veículos de todas as qualidades subiu até Dos d'Âne, que em toda a sua história nunca conhecera tamanha multidão. Por muitas vezes, nós sublinhamos a feiura de Dos d'Âne. Dissemos que parecia um sapo atropelado por um carro, jogado na beira da estrada. No entanto, no dia do funeral de Ivana, a cidade se adornou com uma beleza singular. Mãos anônimas juntaram flores na igreja, pequena demais para conter uma multidão daquelas: antúrios brancos, tuberosas, lírios-de-cana. Todas as comunidades de Guadalupe, da Martinica e da Guiana tinham enviado delegações de crianças de escola, vestidas de branco, balançando bandeiras tricolores. E havia também representantes de associações religiosas, padres e até mesmo um contingente de freiras enclausuradas, que desceram do alto da montanha de Matouba, onde ficava o convento. Em sua homilia, o prefeito destacou a proximidade dos departamentos ultramarinos com a França naquele dia. Não dividiam apenas moradias sociais e seguro-desemprego. Comungavam do sofrimento indizível infligido por um evento sem par. Depois do prefeito, Ariel Zeni subiu ao púlpito e recitou um poema de sua composição que encheu os olhos de todos com lágrimas:

— Ela era nosso raio de alegria, ela era uma pequena rosa que regávamos, ela era a brisa perfumada que refrescava o suor de nossos pescoços.

O poema está na página 301 do *Florilégio de Guadalupe*, publicado pela bem conhecida editora haitiano-canadense Mémoire d'Encrier. A opinião geral é que esta cerimónia religiosa dedicada a Ivana Némélé, vida ceifada em plena juventude, foi inesquecível. Aqueles que tiveram a sorte de estar presentes foram transformados. Acabaram-se as ambições pessoais e egoístas. Tal tragédia levou os presentes a dar um sentido às suas vidas, a lutar para melhorar a sorte de todos. Ivana Némélé, que sonhara ser policial para ajudar os desvalidos, se tornava um modelo que todos deveriam seguir. Depois da cerimônia, quando todos tinham voltado para suas casas com o coração balançado, meditando sobre os eventos daquele dia, no jornal da televisão das 20 horas, a âncora Estelle Martin perdeu seu sorriso e anunciou aquela notícia incrível: Ivan Némélé, gêmeo da santa que tinham acabado de enterrar, fazia parte do grupo terrorista e havia morrido no hospital de Villeret-le-François. Ao ouvir tal notícia, em Basse-Terre e em Grande-Terre, as pessoas saíram para a frente de suas casas e se puseram a chorar. Meu Deus! Ah, mas Guadalupe era digna de pena! Agora que tinha acabado de aparecer ao mundo como o berço de uma mártir, sua imagem se degradava e o lugar se tornava o berço de um assassino.

Pouco antes da meia-noite, um cometa atravessou o céu espalhando sua cauda inimitável e todos entenderam que era uma noite extraordinária. A partir de então, Simone Némélé ocupou um lugar especial na narrativa nacional de Guadalupe. (Mas narrativa nacional? Existe uma coisa assim? Se Guadalupe é um departamento ultramarino, não tem narrativa nacional além da de sua metrópole.) Simone, uma mulher de aparência humilde, pariu o melhor e o pior. Ela tinha carregado em seu ventre um anjo e um demônio. Panfletos começaram a circular e começaram a ser vendidos nos mercados por poucos centavos. Eles detalhavam a vida de Simone e traziam na capa uma foto dela tirada na igreja de Dos d'Âne, com as mãos cruzadas na altura do coração, os olhos erguidos ao céu. Esses panfletos vinham da gráfica Bénizat, já conhecida por *A chave dos sonhos* e *Dez conselhos para se dar bem na vida*, traduzidos do inglês americano.

Uma vez recuperada de sua dor, Simone se entregou a esse jogo de bom grado. Ela fez um círculo de orações que cresceu tão rapidamente que se tornou a alma de uma seita chamada Sentier Lumineux, caminho luminoso. A partir de então, ela mudou completamente sua aparência, adotando o que convinha para um ser meio sobrenatural, forjado na fé e no amor. Não penteava mais seus cabelos que, embaraçados, começaram a se assemelhar àqueles das crianças consideradas favoritas em alguns países da África Ocidental. Ela rejeitou as cores e se vestia apenas de branco, com túnicas soltas de algodão amarradas na cintura por um cordão e feitas para ela gratuitamente pela sra. Esdras, a costureira. Abandonou os sapatos e tinha os pés descalços, as unhas crescendo acinzentadas e afiadas como conchas de moluscos.

Todo terceiro domingo do mês, cercada por seus fiéis, ela subia na Mesa sagrada, antes de retornar e se afundar em orações na nave principal. Enquanto isso, Pai Michalou fazia cara feia. Não tinha desprezado toda as baboseiras religiosas durante toda sua vida para acreditar nelas agora na velhice. Muitas vezes pensava em seguir seu próprio caminho, em recuperar sua tranquilidade, isto é, pensava em deixar Simone. Só que ele não conseguia se decidir, pois a amava, a sua velha negra que tanto sofrera e, além disso, fazia amor tão bem. Foi então que Simone cometeu o ato diante do qual ele fez objeção. Um belo dia, ela o abandonou sem dizer nada e foi morar em uma casa colocada à sua disposição por um de seus fiéis. Não precisava mais de homens. Deus bastava.

Muitos pontos permanecem envoltos em incerteza na nossa história. O que aconteceu com o corpo de Ivan, que não foi trazido de volta a Guadalupe? Parece que foi enterrado às pressas com os dos outros terroristas, jogado numa vala comum do cemitério de Villeret-le-François. Os fiéis de sempre acompanharam o caixão: Hugo, Mona, o advogado Henri Duvignaud, Ulysse e Stella Nomal. Mona soluçava sem parar e balançava a cabeça, repetindo incansavelmente:

— Ele não merecia tal fim! Ele não merecia tal fim!

Stella Nomal, muda, se perguntava com qual Janus Bifrons ela havia feito amor. A polícia prendeu Abdel Aziz, mas não conseguiu fazer nada contra ele. Uma vez liberado, ele voltou para seu país natal com sua esposa, provavelmente para continuar seus crimes por lá. Durante algumas semanas tudo se acalmou, a vida retomou seu curso de sempre.

No mês de dezembro, em Guadalupe, aconteceu um evento que teria um alcance considerável. Um alcance que ultrapassou as fronteiras desse pequeno país, estendendo-se a Martinica, Guiana, Suriname e até mesmo a algumas ilhas de língua inglesa, como Trinidad e Tobago. Dezembro, mês do Advento, é pio e calmo no Caribe. Tudo se transforma no milagre, cuja memória se celebra com fé no dia 25. Cânticos adornam essas semanas de espera. Alguns são bem conhecidos: *"Michaud veillait la nuit dans sa chaumière"* ou então *"Voisins, d'où venait ce grand bruit qui m'a réveillé* *cette nuit?*".* A temporada de furacões acabou. Os ventos fortes dormem tranquilos. O mar voltou a ser macio, "sábio como uma imagem", como se diz dos dóceis, e de dia os peixes-voadores se jogam em seus flancos lhe dando um brilho prateado. Na noite do 20 de dezembro, um grupo de estrangeiros apareceu na porta do cemitério de Briscaille em Dos d'Âne e perguntou onde estava o túmulo de Ivana Némélé. Temos que perdoar a ignorância dessas pessoas, pois eram haitianos que estavam em alerta por uma estrela misteriosa que começou a brilhar acima de suas casas na aldeia de Petit Goave. Ela tinha deixado a eles uma trilha. Tinha protegido sua travessia. Nenhum guarda-costeiro os confundiu com clandestinos tentando se infiltrar em território proibido. Eles cercaram o túmulo de Ivana, o qual tinham a intenção de cobrir com velas e flores e onde eles queriam passar a noite rezando. Foi então que uma equipe de televisão, alertada por rumores, foi filmá-los. Desde então, todos os anos, na data fatídica de 20 de dezembro, as pessoas se reúnem para a peregrinação da *"petite soeur de la blesse"*, irmãzinha dos feridos como agora Ivana é chamada. Para medir plenamente o fervor expresso por este nome, é preciso saber que *"blesse"* é uma palavra *créole* que também significa grosso modo "ferida". Se trata das cicatrizes dos golpes dados pela vida, que não se apagam jamais e permanecem sempre dolorosas.

---

* "Michaud vigiava à noite em sua cabana" ou "Vizinhos, de onde veio aquele barulho alto que me acordou ontem à noite?" [*N. T.*]

ASSUNTOS DO ÚTERO:
DAQUI NÃO SE ESCAPA

Sabemos que, para vocês leitores, um enigma permanece. Parece mais importante esclarecer as observações sustentadas por Henri Duvignaud quando ele foi ver Simone. Naquele dia, ele falou com autoridade do crime cometido por Ivan. Segundo ele, Ivan era o assassino da irmã. No entanto, ao que sabemos, ele não tinha visto Ivan, embora em várias ocasiões, usando sua condição de advogado, tenha pedido à prefeitura permissão para visitá-lo em seu leito de hospital. A cada vez, a prefeitura respondia que o estado de Ivan, muito fraco e tendo perdido tanto sangue, não permitia visitas. Baseado em quê? No entanto, a principal pergunta que você se faz é a seguinte: Por que dar tanta importância às palavras de Henri Duvignaud? É que o advogado era dotado de uma inteligência acima do normal. Além de seus brilhantes estudos de direito, ele tinha passado para a prestigiosa École des Sciences Politiques de Paris e estudado por três anos em Harvard, a melhor universidade dos Estados

Unidos da América, o que o tornava capaz de falar bem francês e inglês. De volta a Paris, tornou-se o discípulo favorito de André Glucksmann, citando páginas inteiras de sua obra: *La Cuisinière et le mangeur d'hommes*, a cozinheira e o devorador de homens.

Henri Duvignaud tinha ideias bem fixas no que diz respeito a Ivan e Ivana. Ele dava de ombros quando ouvia certas alegações. Para ele, o triste destino de Ivana era uma ilustração contundente da globalização que sopra sobre nós como um vento ruim. Na nossa época, é sabido, já não há mais um país de origem onde passamos a vida inteira até ao momento da morte; não há mais fronteiras atrás das quais nos confinamos *ad vitam aeternam*, em uma palavra, não mais um esquema de vida bem traçado. Ivana Némélé, nascida em Dos d'Âne, Guadalupe, foi levada a quilômetros de distância de seu país natal, para uma periferia parisiense chamada Villeret-le-François, onde ela se encontrou imersa em um drama que a ultrapassou e destruiu sua pequena realidade. É claro, a história de Ivana e Ivan ainda punha um ponto final, mais um, no mito da negritude. A noção de raça não implica mais nenhuma solidariedade. Pior, isso não tem mais sentido há eras. O que fascinava Henri Duvignaud estava em outro lugar, na interpretação individual desses destinos pouco comuns.

Para se proteger, ele citava o doutor Eisenfeld, um especialista em medicina fetal mundialmente conhecido que era um de seus amigos. Se o conhecia tão bem, era porque ele havia evitado uma pesada condenação de prisão para seu filho, traficante de drogas. No ventre da mãe, Ivan e Ivana tinham primeiro sido um óvulo apenas. Depois, uma mutação aconteceu. O professor garantiu a ele que tal fenômeno não é raro. Ao contrário, é frequente, mesmo que não saibamos exatamente as causas. Talvez uma mudança no metabolismo ou nos hormônios? Em geral, quando ocorre tal fenômeno, a mãe que carrega percebe: febres, hemorragias. Provavelmente essa mutação ocorreu pouco antes do parto. Também, Simone Némélé, já atormentada por outros fatores, não se deu conta de nada, e o óvulo, dividido em dois, veio ao mundo. Isso explicava por que Ivan e Ivana tinham ficado tão próximos um do outro. O tempo de adaptação das duas vidas separadas foi muito curto. O que complicou ainda mais as coisas foi que os fetos não eram do mesmo sexo. Um era um pequeno macho, o outro uma pequena fêmea. Então eles desenvolveram um *modus vivendi* muito íntimo. Se abraçavam, se beijavam, se invadiam quando lhes convinha.

O professor Eisenfeld explicou a Henri Duvignaud que essas manifestações eram puramente mecânicas. Elas não implicavam nenhuma busca por prazer, nenhum gozo sexual. Era talvez uma maneira simples de partilhar os fluxos vitais. O momento de seu nascimento não melhorou em nada, pois a consagração da existência separada de Ivan e Ivana causou um profundo trauma. Tinham guardado o hábito e a nostalgia do tempo em que viviam em estreita comunhão. Na verdade, tudo com que sonhavam era voltar àquele tempo bendito.

Isso lhes parece mais ou menos convincente agora? Mas, vocês questionarão, se isso for verdade, por que Ivan matou Ivana? Aí Henri Duvignaud ficava menos categórico, mais hesitante. Suas palavras se embaralhavam. Ele avançava em um território desconhecido, amplamente feito de suposições. Desde que o mundo é mundo, poetas e filósofos de todas as nacionalidades nos repetem que o amor e a morte são a mesma coisa que evoca a mesma noção do absoluto. São impermeáveis aos caprichos do tempo, à opinião pública e aos caprichos da vida cotidiana. As pessoas de Guadalupe, em sua sagacidade, entenderam bem, pois as duas palavras *lanmou* (*l'amour*, o amor) e *lanmo* (*la morte*, morte) são separadas apenas pelo fino de uma vogal. Ivan e Ivana, não podendo se perder carnalmente um no outro, consideraram que a morte era a única saída para eles. Ivan, ao dar a morte a ela, Ivana, ao aceitá-la, provaram a eternidade de seu amor.

Vocês estão totalmente convencidos? Talvez não. Alguns de vocês estimarão que eles só precisavam fazer amor. Não voltemos a este ponto. Eles não podiam. Toda a educação deles os proibia.

Temos dito e repetido, o atentado em Villeret-le-François suscitou uma forte reprovação no mundo inteiro: Índia, Indonésia, Austrália, Inglaterra, para citar apenas alguns países, e foi apelidado, por alusão a um episódio bíblico, de O Segundo Massacre dos Inocentes. Mesmo aqueles que em seus foros íntimos detestavam a polícia e os chamavam de "porcos" ou "assassinos" ficaram profundamente chocados com o destino reservado às pessoas envolvidas. A descrição desse dia memorável está em todos os jornais. Foi assim que ela acabou em um jornal canadense nas mãos de Aïssata Traoré que era, lembram, a prima da mulher de Ivan. Chocada com a leitura do *Devoir*, deixou cair a xícara de café que estava bebendo. Aïssata Traoré deixou a universidade Mc Gill, em Montreal, onde ocupava um cargo importante, e foi lecionar por alguns meses em uma pequena faculdade em Chicoutimi. Neste lugar mais modesto, tinha muito tempo para se dedicar à sua atividade favorita: a redação de ensaios políticos sulfurosos. Acabara de publicar, um atrás do outro, dois livros que fizeram muito barulho, o primeiro intitulado *L'Occident et Nous*, o ocidente e nós, e o segundo, *Le Terrorisme depuis la victoire de Bouvines em 1214 jusqu'à nos jours?*, o terrorismo desde a vitória de Bouvines em 1214 até os nossos dias?. Ela pintou os cabelos de vermelho para provar que as mulheres negras eram tão livres quanto as outras para escolher a cor das madeixas, mas isso é outra história.

Com uma vida sexual intensa, Aïssata guardava uma lembrança única da noite que tinha passado com Ivan. Imperecível. Raramente um parceiro lhe parecera tão gentil, atencioso, curiosamente infantil. Ela pegou o telefone rapidamente e ligou para sua prima em Bamako. Chorava, meio pasma. Desconhecidos haviam pichado sua casa com tinta vermelha: *Mulher de assassino = Assassina*. Assim ela não saía mais de casa. Há dois dias, quando estava indo ao mercado público comprar dois quilos de arroz branco, foi agredida por clientes furiosos por vê-la ir e vir em liberdade. A babá do seu filho não se atrevia mais a ir passear com o pequeno Fadel, pois as pessoas se juntavam atrás deles e tentavam jogar pedras no carrinho de bebê.

— Isso não pode continuar. Eles vão acabar te matando – exclamou Aïssata, aterrorizada. – Você tem que sair do Mali.

— E para onde você quer que eu vá? – gemeu a infeliz Aminata. – Não temos parentes ou amigos em nenhum lugar do mundo.

Em alguns dias Aïssata moveu o céu e a terra e fez um giro em seus relacionamentos. Em vão. Ninguém queria se intrometer no destino de um jihadista que acabou, no fim, recebendo o que merecia. Foi então que ela se deparou com o nome de Henri Duvignaud, frequentemente citado na imprensa francesa. Só ele, protegido por sua profissão, ousou defender Ivan. Acontecia que Aïssata e Henri Duvignaud eram conhecidos de longa data. No tempo em que ele era estudante em Paris, os dois fizeram um curso juntos na prestigiosa escola da rua Saint Guillaume. Tinham até esboçado um flerte, enquanto bebiam uma xícara de chá.

Aïssata bombardeou Henri Duvignaud com e-mails, SMS, WhatsApp. Ele acabou respondendo e, apesar da distância, eles entraram num acordo. Sem cair numa hagiografia, sem pintar um retrato idealizado de Ivan, eles iam se esforçar para fazer justiça e mostrar como um pequeno menino de Guadalupe se viu envolvido em ações não compreendidas completamente. Que forma eles dariam a esse apelo? Talvez eles produzissem um livro a quatro mãos que publicariam por uma grande editora. Henri Duvignaud se gabava de ter conhecidos na Gallimard, na Grasset e na Seuil. Após muitas discussões, Henri Duvignaud deixou um recado simples no celular de Aïssata:

— Venham!

Aïssata e Aminata se encontraram em um apart-hotel da avenida Leonardo da Vinci, no aristocráticos 16ème *arrondissement* de Paris. Enquanto Aïssata adorava a cidade e sonhava levar sua família para lá, Aminata, que estava ali pela primeira vez, ficou logo horrorizada com tudo. Não se deixou seduzir pelas avenidas repletas de carros reluzentes e principalmente pelos prédios altos, tão altos que barravam o céu. Onde estava o sol, a lua, as estrelas? Desaparecidos. Todo dia a mesma claridade amarelada e difusa banhava as pessoas e as coisas. Uma noite, seus passos a levaram à beira do Sena. Ela chorou ao ver o rio humilhado, forçado a correr entre margens rígidas, feitas de pedra e ferro. Não era de se surpreender que Aïssata pudesse ficar naquele luxuoso *arrondissement*, isso porque estava secretamente rolando em ouro. Um banqueiro canadense conhecido por suas ideias de extrema direita vinha apoiando-a generosamente há anos. Se ela mantinha essa ligação em segredo, era por duas razões. A primeira é que não queria adicionar seu nome à triste lista de mulheres negras que se casam com homens brancos ou fazem amor com eles. A segunda é que suas ideias de extrema esquerda a obrigavam a fingir certo comportamento. No entanto, foi graças ao dinheiro desse amante que ela foi para a Índia e escreveu sobre a condição das mulheres e dos intocáveis. Foi também graças a esse dinheiro que ela se opôs, em vários livros, às ditaduras de certos países árabes e, sobretudo, e esse era seu assunto favorito, que denunciava repetidamente os delitos da Europa.

    Aminata e Aïssata se jogaram nos braços uma da outra. A lembrança de Ivan tão bonito e tão forte passou por elas. Por outro lado, elas não pensavam em Ivana porque ambas percebiam na irmã uma formidável rival e sentiam que ela possuía o coração de seu irmão integralmente. Fazia tempo que Aïssata não via o pequeno Fadel, que agora caminhava seguro com seus dois anos. Ele se parecia com o pai, tinha os olhos amendoados, a boca bem desenhada com lábios avantajados. Mas ele levava ao extremo a doçura que caracterizara Ivan. Pode-se mesmo dizer que seu sorriso e seu olhar eram preciosos. Era visível que ele nunca seria um combatente vingativo. Aïssata gostaria que o filho de Ivan não fosse um perdedor como seu pai fora.

    No dia seguinte da chegada delas, Henri Duvignaud foi buscar as duas mulheres para jantar. Tinha reservado uma mesa no Astoria, um restaurante de frutos do mar, bem chique, longe dali. Na hora de ir, ele pegou na mão de Aminata.

— Não se preocupe com nada – ele disse com delicadeza. – Aïssata e eu faremos tudo o que estiver ao nosso alcance para limpar a memória dele e explicar como Ivan se tornou um terrorista.

Aminata se solta rapidamente.

— Meu marido não era um terrorista – ela exclama. – Eu lhe proíbo de dizer coisas assim.

Aïssata conseguiu acalmar sua prima e o jantar ocorreu sem outros incidentes. Os três até entraram num acordo. Diante de seu sorvete de coco, Henri Duvignaud murmurou triste:

— Estamos todos convencidos de que o mundo deve mudar. Infelizmente não sabemos como.

No dia seguinte, Aïssata e Henri Duvignaud se puseram a trabalhar. Antes mesmo de traçar a primeira linha do livro que pensavam escrever juntos, encontraram o título: *O jihadista recalcitrante*. Aquele era um título provocativo, capaz de suscitar artigos nos jornais e gerar vendas importantes, Henri Duvignaud tinha certeza disso.

Eles organizavam seu tempo rigorosamente. Todas as manhãs, Aïssata pegava o ônibus para ir até a casa de Henri Duvignaud, que tinha relocado seus horários de trabalho para a tarde ou a noite. Um secretário, treinado para isso, expedia centenas de cartas a todos aqueles que conheciam Ivan em Guadalupe e no Mali. Infelizmente, as respostas eram raras, sendo esses dois países pertencentes à tradição oral. As pessoas se ocupam mais em inventar histórias absurdas sobre seus vizinhos do que em responder a formulários de perguntas. Ainda assim, aos poucos, a obra tomava forma.

Era bem natural que Henri Duvignaud levasse Aminata e Aïssata à casa de Hugo e Mona. Eles continuavam atordoados com o drama que acontecera na casa deles, em seu modesto apartamento de três cômodos, localizado em uma periferia monótona. Sobretudo Mona estava inconsolável com a morte de Ivana. Frequentemente Ariel Zeni também ia a Villeret-le-François. Sua história tinha corrido o mundo e tinham lhe dado o apelido um pouco zombeteiro de "noivo entorpecido". Ele tinha criado uma teoria pouco verossímil, que explicava mais ou menos a presença de Ivan entre os terroristas. Como todos sabiam, Ivan estava desempregado, e curto de dinheiro. Assim, ele prestava seus serviços a esse comando da morte, cegamente, sem saber o que esperavam dele. Essa explicação tinha apenas um mérito, permitia que se falasse com nostalgia e pesar dos falecidos, Ivana e Ivan. Então, aos poucos, Ivan também se adornava com as cores da santidade.

Note-se, Mona se aproximou de sua vizinha Stella Nomal, na qual não prestava atenção alguma. Agora eram íntimas, se tratavam por tu, por minha querida, meu bem, meu *doudou* que não terminava mais. Stella Nomal fazia as compras no mercado para Mona. Ela levava a roupa da vizinha para a lavanderia e comprava na farmácia bálsamos para artrose. A verdade é que as duas mulheres estavam escondendo algo que queimava igualmente em seus corações.

Um evento considerável tinha de fato ocorrido algumas semanas antes. Acabava-se de revelar a morte de Ivan e o papel que ele tinha desempenhado no atentado. Os jornais estavam dando tudo o que podiam sobre o assunto. Publicaram sua foto tirada em um determinado ângulo para fazer com que ele parecesse ter cara de assassino. Não paravam de repetir que, ao contrário do que acreditavam, Ivan Némélé havia se radicalizado há muito tempo. Desde o Mali, onde participara do assassinato de um importante líder da milícia nacional. Se tinha conseguido fugir do país, foi porque se beneficiou de cúmplices do mais alto nível. Quais? Ainda não sabíamos, mas a investigação estava em andamento. Em resumo, Ivan Némélé era um indivíduo muito perigoso.

Uma noite, Stella Nomal entrou às pressas na sala onde Mona tricotava um colete para o seu quarto netinho que acabara de nascer. Ela desabou sobre uma poltrona e começou a chorar.

— Eu não consigo mais suportar a maneira como falam dele. Eu não posso viver sem ele – gemeu.

— Ele? De quem você está falando? – perguntou Mona.

Sem transição, como se estivesse se libertando de um grande peso, Stella contou sobre a extraordinária noite que vivera com Ivan na véspera do atentado:

— Ele nunca antes tinha prestado atenção em mim. Não foi um gesto brutal, um estupro. Ao contrário. Eu me deixei ser tomada sem protestar. Eu queimava em suas mãos – tentou explicar procurando palavras. – Fui consumida. Parecia que ele havia acendido uma brasa muito doce dentro de mim. Às vezes, ele parava e me trazia de volta à terra. Recuperávamos o fôlego antes de partirmos novamente para o sétimo céu. Não sei quanto tempo tudo durou.

Mona, animada, não conseguiu conter sua curiosidade e acumulava perguntas das mais indiscretas até que Stella Nomal parou-a chorando mais alto.

— Não posso falar mais nada. Eu, que conheci tantos homens, não posso comparar aquele momento a nenhum outro. É um segredo isso que conto aqui. Não conte a ninguém.

Mona com frequência precisava se conter para não revelar nada a Hugo. Às vezes, a verdade passava perto de escapar de seus lábios. Se segurava o melhor que podia.

Algum tempo depois, no 20 de dezembro exatamente, um outro evento inesperado aconteceu. Sim, foi no 20 de dezembro, a mesma data: a data em que os haitianos iluminados tinham seguido uma estrela milagrosa que os havia conduzido para perto de Ivana, no cemitério de Dos d'Âne. Como os reis magos da Galileia seguindo a estrela vespertina, como Cristóvão Colombo e suas três caravelas seguiram o sol com obstinação, canta Sheila. Aí termina toda semelhança. Na verdade, o Natal em Villeret-le-François não tem nada a ver com o Natal em Guadalupe. Nada de vizinhos reunidos diante das casas na noite morna para os concertos de canções natalinas. Nada de porcos ansiosos sabendo que o seu fim se aproxima e que em breve se transformarão em linguiça ou ensopado. Em Villeret-le-François, alguns raros sinais recordam-nos o aniversário deste mistério sublime que abalou a humanidade inteira.

Por exemplo, a prefeitura pendurava algumas lâmpadas multicoloridas nos galhos das árvores que beiravam as avenidas principais. Nos sábados um homem gordo, vestido de Papai Noel, tirava fotos com as crianças no supermercado local. O Natal em Villeret-le-François era um período bastante triste, principalmente para os sem-teto e para os que não tinham família, cada vez mais numerosos, e que não sabiam a quem recorrer.

Para não ceder à melancolia ambiente, Aminata e Aïssata não se opuseram a que Mona decorasse uma árvore em homenagem ao pequeno Fadel. Verdade que Fadel era muçulmano. Mas o Corão não atribui um lugar bem especial a Jesus? Portanto, seria uma blasfêmia conceder-lhe um nascimento extraordinário do qual a árvore de Natal seria o símbolo? Indiferente a todas essas banalidades, a criança maravilhada estendeu as mãos impacientemente na direção das luzinhas. Foi então que Stella Nomal empurrou a porta e entrou sem bater, como estava acostumada, pois ela tinha uma cópia das chaves de Mona. Era visível em sua expressão que alguma coisa importante estava acontecendo. Seu rosto estava marcado por uma excepcional gravidade, os olhos erguidos para o céu, a echarpe azul que usava para se proteger da chuva, porque é claro que chovia, flutuava ao redor de sua cabeça. Parecia que um artista jocoso havia pintado à sua maneira a Anunciação feita a uma mulher negra.

— Sente-se – Mona disse a ela, correndo a sua volta. – Quer uma xícara de chá?

Stella Nomal não respondeu. Pegando as mãos de Mona, ela abre seu casaco e as leva lentamente até seu ventre, que ninguém ainda tinha notado o arredondado suave.

— São as crianças que carrego – ela afirmou piamente.

— Crianças de quem? – perguntou Aminata com um timbre sem doçura, pois ela não gostava nada de Stella Nomal, achava-a indiscreta, invasiva e não queria admitir que estava simplesmente com ciúmes daquela bela guianense.

Stella Nomal lançou sobre ela um olhar que a trespassou sem a ver e continuou com a mesma gravidade:

— Estou falando de Ivan, é claro. Acabo de voltar do médico. Ele me disse que são gêmeos que eu espero. Gêmeos dele!

Mona conseguiu impedir Aminata de se lançar sobre Stella e segurá-la em sua cadeira, enquanto ela chorava de soluçar. Enquanto isso, Aïssata procurava febrilmente seu telefone para informar Henri Duvignaud do evento imprevisto que acontecia. O advogado estava inacessível. Pela manhã, ele havia ido a Calais, onde estava sendo desmantelada "a selva". A associação dele tinha sob seus cuidados uma centena de menores resolutos, custasse o que custasse, a ir para a Inglaterra e com quem ele não sabia o que fazer. Apesar de seu autocontrole habitual, Aïssata também não estava longe de começar a chorar. Seu coração foi dilacerado por uma violenta decepção. A memória de sua noite pouco comum fora estragada. Aquele Ivan que ela julgara tão diferente, que ocupava um lugar tão especial em sua memória, era afinal um homem, um mulherengo como os outros. Capaz de fazer amor com três mulheres e procriar bastardos sem remorso.

Então, das três mulheres que cercavam Stella Nomal, duas estavam absorvidas por considerações egoístas. Apenas Mona estava sensível à natureza milagrosa dessa gravidez. Ivan, odiado por todos, jogado sumariamente na vala comum de um cemitério, renascia para a vida e se vingava. Isso deveria ter sido destacado de forma magnífica: por fogos de artifício traçando suas descidas luminosas no céu, por tiros de canhão, por fogos de bombinhas estalando entre os pés dos passantes. Na falta disso, taças de champanhe cheias de líquido espumante. Mona não tinha nada daquilo à sua disposição, exceto uma garrafa de rum La Mauny. No entanto, Aminata e Aïssata já estavam se despedindo.

No RER que as levava a Paris, absorvidas por suas dores, elas não prestavam nenhuma atenção aos olhares dos viajantes surpresos com os suspiros e murmúrios de Aminata. Quando chegaram na Avenida

Leonardo da Vinci, Aïssata ressuscitou um costume que tinha em Chicoutimi: ela se sentou sozinha no fundo de um bar e fingiu estar perdida em pensamentos. Os amantes do exotismo não deixaram de se aglomerar em torno dessa negra sozinha. Às vezes ela os seguia e essa era uma maneira eficaz de se curar de seus problemas. Em Paris, aparentemente, os amantes do exotismo são menos ousados do que em Chicoutimi, porque ninguém se aproximou dela e, tristemente solitária, ela saiu do bar onde estava e voltou na chuva para o seu apart-hotel.

No dia seguinte, ela encontrou Henri Duvignaud em seu escritório e contou a ele o episódio surpreendente que se desenrolou em Villeret--le-François. O advogado ficou muito animado e exclamou:

— Você disse gêmeos?

— Foi isso que ela disse – respondeu Aïssata sem alegria.

— Você está se dando conta! Eu espero que ela esteja dizendo a verdade – diz Henri Duvignaud cada vez mais animado. – Vamos batizá-los de Ivan e Ivana e eles escreverão a sequência da história.

Aïssata deu de ombros.

— Talvez eles deem uma nova versão da vida ao pai deles, bem diferente daquela que nós projetamos contar.

— O que importa – disse Henri Duvignaud. – A verdade não existe. É essa a constatação que nós advogados fazemos todos os dias. Existe a verdade do acusado, a verdade do denunciante, a verdade das testemunhas e temos que navegar, encontrar um meio-termo entre todas essas afirmações.

Então, ele pegou Aïssata pelo braço e a arrastou para fora dali, até um restaurante que levava o nome de Au Ver Luisant, ao vaga-lume.

EPÍLOGO

Colocamos um fim no triste e fabuloso destino de Ivan e Ivana Némélé, gêmeos bivitelinos. Fizemos o nosso melhor, verificamos a exatidão dos fatos, sem esquecer os pormenores. No entanto, se o que diz Henri Duvignaud é verdade, se trata apenas de nossa interpretação de uma verdade possível. Já estamos ouvindo os comentários depreciativos sobre Ivan, "que inverossímil ter imaginado um homem de Guadalupe se radicalizando e virando um terrorista! Não é possível".

Para essa observação, nós respondemos que vocês se enganam. A sra. Pandajamy, pesquisadora respeitada, que trabalha com as Antilhas por conta da União Europeia, afirmou que, nos guetos de ilhas diferentes, os jovens estão se convertendo ao Islã em massa e alguns deles partem para ir lutar nos países do Oriente Médio.

Sobre Ivana, essa personagem parece a vocês pouco convincente. Parece curioso que, dada a sua beleza e o seu encanto, não tenha sido seduzida, ainda quando adolescente em Dos d'Âne, por algum mulherengo impenitente, que tenha guardado no fundo do coração uma chama que só ardia pelo irmão.

No entanto, o que choca mais é o amor platônico entre nossos dois heróis. A tristeza é que vocês dão um lugar muito importante ao sexo. O amor é um sentimento de grande pureza que não implica necessariamente sua consumação física. Nós decidimos não mudar uma linha em nossa história. É isso, e é pegar ou largar.

Este livro foi composto na tipografia
Dante MT Std, em corpo 12/16, e impresso
em papel off-white no Sistema Cameron da
Divisão Gráfica da Distribuidora Record.